April Henry
Du lebst, solange ich es will

PETE'S
PIZZA

April Henry

DU LEBST, SOLANGE ICH ES WILL

Aus dem Amerikanischen
von Franziska Gehm

GULLIVER
von BELTZ & Gelberg

Dank gilt Leutnant Cameron Piner von der Guilford Country Polizeiwache für seine Hilfe bei Fragen zu Tauchereinsätzen.
Und ohne Lee Lofland, alt gedienter Ermittlungsbeamter und Gründer der Polizeiautorenschule, hätte ich Leutnant Piner nie kennengelernt.
Des Weiteren danke ich Robin Burcell, Polizeibeamter und Autor, der nahezu alles weiß und sein Wissen stets bereitwillig mit anderen teilt.
Wie immer gilt: Jegliche Fehler gehen auf meine Kappe.

FSC
www.fsc.org
MIX
Papier aus verantwortungsvollen Quellen
FSC® C089473

www.gulliver-welten.de

Titel der amerikanischen Originalausgabe
The Night She Disappeared

Aus dem amerikanischen von Franziska Gehm
Neue Rechtschreibung
Einbandgestaltung: Cornelia Niere, München,
unter Verwendung eines Motivs von Shutterstock/
Philippova Anastasia
Gesamtherstellung: Beltz Bad Langensalza GmbH,
Bad Langensalza
Printed in Germany
ISBN 978-3-407-74485-2
1 2 3 4 5 18 17 16 15 14

Für L.K. Madigan,
eine gute Freundin und großartige Autorin,
die uns zu früh verlassen hat.

BESTELLUNG

Vorname	John
Nachname	Robertson
Lieferanschrift	1091 River Road
Apartment Nr.	–
Telefonnummer	503-555-1212
Zahlweise	☐ Kreditkarte ☐ Scheck ☒ Bar
Größe	3 X Groß
Belag	Fleischmonster

Extras:

☐ Pfeffersalami	☐ Schwarze Oliven	☐ Zwiebeln
☐ Salami	☐ Grüne Paprika	☐ Ananas
☐ Schinken	☐ Hackfleisch	☐ Peperoni
☐ Räucherwurst	☐ Ital. Wurst	☐ Sardellen
☐ Pilze	☐ Tomaten	☐ Extra Käse

Der Tag, an dem es geschah

DREW

Ich war derjenige, der die Bestellung aufnahm. Es hätte auch jeder andere sein können. Ich weiß nicht, wieso ich mich schuldig fühle. Aber ich war derjenige.

»*Pete's Pizza*. Drew hier«, sagte ich und zwinkerte Kayla zu. Sie blies sich den schwarzen Pony aus den blauen Augen und lächelte. Selbst mit der albernen weißen Baseballkappe, die wir bei Pete tragen mussten, sah sie umwerfend aus. Ich fragte mich, ob ihr das bewusst war. Wahrscheinlich schon. Kayla nahm ein paar Salamischeiben, legte sie auf eine kleine silberne Waage und verstreute die Scheiben dann auf dem Pizzateig. Die Soße und den Käse hatte sie bereits verteilt.

»Hallo«, meldete sich ein Mann. »Ich würde gerne was bestellen.« Seine Stimme klang ganz normal. Die Polizei hat mich mehrmals danach gefragt. Hatte er einen Akzent? Klang er betrunken? Gelassen? Wütend? War er alt? Oder jung? Hörte er sich an wie ein Raucher? Habe ich seine Stimme erkannt?

Auf jede dieser Fragen habe ich dieselbe Antwort: *Ich weiß es nicht.*

Ich weiß es nicht, ich weiß es nicht, ich weiß es nicht. Ich kann ihnen kein Stück weiterhelfen.

Immer, wenn ich das sage, seufzen sie oder schütteln den

Kopf und stellen mir dann die nächste Frage. Als könnte ich mich an etwas Wichtiges erinnern, wenn sie mich nur oft genug auf verschiedene Arten fragen.

Aber das tue ich nicht.

Ich nahm mir ein Bestellformular und einen Stift. »Okay, was darf es sein?«

»Drei Große. Sag mal, fährt das Mädchen im Mini Cooper heute Abend die Pizzas aus?«

Er meinte Gaby. Gaby hatte mit Kayla getauscht, weil Kayla am Freitag freinehmen wollte. Kayla und ich waren an dem Tag allein. Miguel hatte um halb acht Feierabend gemacht, nachdem der Andrang vom Abendessen vorbei war.

Kayla fuhr die Pizzas aus, weil ich kein Auto habe. An diesem Abend hatte sie bisher nur ein Mal losgemusst. Es war Mittwoch, da war nicht viel Betrieb. Und es war schon acht. Wir machen um zehn zu.

Pete's Pizza gehört zu einer kleinen Einkaufsmeile. Auf der einen Straßenseite gibt es einen Blumenladen, *Starbucks* und eine Videothek. Auf der anderen ein Eiscafé und *Subway*. Kayla hat mal bei *Subway* gearbeitet. Aber Pete zahlt fünfzig Cent mehr die Stunde und für Lieferungen extra. Dazu kommt noch das Trinkgeld. Kayla hat jede Menge bekommen. Sie hat immer gesagt, sie liefere gerne aus.

Sie *sagt*. Sie *sagt* immer, sie *liefere* gerne aus. Ich sollte nicht in der Vergangenheit reden.

Kayla sagt.

Ich ging davon aus, dass der Anrufer nach Gaby fragte, weil er das letzte Mal, als Gaby ihm die Pizza brachte, mit ihr geflirtet hatte. Eifersucht versetzte mir einen Stich. Ich habe nichts mit Gaby laufen. Wir arbeiten lediglich zusammen. Ich habe mit niemandem etwas laufen. Aber dieser Kerl am Telefon wirkte selbstsicher genug, um mit Pizzamädchen zu flirten. Er war der Typ, der in einer Kinoschlange hinter einem hübschen Mädchen stand und dann am Ende für sie die Eintrittskarte bezahlte.

Ich antwortete ihm nicht direkt. Stattdessen sagte ich nur: »Einer unserer Mitarbeiter wird mit Ihrer Bestellung in fünfundvierzig Minuten bei Ihnen sein.«

Dass er nach Gaby fragte, ist das Einzige, was ich der Polizei sagen konnte, aber das hilft ihnen nicht weiter. Gaby konnte ihnen auch nichts dazu sagen.

»Also, welche möchten Sie?«, fragte ich.

»Drei Fleischmonster.«

Fleischmonster sind übel. Sie sind mit Würstchen, Pfeffersalami, Hackfleisch und Räucherwurst belegt. Nach einem Stück glänzen die Lippen vor Fett. Und wenn man später in den Spiegel sieht, entdeckt man einen orangefarbenen Kreis um seinen Mund. Selbst wenn man sich den Mund mit einer Serviette abgewischt hat.

Er sagte, er hieße John Robertson. Er nannte mir seine Telefonnummer und Adresse. Ich sagte ihm, das Ganze würde 35,97 Dollar kosten, und legte auf.

»Bestellung!«, rief ich aus Scherz, als wäre höllisch viel los. Dann holte ich drei Pizzaböden aus dem Kühlraum. Kayla und ich machten uns an die Arbeit. Wir standen nebeneinander und brachen nicht gerade in Hektik aus, waren aber auch nicht langsam. Es war einfach nur ein gleichmäßiger, angenehmer Arbeitsrhythmus. Wir hatten schon oft genug zusammen gearbeitet und mussten daher nicht groß darüber reden, wer was zu tun hatte. Einmal griffen wir gleichzeitig nach der Chappi –

auch Würstchen genannt – und unsere Hände berührten sich. Wir sahen uns an und lächelten unbeholfen. Dann zog ich meine Hand zurück und ließ ihr den Vorrang.

Daran muss ich jetzt oft denken.

War ich der letzte freundliche, normale Mensch, der sie berührt hat?

NOTRUFAUFZEICHNUNG

Notrufzentrale: Notrufstelle. Polizei, Feuerwehr oder Krankenwagen?

Drew Lyle: Ähm, Polizei.

Notrufzentrale: Worum geht es?

Drew Lyle: Ich, äh, ich arbeite bei *Pete's Pizza*. Meine Kollegin ist ein paar Pizzas ausfahren und seitdem nicht zurück und sie geht auch nicht ans Handy.

Notrufzentrale: Seit wann ist sie weg?

Drew Lyle: Seit ungefähr viertel vor neun.

Notrufzentrale: Heute Abend?

Drew Lyle: Genau. Und sie ist noch nicht wieder da. Sie hätte schon seit einer Stunde zurück sein müssen.

Notrufzentrale: Okay, wir schicken jemanden zu Ihnen.

Der zweite Tag

GABY

Am Donnerstag vor Stundenbeginn kommt Drew zu meinem Schließfach, was ungewöhnlich ist. Wir gehen zwar beide aufs Wilson College und verstehen uns gut bei der Arbeit, aber in der Schule haben wir eigentlich nichts miteinander zu tun.

»Gaby«, sagt er und dann kommt eine Weile nichts mehr. Er sieht furchtbar aus. Seine Augen sind gerötet und sein sonnengebleichtes Haar ist noch zerzauster als sonst. Ich frage mich, ob er gefeiert hat und nicht ins Bett gekommen ist. Schließlich sagt er: »Hast du schon gehört, was mit Kayla letzte Nacht passiert ist?«

Das klingt nicht gut. »Nein. Was?« Kayla hat die Schicht mit mir getauscht. Vielleicht hat sie sich beim Aufschneiden von Kanadischem Schinken an der Aufschnittmaschine verletzt. Pete hält uns immer dazu an, das Fleisch hauchdünn zu schneiden, damit wir es bis aufs Mikrogramm abwiegen können. 85 Gramm auf einer kleinen Pizza, nicht mehr und nicht weniger. Pete haut niemanden übers Ohr, aber er schenkt auch niemandem etwas. Und bei der Aufschnittmaschine hat man mehr Kontrolle, wenn man statt des metallenen Fixierteils die Finger benutzt.

»Kayla ist los, um ein paar Pizzas auszuliefern, und ist nicht zurückgekommen.« Er beißt sich auf die Lippe und sieht an die Decke. Seine grauen Augen füllen sich mit Tränen. Ich bin so überrascht, dass ich einen Moment lang gar nicht mehr mitbekomme, was er sagt. Drew Lyle. Weint. Ich dachte immer, den lässt alles kalt.

Dann erst begreife ich langsam. *Kayla ist nicht zurückgekommen?* Es schnürt mir den Brustkorb zu, dass mir der Atem stockt. »Was hast du dann gemacht?«

»Nachdem ich zugesperrt hatte, habe ich auf sie gewartet. Kayla hat ja noch nicht mal einen Schlüssel und ihr Rucksack war noch im Pausenzimmer. Ich habe es ein paarmal auf ihrem Handy versucht, aber sie ging nicht ran.«

Ich stelle mir vor, wie Kayla eine rote Ampel überfährt oder ein betrunkener Autofahrer in sie reinkracht. »Hatte sie einen Unfall?«

Drew schüttelt den Kopf. »Nein. Ich meine, keine Ahnung. Im Moment weiß keiner etwas. Sie kam nicht mehr zurück. Sie ist einfach verschwunden.«

Konnte Kayla abgehauen sein? Ungefähr eine Sekunde lang denke ich darüber nach. Aber Kaylas Zukunft sah ziemlich rosig aus, zumindest besser als bei den meisten Leuten. Ab diesem Herbst hatte sie ein Softball-Stipendium für die Oregon State. Selbst bevor sie sich von ihrem Freund Brock getrennt hatte, kamen eine Menge Jungs vorbei und kauften bei ihr ein Stück Pizza, nur um mit ihr zu reden. Ich gehe also mal davon aus, dass sie nicht einsam ist. Sie hat mir zwar nicht gesagt, warum sie Freitagabend freihaben wollte, aber ich nahm an, dass sie vielleicht einen neuen Freund hat.

Außerdem – wenn man abhauen will, würde man sich dann nicht einfach krankmelden und Richtung Sonnenuntergang davonmachen? Wozu sollte man so tun, als würde man eine Pizza ausliefern?

Wo steckt Kayla also? In dem Moment fällt mir etwas ein, das ich vor ein paar Jahren mal in den Nachrichten gehört habe. »Vielleicht ist sie mit dem Auto ins Schleudern geraten und einen steilen Abhang hinabgestürzt wie dieses Mädchen aus Washington vor ein paar Jahren«, sage ich zu Drew. »Ich meine, vielleicht liegt sie in einem Graben, aber man kann ihr Auto von der Straße aus nicht sehen.«

Drew blinzelt und eine Träne läuft über seine Wange. Das kann alles nicht wahr sein. Drew Lyle steht vor mir und weint – unmöglich. Es kommt mir vor, als wären wir in einer kleinen Blase. Ich habe die Schüler ausgeblendet, die an uns vorbeihasten, am Zahlenschloss ihrer Schließfächer drehen und Bücher herausholen. Ich sehe nur noch Drew, seine lange Nase, die sich an der Spitze nach rechts krümmt, seine Zähne, die sich in die Unterlippe beißen, und seine silbrigen Augen, die sich mit Tränen füllen.

»Die Polizei hält das für unwahrscheinlich. Es hat sich herausgestellt, dass der Typ aus einer Telefonzelle angerufen hat, die sich Kilometer von der Adresse befindet, die er angegeben hat.« Drew stößt eine Art Lachen aus. »Er muss die letzte Telefonzelle in ganz Portland gefunden haben. Und die Adresse, die er mir genannt hat – die Straße gibt es wirklich, aber die Häuser dort stehen Kilometer voneinander entfernt und die angegebene Hausnummer existiert nicht.« Er atmet tief und schaudernd ein. »Die Polizei geht davon aus, dass Kayla entführt wurde. Oder noch schlimmer.«

Meint er etwa, sie ist tot? Ich versuche es mir vorzustellen, aber etwas in meinem Inneren sagt: *unmöglich*. Kayla ist immer in Bewegung, lacht, tanzt und stupst, wer auch immer neben ihr arbeitet, mit der Hüfte an und nimmt mehr Platz in der ganzen Küche ein, als ich es jemals tun werde. Sie heißt mit Nachnamen Cutler, aber ein irischer Name würde besser zu ihr passen – schwarze Haare, große blaue Augen, Haut blass wie Milch. Sie ist schön, so schön, dass sie ein Model sein könnte. Das meint jeder.

Vielleicht hat es sie deshalb erwischt. Auf einmal bin ich froh über meine straßenköterblonden Haare und mein Gesicht, das immer noch von Pickeln heimgesucht wird, obwohl ich schon siebzehn bin.

»Hat jemand Lösegeld gefordert?«, frage ich.

Drew schüttelt abermals den Kopf. »Nein. Pete ist die ganze Nacht dort geblieben, falls jemand anruft. Hat aber keiner. Der Entführer hat sich auch nicht bei den Eltern gemeldet.« Während ich noch versuche, all das zu begreifen, berührt er mich an der Schulter. »Es gibt noch etwas, das ich dir sagen wollte, bevor es die Polizei tut.«

»Was?« Will er, dass ich für ihn lüge? Dass ich nichts davon erzähle, dass er und Kayla damals hinten im Kühlraum gekifft haben?

»Er hat nach dir gefragt«, sagt Drew und unterbricht meine Gedanken. »Der Typ, der angerufen hat, hat gefragt, ob das Mädchen mit dem Mini Cooper die Pizzas liefert.«

Wenn Sie Ihr Kind vermissen Ratgeber für Familien

- U.S. JUSTIZMINISTERIUM -

Entscheidend bei der Suche nach einem vermissten Kind ist das Sammeln von Beweisen, die Hinweise auf das Verschwinden oder den Aufenthaltsort des Kindes liefern. Der falsche Umgang mit Beweisen kann sich ungünstig auf die Ermittlungen auswirken. Gleichermaßen sind die Erfassung und Sicherstellung von Beweisen ausschlaggebend für die erfolgreiche Suche nach dem vermissten Kind. Eltern spielen eine entscheidende Rolle bei der Sicherung von Indizien am Wohnort und dessen unmittelbarer Umgebung sowie beim Zusammentragen von Informationen über Menschen oder Situationen, die Hinweise liefern könnten. In den folgenden Abschnitten finden Sie Empfehlungen, wie Sie den Polizeibeamten bei den gründlichen und umfassenden Ermittlungen helfen können.

Sichern Sie das Zimmer Ihres Kindes. Selbst wenn Ihr Kind außerhalb des Wohnsitzes verschwunden ist, sollte das Zimmer Ihres Kindes sorgfältig von Polizeibeamten nach Hinweisen und Spuren durchsucht werden. Räumen Sie weder das Zimmer Ihres Kindes noch das Haus auf und waschen Sie keine Kleidung Ihres Kindes. Halten Sie wohlmeinende Familienmitglieder oder Freunde davon ab, etwas im Haus zu verändern. Sogar ein Mülleimer oder ein Computer kann Hinweise auf den Verbleib Ihres Kindes liefern.

Fassen Sie nichts im Zimmer Ihres Kindes oder im Haus an und räumen Sie nichts weg, woran Fingerabdrücke, Geruch oder DNA Ihres Kindes haften könnten. Dazu gehören die Haarbürste Ihres Kindes, Bettlaken, getragene Kleidungsstücke, Bleistifte mit Bissspuren, Tagebuch und Adressbuch. Mit einer guten Auswahl an Fingerabdrücken oder einer DNA-Probe von den Haaren können die Polizeibeamten eventuell feststellen, ob sich Ihr Kind in einem bestimmten Auto oder Haus aufgehalten hat. Mit einer guten Geruchsprobe können Spürhunde Ihr Kind möglicherweise ausfindig machen.

Der zweite Tag

TODD UND JEREMY

Es ist total bescheuert, dass man in Oregon keine Feuerwerkskörper kaufen oder sie auch nur besitzen darf. Zumindest keine, die etwas taugen. Keine, die weiter als zwei Meter über den Boden fliegen oder einen halben Meter in die Luft. Womit eigentlich nur noch diese schwarzen Tabletten übrig bleiben, die sich in Ascheschlangen verwandeln, kaum dass man sie angezündet hat.

Ach so, und Wunderkerzen. Schnarch.

Was, wenn man trotzdem Funkenregen haben möchte, Kaskaden aus schimmernden Farben, Flaschenraketen, Böllergranaten, Bombetten, Goldflimmerkometen, Helios-Sonnenwirbel und Crackling-Palmen? Dann muss man um den 4. Juli oder Silvester herum die Bundesgrenze nach Vancouver, Washington, überqueren. Man muss einen Verkäufer finden, dem egal ist, dass man ein Nummernschild von einem anderen Bundesstaat hat, und hoffen, dass man auf der anderen Flussseite nicht zufällig in eine Polizeikontrolle gerät. Wenn man schlau ist, kauft man genügend Feuerwerkskörper für das ganze Jahr ein – nicht nur für den 4. Juli, sondern auch für Silvester, den Tag der Arbeit und einfach so zum Zeitvertreib.

Genau das tun Todd und Jeremy. Sie vertreiben sich die Zeit.

Sie haben zwei Sixpack Bier gekauft und bereits beschlossen, die Schule morgen sausen zu lassen. Sie fahren zum Industriegebiet in der Nähe des Flusses, wo nachts niemand mehr ist. Niemand, der zum Telefon greift und Ärger macht. Niemand, der fürchten muss, ein Funken könnte auf dem Dach seiner VIP-Villa landen.

Alles ist dunkel und still. Nur zu ihrer Rechten, in Flussnähe, schimmert schwach ein Licht. Ohne Kommentar biegt Jeremy ab. Der Kleintransporter folgt einem schmalen Weg, der auf das Licht zuführt. Wäre es nicht Nacht gewesen und wären Todd und Jeremy nicht auf der einsamen Straße unterwegs gewesen, hätten sie es nie gesehen.

Im Scheinwerferlicht des Kleintransporters entdecken sie Folgendes: einen roten Ford Taunus. Auf dem Dach prangt ein dreieckiges Plastikschild wie bei einem Taxi, auf dem *Pete's Pizza, Lieferung frei Haus* und eine Telefonnummer stehen. Die Fahrertür ist offen und man kann in den Wagen sehen. Die Deckenleuchte ist an. Auf dem Beifahrersitz liegt eine schwarze Lederhandtasche. Der Schlüssel steckt im Zündschloss. Aber im Auto ist niemand.

Auf dem Boden liegen drei Pizzaschachteln und ein weißes Baseballcap.

FUNDSTÜCK IN KAYLAS KOMMODE

ZETTEL AUS EINEM GLÜCKSKEKS:

Du stehst kurz vor dem Antritt einer wundervollen Reise

Der zweite Tag

GABY

Ich sitze gerade im Englisch-Leistungskurs, als mein Name über Lautsprecher ausgerufen wird. »Gaby Klug, Gaby Klug, bitte melde dich im Schulbüro.«

Jemand in einer der hinteren Reihen macht »Oooooh!«, als würde ich in riesen Schwierigkeiten stecken, aber sie wollen mich nur aufziehen. Ich habe noch nie wegen irgendetwas in Schwierigkeiten gesteckt.

Ich bin froh, dass Drew mich gestern vorgewarnt hat. Sonst wäre ich total ausgeflippt, wenn man mich aus dem Unterricht ruft und dann ein Polizist im Büro vor mir steht. Er ist ungefähr so alt wie meine Eltern. Auch er trägt eine Uniform, nur dass meine Eltern OP-Kittel anhaben. Und natürlich würde keiner von ihnen eine schwarze Pistole in einem Halfter mit sich führen.

Hätte Drew mich nicht gewarnt, würde ich wahrscheinlich denken, im Krankenhaus wäre etwas schiefgelaufen, vielleicht dass ein verrückter Patient meine Eltern als Geiseln genommen und auf der Stelle ein Herztransplantat verlangt hat.

Der Polizeibeamte bittet mich, in den kleinen Sitzungsraum neben dem Schulbüro zu gehen. Kathy, die Sekretärin, lässt uns keine Sekunde aus den Augen. Sie sieht aus, als würde sie alles dafür geben, dabei zu sein.

»Ich bin Wachtmeister Thayer«, sagt er und holt ein Notizheft hervor. »Und du bist Gaby Klug?« Er spricht meinen Nachnamen falsch aus, sodass er sich mit *Klack* reimt. Was irgendwie nervt, schließlich hat er gerade gehört, wie Kathy den Namen über Lautsprecher ausgerufen hat.

»Haben Sie Kayla gefunden?«, frage ich und habe Angst vor der Antwort.

»Noch nicht. Aber wir konnten letzte Nacht ihr Auto sicherstellen. In einem Industriegebiet in der Nähe vom Willamette River.«

»Es stand einfach dort? Hatte sie einen Platten oder so was?« Vielleicht hat sich Kayla auf die Suche nach einer Tankstelle gemacht.

»Nein.« Wachtmeister Thayer blickt finster drein. »Das Auto scheint vollkommen in Ordnung zu sein. Der Schlüssel steckte und ihre Handtasche lag auf dem Sitz. Aber die Fahrertür stand offen und auf dem Boden lagen Pizzaschachteln.«

Es dauert einen Moment, bis ich begreife. »Jemand hat sie also mitgenommen. Ich meine, entführt?«

»Sieht ganz danach aus.«

Ich gerate ins Schwanken, als ich mir vorzustellen versuche, was mit Kayla danach passiert ist. »Aber eigentlich wollte er mich. Er hat nach mir gefragt.«

Wachtmeister Thayer verzieht das Gesicht. »Von wem weißt du das?«

»Drew.«

»Wie dem auch sei, wir müssen uns an die Tatsachen halten, Gaby. Und Fakt ist, dass Kayla diejenige war, die der Mann ins Visier genommen hatte, egal was Drew meint, am Telefon gehört zu haben. Sie hat die Handbremse angezogen, was sie nicht getan hätte, wäre sie in Panik gewesen. Sie hat ihre Handtasche auf dem Sitz liegen und den Schlüssel im Zündschloss stecken gelassen. Benimmt sich so ein Mädchen, das Angst hat? Oder ein Mädchen, das einen Fremden vor sich sieht?« Er beantwortet sich die Frage selbst. »Nein. Wir gehen davon aus, dass Kayla von jemandem angehalten wurde, den sie kannte. Sie stieg aus und er zwang sie, mitzukommen. Vielleicht kannte er Kayla nicht besonders gut, aber wir glauben, er kannte sie. Und sie kannte ihn. Hat sie jemals erwähnt, dass jemand ihr Angst macht, ein Mitschüler oder sogar ein Kunde?« Er legt die Finger aneinander und sieht mich über die Spitzen hinweg an. Ungeduldig tippt er die Zeigefinger aneinander.

»Kayla hat sich mir eigentlich nicht wirklich anvertraut. Wir kennen uns nur von der Arbeit. Wir waren nicht richtig befreundet.«

Er fährt fort, als hätte ich nichts gesagt. »Vielleicht hatte sie sogar vor mehreren Angst?«

»Nein. Sie hat nie etwas erwähnt. Und sie machte nie den Anschein, als hätte sie vor irgendjemandem Angst.« Kayla war bei der Arbeit immer gut gelaunt. Ehrlich gesagt habe ich gerne mit ihr zusammengearbeitet. Natürlich war es zwar immer noch Arbeit, aber mit ihr hat es Spaß gemacht. Irgendwie wünschte ich, ich wäre mit Kayla befreundet. Aber auch wenn sie immer nett zu mir war, hatte sie doch schon einen Haufen Freunde in der Schule.

»Von deinem Chef wissen wir, dass du mit Kayla die Schicht getauscht hast, sodass nicht du, sondern sie am Mittwoch gearbeitet hat. Wessen Idee war das?« Er durchbohrt mich mit seinem Blick.

Ich habe ein schlechtes Gewissen, obwohl es nicht meine Idee war. »Kayla wollte den Freitag freihaben. Ich sagte zu, denn ich hatte nichts vor.« Was noch untertrieben ist.

Er notiert sich wieder etwas. »Sie hatte also eine Verabredung?«

»Das hat sie nicht gesagt, aber ich gehe davon aus.« Kayla hat breit gegrinst, als sie mich fragte, ob ich ihr einen »riesengroßen Gefallen« tun könnte. Als hätte sie ein aufregendes Geheimnis.

»Dann weißt du also auch nicht, mit wem sie sich treffen wollte?«, hakt Wachtmeister Thayer nach. »Irgendwelche Vermutungen?«

»Die halbe Schule und die Hälfte unserer Kunden hätten nichts dagegen, mit Kayla Cutler auszugehen«, erwidere ich. Ich versuche noch immer, alles zu begreifen. Die Pizzaschachteln verteilt auf dem Boden. Die Fahrertür offen, aber keiner im Wagen. Ich versuche mir Kayla tot vorzustellen. Aber es ist unmöglich. Ich sehe sie vor mir, wie sie den Kopf beim Lachen zurückwirft, höre, wie sie einen alten Song von *Green Day* summt, sehe, wie sie sich bückt, um etwas aus dem Kühlfach zu holen, wobei die Hälfte der Kundschaft anerkennend ihren Hintern mustert. Wenn man direkt neben ihr steht und Pizzas macht, mischt sich Kaylas feiner, süßer Vanilleduft mit dem Geruch von Tomatensoße und Pfeffersalami.

In der Schule kannte ich Kayla nur vom Sehen, erst bei Pete habe ich sie besser kennengelernt. Kayla kann man gar nicht übersehen. Sie redet ohne Punkt und Komma. Nicht nur über sich. Sie will auch alles über den anderen wissen.

»Sag mal, stimmt das, was ich gehört habe – du gehst nach Stanford?«, fragte sie mich an einem ruhigen Samstagnachmittag. Für ein spätes Mittagessen war es schon zu spät und für ein zeitiges Abendessen noch zu früh, selbst für alte Leute.

»Ja.« Ich ziehe meinen Kopf ein.

»Ich hab gehört, dort bewerben sich so viele, dass sie den Stapel mit den Bewerbungen einfach das Treppenhaus hinunterwerfen und nur diejenigen überhaupt ansehen, die unten ankommen.«

Ich bin mir nicht sicher, ob Kayla das wirklich glaubt, aber das ist auch egal. Ich zucke mit den Schultern.

»Und was? Medizin?«

»Sieht ganz danach aus.«

Kayla legt den Kopf schräg. »Klingt ja nicht gerade begeistert.«

»Ich weiß noch nicht so genau, ob ich Ärztin werden will.«

»Wegen all dem Blut und den Eingeweiden? Du bist Vegetarierin, oder?«

»Damit hat das nichts zu tun.« Ich bin überrascht, dass sie sich daran erinnert. »Eher damit, dass meine Eltern Chirurgen sind, und zwar mit Leib und Seele. Es bleibt kaum Zeit für irgendetwas anderes. Ich würde gerne Sachen entwerfen, Dinge, die wir jeden Tag benutzen, wie Gabeln und Lichtschalter, verstehst du? Aber meine Eltern sagen, das ist kein richtiger Job.«

Sie zieht die Augenbrauen zusammen. »Wieso nicht?«

»Ich schätze, sie wollen nicht, dass ich als armer Künstler ende. Sie sagen, so was kann ich immer noch nebenbei machen.«

Sie macht ein skeptisches Gesicht. »Während du Medizin studierst? Ich wette, da kommst du jahrelang zu gar nichts mehr nebenbei. Wie lange dauert so ein Studium überhaupt?«

»Vier Jahre Vorklinikum, dann vier Jahre klinische Ausbildung und dann mindestens noch zwei Jahre Facharztausbildung.«

»Zehn Jahre?« Kayla schüttelt grinsend den Kopf. Es war klar, dass sie in zehn Jahren etwas erreicht haben würde und nicht gerade erst anfangen wollte.

Und jetzt? Wahrscheinlich ist sie tot, wenn nicht, dann ist sie es bald. So ist es doch immer, wenn ein Mädchen entführt wird. Und dann macht irgendein ahnungsloser Spaziergänger einen grausamen Fund. So nennen sie es immer in der Presse. *Ein grausamer Fund.* Kayla wird nie mehr lachen oder summen. Und sie wird nicht mehr nach Vanille riechen.

Allerdings glaube ich nicht, dass sie tot ist. Etwas in meinem Inneren sagt *Nein.* Aber das ist einfach nur albern. Ich höre schon förmlich meine Mutter: *Das ist irrational.* Die größte Sünde, in den Augen meiner Eltern – irrational sein. Natürlich ist Kayla tot. Was denn sonst?

Ich zittere immer mehr. Meine Arme schlottern, egal wie fest ich die Hände aneinanderpresse. Wachtmeister Thayer durchdringt mich mit seinem Blick.

»Was ist mit Brock Chambers? Wir haben gehört, Kayla hat sich erst kürzlich von ihm getrennt. Weißt du, ob ihm das zu schaffen machte?«

»Brock? Ich weiß nur, wer er ist, das ist alles. Ich habe nie auch nur ein Wort mit ihm gewechselt. Kayla hat allerdings nicht den Eindruck gemacht, als wäre sie traurig oder besorgt wegen irgendetwas.«

Wachtmeister Thayer stellt mir noch ein paar weitere Fragen, aber es ist offensichtlich, dass ich nichts weiß, und es ist auch offensichtlich, dass er langsam das Interesse verliert.

Als ich zurück in den Unterrichtsraum komme, starren mich alle an.

Ich muss immer noch daran denken, was Drew gesagt hat.

Dass der Mann nach mir gefragt hat. Ich hätte dort am Fluss sein sollen. Meine Handtasche hätte auf dem Beifahrersitz liegen sollen, mein Basecap auf dem Boden. Er wollte mich. Es ist mir egal, was Wachtmeister Thayer dazu meint. Dieser Typ wollte mich. Das Mädchen mit dem Mini Cooper. Er wollte eigentlich mich.

Vielleicht will er mich noch immer.

FUNDSTÜCK IN KAYLAS KOMMODE

To-Do-Liste

- keine Schokolade mehr!
- Sami anrufen
- Pinke Strähnen machen lassen?
- Mehr Wasser trinken
- Extra große Laken für Wohnheim kaufen
- Gitarre üben
- nicht drum kümmern, wenn Leute dich für verrückt halten
- Französisch üben

BEWEISMATERIAL

POLIZEI PORTLAND		Besitzklasse:
☒ Beweis ☐ Fundstück ☐ Insasse abgenommen ☐ Aufbewahrung ☐ Vernichtung		
Fallnummer: CTO-Q5-11169	Aktenzeichen: 431295	Kürzel: RB
Tag der Sicherstellung: 9. Mai	Uhrzeit: 13:32 Uhr	durch: Randall Boyd
Art des Beweismaterials:	blutiger Stein	
Fundort:	Ufer des Willamette Rivers, 200 Meter entfernt von Kayla Cutlers Auto	

POLIZEI PORTLAND		Besitzklasse:
☒ Beweis ☐ Fundstück ☐ Insasse abgenommen ☐ Aufbewahrung ☐ Vernichtung		
Fallnummer: CTO-Q5-11169	Aktenzeichen: 431295	Kürzel: RB
Tag der Sicherstellung: 9. Mai	Uhrzeit: 15:47 Uhr	durch: Randall Boyd
Art des Beweismaterials:	Zahnbürste für DNA-Test	
Fundort:	Kayla Cutlers Zimmer	

Der dritte Tag

GAVIN

Augen zu, Augen auf. Es macht keinen Unterschied. Es ist ein Tauchgang im Dunkeln. Gavin wühlt mit bloßen Händen durch Morast und Schlamm, während er auf der Suche nach der Leiche von Kayla Cutler über das Flussbett des Willamette River kriecht.

Die Leute verstehen immer nicht, wenn man ihnen sagt, dass man auf dem Grund des Flusses nichts sehen kann. Sie haben meistens Taucher im Ozean vor Augen, die von bunten Fischschwärmen umgeben sind. Sie sind fest davon überzeugt, dass man noch seine Hand sehen kann, wenn man sie sich vors Gesicht hält. Kann man nicht. Man sieht gar nichts. Selbst den Lichtstrahl einer starken Taucherlampe könnte man nicht sehen, wenn man sich die Lampe direkt vor die Maske halten würde.

In der totalen Finsternis ist Gavin aller seiner Sinne beraubt, außer dem Tastsinn. Sein ganzer Körper hat sich in ein gewaltiges Auge verwandelt. Er versucht sich vorzustellen, was er mit den Fingerspitzen, Zehen und allen anderen Körperteilen berührt.

Manchmal sind die Berührungen beängstigend. Er erinnert sich noch gut an einen Tauchgang im Jahre 1999 in den finsteren Tiefen des Blue Lakes, als er eine Hand an seiner Kehle spürte. Er war einem toten sechsjährigen Mädchen direkt in die offenen Arme geschwommen. Sie war bei einem Picknick mit der Kirchengemeinde ertrunken.

Gavin ist Mitglied des Multnomah-County-Taucherteams, das ein paarmal im Monat um Hilfe gebeten wird. Ertrinken, Selbstmord, Mörder, vermisste Personen, Verkehrsunfälle, versenkte Autos, Suche nach Hinweisen und hin und wieder ein Einsatz zum Heimatschutz.

Aber meistens geht es um vermisste Personen. Er weiß nicht mehr, wie viele Leichen er in den letzten elf Jahren geborgen hat. Ein Baby, das von einer Brücke geworfen wurde. Ein alter Mann, der zum letzten Mal angeln gegangen war. Flugzeugabstürze, das sind die schlimmsten. Die Leichen grausam verstümmelt – fehlende Arme, Beine, Köpfe. Und dann gibt es noch die Selbstmörder, die von einer der elf Brücken in Portland springen. Aus dem fünfzehnten Stockwerk, was der Höhe der Fremont-Brücke entspricht, ist das Wasser hart wie Stein. Beim Aufprall werden die Kleidung zerfetzt und die Beinknochen in den Rumpf gerammt.

Manchmal suchen die Taucher aber auch nach Beweismaterial und nicht nach Menschen. Beim letzten Tauchgang hatte Gavin einen Metalldetektor dabei, um eine verchromte 357-Magnum aufzuspüren, mit der ein Angestellter einer Donutbude erschossen worden war. Selbst mit dem Detektor dauerte es vier Stunden. Nachdem Gavin die Waffe gefunden hatte, verstaute er sie mit dem Lauf nach oben in einem wasserdichten Behälter. Die Waffe blieb im Wasser, bis sie ins Polizeilabor kam und dort getrocknet und untersucht wurde. Viele Leute glauben, Fingerabdrücke und Schießpulverrückstände werden vom Wasser weggespült.

Das ist ein Märchen, wie der Mann, der jetzt des Mordes angeklagt ist, gelernt haben dürfte.

Gavin tastet sich durch die Dunkelheit, weiß nicht, wo das Ufer ist, wo er selbst gerade ist, wo er schon gewesen war und wohin er sich vorwagt.

Deswegen hat Gavin Jack, seinen Begleiter. Im Gegensatz zu Gavin sieht Jack, wo Gavin ist und wohin er geht, indem er auf seine Blasen, den Winkel seines Tauchseils zum Ufer und auf die Richtungen seiner Bewegungen achtet. Neben Jack zeichnet ein zweiter Kollege, der sogenannte Back-up-Tender, jede von Gavins Bewegungen auf und erstellt so eine Unterwasserkarte, auf der sowohl Hindernisse und Gefahrenzonen sichtbar werden als auch das Gebiet, das bereits abgesucht wurde. Im Notfall kann man so auch auf Gavins letzte Position schließen.

Gavins Tauchseil ist an einem Pfosten am Flussufer befestigt und Jack leitet ihn durch Ziehen und Rucken. Diese Signale sind die einzige Form der Kommunikation, Orientierung und der Sicherheit. Nur so kann Jack ihn anweisen, höher oder tiefer zu tauchen, nach links oder nach rechts oder ihn fragen, ob alles in Ordnung ist.

Gavin kann Jack wissen lassen, ob er sich verheddert hat, aber dennoch alles okay ist. Oder ob er okay ist, aber Hilfe braucht oder im schlimmsten Fall sich in unmittelbarer Gefahr befindet. Manche Taucherteams kennen nur ein Signal für Gefahr. Was notgedrungen zu Schwierigkeiten führt, findet Gavin.

Jack hat den Gurt so eingestellt, dass Gavin noch atmen kann, er aber eng genug ist, um jede noch so kleine Bewegung zu spüren. Die Halterung befindet sich etwas seitlich, damit das Tauchseil nicht zwischen Gavins Beine gerät. Gavins Ausrüstung sitzt ordentlich, nichts baumelt herum. Die meisten Taucher kommen bei dieser Art Arbeit ums Leben, indem sie sich in etwas verheddern. Gavin hat eine kleine zusätzliche Pressluftflasche, genannt Ponyflasche, mit der er im Notfall schnell an die Oberfläche zurückkehren kann, eine Schere und eine Drahtzange. Messer könnten ihm oder seiner Ausrüstung Schaden zufügen.

Gavin hat zwei Aufgaben: nach Kaylas Leiche suchen und darauf achten, dass das Tauchseil immer gespannt ist. Wenn es durchhängt, will Jack, dass er weitergeht. Wenn es anzieht, will Jack Gavin damit zurückholen.

Neben dem Back-up-Tender gibt es auch noch zwei Ersatztaucher. Statt alle drei Taucher auf einmal ins Wasser zu schicken, wo sie gleichzeitig der Gefahr ausgesetzt wären, sich in etwas zu verfangen, irgendwo stecken zu bleiben oder einfach zu ermüden, ist es viel besser, warme, ausgeruhte und einsatzbereite Taucher mit vollen Druckluftflaschen für den Notfall bereitzuhaben.

Gavin tastet sich vorwärts und versucht sich vorzustellen, was seine Finger berühren. Steine, einen Ast, Kies, Schlamm, einen alten Reifen. Mit anderen Worten: nichts. Jack leitet ihn einen halben Meter zurück und er fängt wieder von vorne an. Tauchgänge sind anstrengend und kosten viel körperliche und mentale Energie. Gavin denkt an das Mädchen, nach dem sie suchen. Er hat ihr Foto in der Zeitung gesehen. Er weiß, dass die Polizei direkt am Fluss einen Stein mit Blutspuren gefunden hat und das Ufer verwüstet war. Es sieht danach aus, als hätte sie sich gegen den Überfall gewehrt, der Angreifer sie geschlagen, vermutlich vergewaltigt und in den Fluss geworfen, wo sie starb. Die Reihenfolge kann auch anders gewesen sein.

Sie suchen also nach einer Leiche. Man hatte es schon mit

Leichenspürhunden in Booten versucht, aber sie haben nicht angeschlagen. Die Leiche könnte kilometerweit flussabwärts getrieben sein oder sich in einem Filter, einem Gebüsch oder einem umgestürzten Baum verfangen haben, der Treibgut in der Strömung auffängt. Sollte das der Fall sein, kann Gavin nur hoffen, dass das Mädchen vorher bereits tot war. Sonst hätte sie die Strömung unter Wasser gehalten, bis sie qualvoll ertrunken wäre.

Mit etwas Glück liegt die Leiche noch in der Nähe am Grund. Erst in ein oder zwei Wochen würde sie auftauchen. Unter Wasser hat eine Leiche ein tatsächliches Gewicht von etwa zwei Kilo. Sollte Gavin sie finden, kann er sie leicht handhaben, zumindest bis er sie an die Wasseroberfläche bringt.

Das Schlimmste ist, dass die Eltern am Ufer warten und sich weigern, zu gehen. Wenn Gavin nichts findet, werden sie das nicht verstehen. Sie werden nicht verstehen, dass er auf Händen und Knien und nahezu blind suchen muss. Man taucht vielleicht nur fünf Zentimeter an etwas vorbei und erfährt nie davon. Außerdem ist das Mädchen bei einer Strömung wie dieser, die durch die lang anhaltenden Regenfälle in der letzten Zeit noch stärker geworden ist, schon längst weg.

Und wenn Gavin das Mädchen doch findet? Das wäre noch schlimmer. Die Eltern würden schreien und sich die Haare raufen, während er das, was einst ihr Baby war, ans Ufer bringt.

Aber zumindest sind sie dann nicht mehr im Ungewissen.

Der dritte Tag

GABY

»Du gehst nicht arbeiten«, sagt meine Mutter, als ich mit meinem roten Poloshirt, auf dessen linker Brusttasche *Pete's Pizza* aufgestickt ist, nach unten komme. Es klingt wie eine Mischung aus einer Frage und einem Befehl. Auf dem Küchentresen liegen lauter Einkaufstüten vom Bio-Supermarkt.

»Ich muss. Ich bin heute zur Schicht eingeteilt.«

»Niemand wird das von dir erwarten. Nicht nach allem, was passiert ist.« Sie stellt eine Flasche Bio-Magermilch in den Kühlschrank, dann eine weitere.

»Ich kann hier nicht einfach herumsitzen und mir den Kopf zerbrechen. Lieber gehe ich arbeiten und lenke mich so ab.«

Sie holt zwei grüne Pappschachteln mit winzigen Erdbeeren aus einer Tüte. »Wie willst du dich ablenken, wenn du genau dahin gehst, wo es passiert ist?«

»Aber es ist nicht in der Pizzeria passiert«, erwidere ich, während sie eine Erdbeere gründlich wäscht, das Grüne abmacht und sie sich in den Mund steckt. »Es ist am Fluss passiert. Kilometerweit entfernt.« Mom weiß nicht, dass der Mann erst nach mir gefragt hat. Sie weiß es nicht, weil ich es ihr nicht gesagt habe.

Meine Eltern wissen noch nicht einmal, dass ich Pizzas ausfahre. Die Schilder lassen sich mit Magneten am Autodach festmachen und es gibt zwei Schilder in Petes Lagerraum. Na ja, jetzt wohl nur noch eins, denn die Polizei hat das von Kaylas Auto sicher behalten.

Meine Eltern vermeiden jedes Risiko. Der Zündschlüssel wird im Auto erst umgedreht, wenn jeder angeschnallt ist. Obwohl sie ständig mit dem Handy telefonieren, gehen meine Eltern nie ran, wenn sie fahren. Und wehe, man fährt ohne Helm Fahrrad. Als ich dreizehn war, hielt mir Mom einen Vortrag über Verhütung und wollte einfach nicht aufhören, obwohl ich sie anflehte. Meine Eltern erwarten, dass ich sieben Mal am Tag Obst und Gemüse esse und drei Gläser Magermilch trinke. Wenn überhaupt mal Eiscreme im Tiefkühlfach ist, dann immer fettreduzierte und die »Butter« im Kühlschrank ist aus irgendeinem Bestandteil von Kiefern gemacht, der Cholesterin senken soll.

Risiken zu vermeiden, ist eine großartige Strategie für einen OP-Saal. Aber was das Leben betrifft, bin ich mir da nicht so sicher.

»Ich weiß nicht.« Mom hebt eine leere Einkaufstüte hoch und ein großer knallroter Fleck kommt auf dem hellgrauen Granittresen zum Vorschein. Sie schnalzt und nimmt einen Schwamm. Offenbar ist eine Erdbeere unter die Einkaufstüte geraten. Es sieht aus wie Blut.

Ich frage mich, wo Kayla ist. Sie muss tot sein. Aber das kann ich einfach nicht glauben. Etwas in meinem Inneren sagt noch immer *Nein*.

Meinen Eltern ist wichtig, dass man Verantwortung übernimmt, daher sage ich: »Pete hat mich heute Mittag angerufen und gefragt, ob ich zur Arbeit komme. Er sagt, sie brauchen mich dringend. Es ist so viel los, dass er mehrere Leute einteilen musste. Es besteht also keinerlei Gefahr.« Ich hole tief Luft. »Komm schon – ich muss unter Leute. Wenn ich zu Hause herumsitze, werde ich noch verrückt.«

Mom stülpt die Lippen nach außen. »Wie wäre es, wenn ich dich hinfahre und Dad dich wieder abholt?«

»Aber wenn ihr zu einer Notoperation gerufen werdet, sitze ich bei Pete fest und komme nicht nach Hause«, weise ich sie hin. »Es ist besser, wenn ich den Mini nehme.«

Ich durfte den Mini nur haben, weil er gute Testnoten in den Kategorien Kopfverletzungen, Thoraxtrauma und Überschlagsrisiko bekommen hat. Ich musste versprechen, dass ich niemals alkoholisiert fahre, niemals mehr als eine Freundin mitnehme und niemals rase.

»Ich halte das zwar nicht für richtig«, sagt Mom schließlich, »aber einverstanden. Lass dein Handy immer an. Schick eine SMS, wenn du angekommen bist und wenn du losfährst.«

»Danke!« Ich umarme sie. Erst als sie meine Umarmung erwidert, spüre ich, wie schwer es ihr fällt, mich gehen zu lassen. Sie streichelt mir über den Rücken und vergräbt ihre Nase in meinen Haaren, bevor sie mich wieder loslässt.

Wachtmeister Thayer wartet direkt vor *Pete's Pizza* in einem Zivilfahrzeug. Das Auto ist einer dieser unauffälligen braunen Fords mit vier Türen, einem Suchscheinwerfer neben dem Fahreraußenspiegel und einer kurzen Antenne am Kofferraum.

Es hätte genauso gut auch blau-weiß lackiert sein und ein Blaulicht auf dem Dach haben können.

Er hält einen Notizblock in der Hand und beobachtet die Eingangstür. Da gibt es jede Menge zu sehen. Die Schlange reicht bis zur Tür hinaus und am Schaufenster vorbei. So viele Leute habe ich noch nie in der Pizzeria gesehen, noch nicht einmal an einem Super-Bowl-Sonntag. Überall in den Schaufenstern hängen Zettel. Ich erkenne darauf nur ein Foto und ein paar Zeilen, aber mir ist klar, dass man damit die Leute zur Hilfe bei der Suche nach Kayla aufrufen will.

Ich fahre um den Block herum, parke und nehme den Mitarbeitereingang. Nachdem ich meine Handtasche in ein Fach gelegt habe, schnappe ich mir ein Baseballcap und eine Schürze aus einer Kiste im Pausenzimmer. Keiner ist momentan im Raum, weil so viel los ist. Als ich in die Küche komme, liegen Salamistücke und Käseschnipsel auf dem schwarz-weißen Boden verstreut. Da Pete nichts von Verschwendung hält, ist das mindestens genauso erstaunlich wie die Schlange vor der Tür.

Petes Frau, Sonya, die normalerweise nur zu Hause die Buchführung macht und ab und zu mal beim Ausliefern hilft, schiebt die Kasse mit der Hüfte zu und gibt einem Kunden gleichzeitig sein Wechselgeld. Drew, Courtney und Pete machen Pizza. Hastig verteilt Pete mit der einen Hand Pilze und mit der anderen schwarze Oliven. Er benutzt keine Waage – noch eine Premiere.

»Wo werde ich gebraucht?«, frage ich Pete. »An der Kasse oder hier?«

Drew dreht sich um und lächelt, als er meine Stimme hört, wobei ein Mundwinkel weiter nach oben wandert als der andere. Dann nimmt er sich einen Holzschieber und öffnet die Ofentür. Ich rede mir ein, dass der 500-Grad-Ofen an meinen heißen Wangen schuld ist.

Pete arbeitet ohne Unterlass. »Hilf Sonya, bis wir mit den Bestellungen hinterherkommen.«

Ich gehe zur Theke und nehme mir einen Block und einen Stift. »Wer ist der Nächste?«

Ein Mädchen mit krausen roten Haaren und einem Batik-Shirt sagt: »Ich glaube, ich.«

»Was darf es sein?«

Statt meine Frage zu beantworten, sagt sie: »Hier hat sie also gearbeitet, oder? Kayla?«

Ich ringe mir ein »Ja« ab und weiche ihrem Blick aus. Vielleicht hat Mom recht. Vielleicht hätte ich nicht herkommen sollen.

»Hast du etwas gehört von ihr? Irgendetwas?«

»Nein. Was möchtest du bestellen?«

»Dann nehme ich ein Stück Käsepizza.«

»Was zu trinken?« Ich weiß schon, dass sie Nein sagen wird, noch bevor sie den Kopf schüttelt.

Und so geht es die ganzen nächsten Stunden. Viele Fragen und viele Bestellungen für einfache Häppchenportionen. Als wäre das der Eintritt, den man zahlen muss, um sich eine Art Tatort anzusehen. Ich erkenne ein paar Dutzend Schüler wieder, aber es kommen auch jede Menge Erwachsene, die die Wände nach einem Foto von Kayla absuchen und mich fragen, wie Kayla gewesen ist. Soweit es geht, antworte ich einsilbig. Oder sage gar nichts. Schenke ihnen nur einen Blick, der sagen soll, dass Kayla kein abstrakter Begriff für uns ist, sondern real.

Die einzige Pause an diesem Abend hat Sonya, die von Courtney abgelöst wird, als sie zur Toilette muss. Courtney versucht ernsthaft alle Fragen über Kayla zu beantworten, woraufhin die Leute nur noch mehr fragen, statt Pizza zu bestellen. Ich höre einen Kunden sagen: »Meinst du, es könnte ihr Freund gewesen sein?«

Courtney antwortet nicht, dreht sich einfach um, bindet sich die Schürze ab und geht zu Pete. Tränen laufen ihr übers Gesicht. »Ich kann das nicht, Pete, ich kann es einfach nicht.« Sie knüllt die Schürze zusammen und er nimmt sie entgegen, als wüsste er nicht, was es ist.

»Geh nach Hause, lass dir Zeit, sammle dich wieder«, sagt er, macht dabei aber einen leicht verzweifelten Eindruck. Wir kommen so schon kaum mit der Arbeit hinterher. Und ich fürchte, dass Courtney nicht meint, sie könnte das nur heute Abend nicht machen. Ich glaube, sie hat gerade gekündigt.

»Was darf es sein?«, frage ich einen großen Mann, der vor dem Tresen steht. Er ist nicht ganz so alt wie mein Dad, aber fast. Er trägt ein Baseballcap der Yankees und ein Shirt der Portland Trailblazers, ist allerdings so übergewichtig, dass man weiß, dass der einzige Sport in seinem Leben sich im Fernsehen abspielt.

»Kommt drauf an«, sagt er und beugt sich vor. »Was hast du denn zu bieten?« Er zieht eine Augenbraue hoch und grinst dreckig.

Ich zwinkere. Drehe ich jetzt durch oder hat er das gerade tatsächlich gesagt? Gänsehaut breitet sich auf meinen Armen aus. »Raus!«, sage ich, hebe einen Arm und zeige zur Tür.

Die Frau hinter ihm wackelt mit dem Zeigefinger. »Sie haben gehört, was das Mädchen gesagt hat!«

Alle starren ihn an, aber er steht noch immer da mit diesem kranken, dreckigen Grinsen.

»Sehen Sie zu, dass Sie hier rauskommen!« Ich spucke ihm die Wörter regelrecht entgegen.

Erst als er weg ist, zittere ich.

NOTRUFAUFZEICHNUNG

Notrufzentrale: Notrufstelle. Polizei, Feuerwehr oder Krankenwagen?

Alice Russo: Polizei.

Notrufzentrale: Worum geht es?

Alice Russo: Ich habe einen Lieferwagen gesehen, dort draußen, wo das Mädchen verschwunden ist. Dieses Pizzamädchen.

Notrufzentrale: Meinen Sie Kayla Cutler?

Alice Russo: Ja. Das Pizzamädchen.

Notrufzentrale: An welchem Tag war das?

Alice Russo: Mittwoch. Ja, es war Mittwoch. Genau an dem Abend, an dem das Mädchen verschwunden ist. Ich habe einen weißen Lieferwagen gesehen, sah aus wie ein älterer Ford. Und er fuhr sehr langsam. Als würden sie nach dem Mädchen suchen.

Notrufzentrale: Sie sagen »sie«. Saßen mehrere Personen im Lieferwagen?

Alice Russo: Das weiß ich nicht. Ich konnte nicht in den Wagen sehen. Aber ich weiß, dass es ein älterer Lieferwagen von Ford war. Weiß. Und den habe ich hier in der Gegend bisher noch nie gesehen.

Der vierte Tag

KAYLA

Ich wache auf. Zumindest nehme ich an, dass ich wach bin.

Vielleicht bin ich tot.

Es ist vollkommen dunkel. Meine rechte Kopfhälfte pocht vor Schmerzen.

Ich muss am Leben sein. Tote spüren keine Schmerzen, oder?

Nach fünf Minuten oder vielleicht auch einer Stunde richte ich mich schließlich auf. Großer Fehler. Mein Kopf ist an der Unterlage festgeklebt. Als ich das merke, ist es bereits zu spät. Ich schreie auf vor Schmerz. Es ist, als würde ich skalpiert.

Ich schreie weiter, doch jetzt finde ich auch Wörter. »Hilfe! Kann mir jemand helfen? Ich bin verletzt!«

Die Wörter hallen direkt zurück zu mir. Es scheint, als wären meine Rufe hier gefangen, wo auch immer *hier* ist. Genau wie ich. Was ist passiert? Wo bin ich?

Keiner kommt. Keiner antwortet mir.

Ein warmes Rinnsal aus Blut läuft mir in den Nacken. Wie schlimm ist es? Ich habe Angst, es herauszufinden. Wenn ich danach taste, werde ich Knochen berühren? Vielleicht sogar Hirn?

Ich atme schneller. Ich höre mich winseln, ein hastiges, leises Geräusch, das mir noch mehr Angst einjagt.

Schließlich hole ich tief Luft und lege die Fingerspitzen an meinen Kopf. Die Wunde klafft wie geöffnete Lippen. Sie reicht von der Schläfe bis zum Ohr. Sie blutet beharrlich, aber nicht in Strömen. Keine Knochensplitter. Nichts, was sich wie Hirnmasse anfühlt. Ich lasse die Hand wieder sinken.

Blind taste ich meine Umgebung ab. Ich sitze auf etwas, vermutlich ein Bett. Hinter mir ist eine Wand. Links eine weitere. Ich stehe auf und renne fast direkt gegen eine dritte Wand, die parallel zum Bett verläuft. Meine Finger gleiten über die Wände und stoßen endlich auf etwas, das sich wie ein Lichtschalter anfühlt.

Das Licht, das von zwei surrenden Leuchtröhren kommt, ist so grell, dass ich die Augen zukneife. Ich zwinge mich, sie wieder zu öffnen.

Die Luft flimmert wie weißes Konfetti. Schwindelerregend.

Ich schließe die Augen und setze mich. Hart. Mein Magen rebelliert, als wollte er sich übergeben. Ich kämpfe dagegen an und schlucke.

Schließlich gelingt es mir, die Augen erneut zu öffnen und ich sehe mich um.

Was ist das hier? Wo bin ich?

Ich bin in einem Zimmer, ungefähr zwei mal vier Meter groß. Das marineblaue Futondoppelbett, auf dem ich sitze, nimmt fast den ganzen Raum ein. Keine Fenster. Die Wände sind kahl und weiß. Die Decke ist niedrig, knapp über zwei Meter hoch. Es ist klaustrophobisch.

Am Fußende des Betts steht ein schmales weißes Buchregal mit einem Fernseher oben drauf. Dahinter ist in der einen Ecke eine Toilette und in der anderen eine Tür.

Eine Tür!

Ich stürme darauf zu. Zumindest will ich das. Doch nach zwei Schritten wird mir schwindelig. Ich falle auf die Knie, krieche vorwärts und achte nicht weiter auf das Blut, das den Boden besprenkelt. Ich muss hier raus.

Doch der Türknauf bewegt sich nur ein paar Millimeter. Ich drehe ihn in die andere Richtung. Er rührt sich gar nicht.

»Ich will hier raus! Ich will hier raus!« Ich hämmere gegen die Tür. Dann halte ich inne und lausche.

Nichts.

Stille.

Keiner kommt. Vielleicht hört mich auch keiner.

»Hilfe! Hilfe! Ich lebe noch! Ich lebe noch und bin hier drin!«

Ich ziehe mich am Türknauf hoch. Dann trete ich gegen die Tür, versuche den Knauf zu treffen und das Schloss aufzubrechen. Es bewegt sich keinen Millimeter. Ich trete, hämmere und schreie. Die weiße Tür ist mit meinen blutigen Fingerabdrücken übersät. Ich falle um und stehe wieder auf. Immer wieder. Ich weine und schreie, bis mir schlecht wird, ich würgen muss, Speichelfäden an meinen Lippen hängen. Doch sobald ich wieder Luft geholt habe, hämmere ich erneut gegen die Tür, brülle und rufe.

Schließlich muss ich mich hinlegen. Ich presse mein Gesicht gegen den Spalt unter der Tür. Auf der anderen Seite ist es dunkel, als wäre dort nichts und niemand. Als hätte man mich in eine Gruft gesperrt.

»Ich will hier raus«, sage ich, aber jetzt flüstere ich nur noch. »Ich will hier raus.«

Der vierte Tag

„JOHN ROBERTSON“

Wieder dringen Schreie aus dem Zimmer, das ich extra gebaut habe. Schwach, aber dennoch hörbar. Ich lege mein Schablonenmesser beiseite, schnappe mir die Fernbedienung vom Fernseher und drehe die Lautstärke hoch. Na bitte. Problem gelöst.

Leider nicht wirklich.

Es läuft nicht nach Plan. Habe ich vom letzten Mal nichts gelernt? Aber nein, ich war zu gierig. Schon wieder.

Vor vier Tagen wollte ich meinen Plan in die Tat umsetzen. In dieser Nacht war der Himmel bewölkt.

Somit half kein Mondlicht dem Pizzamädchen dabei herauszufinden, dass ich eine falsche Adresse angegeben hatte. Auch den paar Anwohnern sollte es in dieser Nacht schwerfallen, etwas auf der unbeleuchteten Straße zu erkennen. Außerdem war Mittwoch, also sowieso nicht viel los. Gaby Klug sollte die Pizzas ausfahren.

Gaby ist diejenige, die ich für mein sogenanntes Projekt ausgewählt habe. Das Projekt, zweiter Teil. Anfangs ist sie schüchtern, doch irgendwann taut sie auf und macht Scherze. Aber erst, nachdem sie dich genau gemustert hat und meint, dass es okay ist. Dass es dir gefällt.

Sie wäre perfekt.

Nachdem mir erst einmal klar geworden war, dass ich ein Mädchen dazu bringen kann, sich mir selbst direkt auszuliefern, hat es Monate gedauert, bis ich mich für eins entschieden habe. Monate voller fettiger Pizzastücke, Pizzas zum Mitnehmen und Monate, in denen ich den Parkplatz beobachtete, um zu sehen, wer die Pizzas ausfuhr. Bei *Pete's Pizza* arbeiten neun Mädchen und Frauen. Aber nicht alle fahren Pizzas aus. Und diejenigen, die übrig bleiben? Da wäre zum Beispiel Petes Frau, Sonya. Vierzig, zu viel Schminke, zu dicker Hintern, zu frech. Nicht mein Typ. Absolut nicht mein Typ. Oder Courtney mit den kleinen, kalten Augen, umrandet mit schwarzem Kajalstift. Amber mit ihrem durchdringenden, übertriebenen Lachen.

Die meisten passen nicht.

Von meiner Arbeit weiß ich, dass man mit dem richtigen Rohmaterial anfangen muss, wenn etwas Ordentliches dabei herauskommen soll. Man fängt nicht mit den falschen Bauteilen an und versucht sie zu etwas zu verbiegen, das sie nie waren und nie sein können.

Auch das habe ich beim ersten Mädchen gelernt. Wie hieß sie gleich noch mal? Jenny? Jessica? Janie? Ich erinnere mich nicht mehr. Sie war ein Experiment, mehr nicht. Erst als sie schon bei mir war, wurde mir klar, dass sie vollkommen ungeeignet für meine Zwecke war. Es war fast wie damals, als ich mich zwischen Polyurethan und Styropor für meine Modellarbeiten entscheiden musste. Erst wenn man mit Styropor gearbeitet hat, weiß man, dass es nicht so viele Lacktechniken zulässt.

Und Kayla? Kayla passt überhaupt nicht. Aufbrausend, wenn Gaby zuckersüß sein würde. Trotzig, wenn Gaby unterwürfig sein würde. Undankbar, verkommen, schmutzig, ekelhaft. Gaby wäre nichts davon.

Als ich statt des schwarzen Mini Coopers den roten Taunus mit dem Leuchtschild von *Pete's Pizza* auf dem Dach sah, wusste ich, dass etwas schiefgelaufen war. Ich hätte wegfahren sollen. Es hätte etwas gedauert, aber ich hätte einen anderen entlegenen Ort finden und an einem anderen Mittwochabend anrufen und eine falsche Adresse angeben können.

Aber die Gier setzte meinen Verstand außer Betrieb. Ich redete mir ein, dass Kayla zwar nicht perfekt war, ich sie aber formen könnte. Gaby würde mir schließlich auch nicht für alle Ewigkeit reichen. Ich hörte nicht auf meine innere Stimme, die mich vor einem Fehler warnte, und winkte Kayla heran.

Als sie mein bekanntes Gesicht sah, lächelte sie und ich dachte schon, ich hätte das Richtige getan. Ein paar Sekunden danach wurde mir klar, wie falsch ich damit lag, aber da war es schon zu spät.

Was ich möchte – was ich tun muss –, ist noch mal von vorne anfangen. Mit Gaby, derjenigen, die ich wirklich will. Aber bevor ich das tun kann, muss ich meinen Fehler erst beseitigen.

Ich könnte Kayla runter zum Fluss bringen und mich ihrer entledigen. Sie von ihren Schmerzen befreien. Kann sein, dass man sie niemals finden wird, und selbst wenn, wird das Wasser bis dahin jegliche Beweise davongespült haben. Man wird nie herausfinden, dass sie noch ein paar Tage am Leben war, bevor sie im Fluss endete.

Und dann kann ich von vorne anfangen.

Der vierte Tag

DREW

Alle haben sich an diesem Morgen um zehn Uhr in der Küche einzufinden. Wir treffen uns in der Küche, weil im Pausenraum nur für ungefähr drei Leute Platz ist.

Die Küche platzt aus allen Nähten. Das Fließband ist aus. Jemand hat Stühle aus dem Restaurant geholt, um die Klappstühle zu ergänzen. Jeweils drei stehen in dem langen, schmalen Zimmer in Reihe nebeneinander.

Es sind jede Menge Gerüchte im Umlauf: Jemand hat versucht, bei Kaylas Eltern einzubrechen. In der letzten Nacht ist ein Fahrer von *Papa John's Pizza* verschwunden. Die Polizei will, dass alle Jungen, die bei *Pete's Pizza* arbeiten, als Mädchen verkleidet Pizza ausfahren und den Köder spielen. Jemand hat Kayla auf der Pine Street und in Seattle gesehen. Pete macht dicht und geht in Insolvenz. Ich höre mir einfach alles an. Es ist offensichtlich, dass keiner eine Ahnung hat.

Gaby steht kurz zögernd in der Tür. Dann setzt sie sich neben mich. Keiner hat sich bisher in meine Nähe gewagt. Vielleicht spinne ich ja nur, aber könnte es damit zu tun haben, dass ich derjenige war, der Kayla mit den Pizzas hat losfahren lassen? Liegt es daran, dass ich die Bestellung von diesem Typen aufgenommen habe, als wäre sie eine echte?

Gestern Abend war dermaßen die Hölle los gewesen – vor allem, nachdem Courtney gekündigt hatte – dass ich noch gar nicht dazu gekommen war, mit Gaby zu reden. Ich wollte ihr anbieten, sie zu ihrem Auto zu begleiten, doch Pete war schneller gewesen.

Ich glaube, Gaby versteht, wie ich mich fühle, auch wenn sie am Mittwoch nicht in der Pizzeria gewesen ist. Immerhin hätte sie an dem Abend arbeiten sollen. Und der Mann hat nach ihr gefragt. Und ich? Ich war derjenige, der Kayla zuletzt gesehen hat, aber ich kann mich noch nicht einmal an ihre letzten Worte erinnern. Wahrscheinlich war es irgendwas Unbedeutendes, aber jetzt erscheint es wichtig.

Wenn ich mich nur erinnern könnte, was sie als Letztes gesagt hat.

Natürlich waren Kaylas allerletzte Worte wahrscheinlich nicht die, die sie zu mir gesagt hat, als sie ihre Autoschlüssel und die drei Pizzaschachteln genommen hat. Vermutlich waren es gar keine Worte, sondern Schreie.

Weil mir so etwas durch den Kopf geht, kann ich nicht mehr richtig schlafen.

Gaby sitzt nach vorne gebeugt, kaut an einem Fingernagel und Haare fallen ihr ins Gesicht. Sie zappelt ohne Unterlass mit den Beinen. Ich habe das Gefühl, ich bin nicht der Einzige, der nicht genügend Schlaf bekommt. Vielleicht hätte ich ihr nicht erzählen sollen, was der Mann gesagt hat. Aber ich musste es ihr einfach sagen. Außerdem hätten es ihr die Bullen wahrscheinlich sowieso sofort erzählt.

Pete kommt herein. Er ist klein, vielleicht ein Meter sechzig, hat schwarze Haare, eine große Nase und einen ansehnlichen Bauch. Ihm folgt einer der Polizisten, der schon mehrmals mit mir gesprochen hat. Beim Anblick seiner Uniform und der schwarzen Waffe an seiner Hüfte wird es im Raum sofort totenstill.

»Das ist Wachtmeister Thayer«, sagt Pete. »Er wird eure Fragen beantworten.«

Gaby holt tief Luft. Sie meldet sich. »Haben Sie Kayla schon gefunden?«

»Noch nicht, Gabriella.« Es ist, als würde ein elektrischer Schlag durch den Raum zucken. Jeder begreift: Dieser Polizist kennt ihren Namen. »Wir wissen noch immer nicht, was genau passiert ist. Wir wissen nur, dass jemand Pizza zu einer Adresse bestellt hat, die es nicht gibt. Wir haben Kaylas Auto in der Nähe dieser Straße gefunden, daher gehen wir davon aus, dass sie die Adresse gesucht hat. Sie hatte genügend Benzin. Soweit wir das überprüfen konnten, hatte der Wagen keine technischen Mängel. Vielleicht hat sie jemand herangewunken. Vielleicht hat jemand so getan, als wollte er ihr helfen die Adresse zu finden, und hat sie dann überwältigt. Vielleicht hatte sie keine Lust mehr, nach der Adresse zu suchen, wollte zum Fluss gehen und einen Joint rauchen.« Ein paar Leute kichern. Thayer sieht enttäuscht in die Runde. Als hätten wir allein bei der Vorstellung Haltung annehmen und entsetzte Gesichter machen sollen.

Und ich? Ich frage mich, wer gequatscht hat. War es Gaby? Ich sehe aus den Augenwinkeln zu ihr. Sie blickt stur nach vorne. Aber ihre Knie zittern noch immer.

Ich muss an damals denken, als ich mit Kayla im Kühlraum gewesen bin und Gaby draußen auf Kundschaft gewartet hat, die nicht kam. Im Kühlraum hängt nur eine Glühbirne von der Decke, sodass es in den Ecken dunkel ist. Wir standen zwischen Kisten voller Käse und Pfeffersalami und reichten uns den Joint hin und her. Als ich ihn von Kayla entgegennahm, war er feucht vor Speichel. Meine Lippen und sogar meine Zunge berührten etwas, das sie gerade berührt hatte. Ich hätte sie am liebsten stürmisch geküsst. Aber ich tat es nicht. Sie war damals noch mit Brock zusammen, und der ist die totale Sportskanone. Er sieht zwar immer etwas verpennt aus, aber sein Körper besteht nur aus Muskeln. Er wiegt wahrscheinlich zwanzig Kilo mehr als ich. Daher lehnten Kayla und ich einfach nur Schulter an Schulter an der kalten Betonwand.

Der Polizist starrt mich an. Als wollte er, dass ich zusammenbreche und zugebe, dass es an unserer Schule einen großen Drogenring gibt. Was total bescheuert ist. Derjenige, der Kayla entführt hat, wollte ein Mädchen, keine Drogen. Gut möglich, dass Kayla ein oder zwei Joints in ihrer Handtasche gehabt hat. Vielleicht. Aber mehr sicher nicht. Die Handtasche hat der Mann außerdem sowieso nicht genommen. Soweit ich weiß, verkauft Kayla weder Drogen, noch kauft sie sich selbst welche. Sie bekommt sie einfach von irgendwem. Wie damals von mir zum Beispiel.

Schließlich beendet Thayer sein langes Schweigen. »Wir müssen alles in Betracht ziehen. In dieser Phase der Ermittlungen können wir es uns nicht erlauben, etwas zu übersehen.« Er lässt den Blick durch den Raum schweifen. Mit seiner kantigen, langen Nase sieht er aus wie ein Falke, der über der Landstraße kreist und nach überfahrenen Tieren Ausschau hält. »Es gibt Aussagen, denen zufolge in der betreffenden Nacht ein weißer Lieferwagen in der Nähe gesichtet wurde, daher überprüfen wir gerade die Besitzer von weißen Lieferwagen.«

Ein weißer Lieferwagen? Ich wette, jedes zehnte Auto in Portland ist ein weißer Lieferwagen. Na dann mal viel Spaß.

»Verzeihen Sie«, sagt Amber. Sie arbeitet nur an den Wochenenden. »Ich habe gehört, dass er nach dem Mädchen im Mini Cooper gefragt hat. Bedeutet das nicht, dass er eigentlich Gaby wollte?« Sie sieht über die Schulter nach hinten und flüstert Gaby ein »Entschuldige!« zu, als hätte sie ein Geheimnis verraten. Es ist offensichtlich, dass einige im Raum tatsächlich zum ersten Mal etwas davon hören.

Gaby wird stocksteif. Zumindest ihr Oberkörper. Sogar ihre Beine stehen kurz still.

Der Polizist sagt: »Wir lassen zwar keine Möglichkeit außer Acht, sind aber ziemlich fest davon überzeugt, dass der Täter es auf Kayla Cutler abgesehen hat. Vielleicht hat er Gabriellas Mini Cooper erwähnt, um uns zu verwirren, aber entführt hat er dennoch Kayla. Was auch immer genau passiert ist, Kayla ist an den Straßenrand gefahren, hat angehalten, die Handbremse angezogen und ihre Handtasche auf dem Sitz liegen gelassen. So verhält sich eine junge Frau, die sich in Sicherheit wiegt. Wir gehen davon aus, dass sie die Person kannte, zumindest vom Sehen. Vielleicht ein Freund, ein Mitschüler oder ein Stammkunde, der alle jungen Frauen kennt, die hier arbeiten.«

Die Mädchen schnappen nach Luft. Amber reißt die Augen auf und ringt mit den Tränen. Sie macht fast nur Auslieferungen.

»Deswegen brauchen wir eure Hilfe«, sagt der Polizist. »Wir haben zwar schon mit den meisten hier gesprochen, werden aber in den nächsten Tagen nochmals mit allen reden. Wir interessieren uns vor allem für die Kunden, die schon mal eine Pizza bestellt und euch nervös gemacht haben. In dieser Phase wollen wir alles wissen, selbst wenn es sich nur um ein Bauchgefühl handelt.«

»Wie wollen Sie für unsere Sicherheit garantieren?«, will eine ältere Frau namens Sunny wissen. Sie arbeitet tagsüber, meistens genau hier in der Küche, und sie hat einen Watschelgang. Kaum vorstellbar, dass sie in Gefahr ist.

Pete räuspert sich. »Ich habe den Dienstplan geändert. Kein Mädchen fährt mehr Pizzas aus. Nur noch Jungs. Natürlich Jungs, die ein Auto haben.«

Mist! Und was ist mit mir? Ich habe nur ein Skateboard.

»Hier ist der neue Dienstplan.« Pete gibt den Leuten in der ersten Reihe einen Stapel Zettel. Sie reichen die Zettel durch, während sich die Versammlung auflöst. Als einer bei mir ankommt, sehe ich, wie schlecht es um mich steht. In letzter Zeit habe ich immer vier Tage die Woche gearbeitet (und bin sooft es ging für andere eingesprungen) – und jetzt sind es nur noch zwei Tage.

Gaby fährt mit dem Finger die Liste entlang zu meinem Namen. »Oh Mann, deine Stundenzahl hat er aber heftig gekürzt.«

»Ja, echt Scheiße«, sage ich. Was noch eine Untertreibung ist. Viele der anderen Schüler arbeiten bei Pete, um sich etwas dazuzuverdienen oder fürs College zu sparen. Ich brauche das Geld, damit etwas zu essen auf den Tisch kommt und das Licht angeht, wenn ich auf den Schalter drücke.

Vorher habe ich immer dienstags und mittwochs mit Gaby zusammengearbeitet, mit Kayla jeden Freitagabend. Am Sonnabend arbeitet so ziemlich jeder. Aber jetzt bin ich nur noch für Freitag und Sonnabend eingeteilt. Die zwei Wochentage, an denen ich normalerweise mit einem Mädchen zusammengearbeitet habe, das die Pizzas ausgefahren hat, macht jetzt Miguel. Ich sehe zu ihm. Er studiert noch immer den Dienstplan. Er geht in dieselbe Klassenstufe wie ich, aber er sah schon immer älter als alle anderen aus. Er ist über ein Meter achtzig groß und trägt die schwarzen Haare raspelkurz. Seine langen gepflegten Koteletten heben seine Kieferknochen hervor. Miguel rasiert sich seit der Sechsten. Er bemerkt meinen Blick und ich wende mich ab. Vorher sehe ich aber noch sein kleines fieses Grinsen.

Gaby mustert mich. »Hast du einen Führerschein?« Ihre Augen haben eine ungewöhnliche Farbe. Nicht grün, nicht blau, nicht grau, nicht braun. Je nach Tageszeit, Licht oder Pulloverfarbe sehen sie anders aus.

Ich zucke mit den Schultern. »Schon, aber was macht das für einen Unterschied? Pete hat kein Auto, mit dem wir Pizza ausfahren können.«

»Du könntest mein Auto benutzen«, sagt sie und schaut dann weg.

Ich kann es kaum fassen. Gaby und ich kommen gut miteinander aus, sind aber nicht eng befreundet. Ich weiß noch nicht einmal, warum sie überhaupt arbeitet. Sie müsste es nicht. Ihre Eltern haben Geld – sie sind beide Ärzte. Chirurgen, glaube ich. Ihr schwarzer Mini Cooper ist wahrscheinlich gerade mal sechs Monate alt.

Die meisten reichen Schüler an unserer Schule sind auch sehr beliebt. Aber Gaby gehört nicht dazu. Sie gehört eigentlich nirgendwo dazu. Sie ist ruhig, hält sich immer zurück, beobachtet lieber.

Ein wenig wie ich.

»Nein«, sage ich etwas zu schroff. Sie schreckt zurück. Innerlich ohrfeige ich mich. »Ich meine, das ist nett, aber nein, danke.«

Sie richtet sich auf, sodass wir fast auf einer Augenhöhe sind. »Ich meine es ernst.« Sie sieht sich um, bis sie Miguel entdeckt.

Er steht vorne und redet mit Thayer. Gaby dreht sich wieder zu mir um und redet leise weiter. »Ich würde viel lieber mit dir zusammenarbeiten. Miguel lässt sich immer hängen bei der Arbeit. Außerdem macht er Aas-Pizzas.« Aas-Pizzas sind Pizzas, die so schlecht sind, dass sie nur noch für Aasgeier oder Angestellte gut genug sind. »Und nach Feierabend nimmt er sie dann mit nach Hause. Das hat er schon mit drei Pizzas so gemacht.«

»Erstaunlich, dass Pete das bisher noch nicht mitbekommen hat.« Pete ist unglaublich geizig. Einmal hat Danny eine Glasscherbe in einer billigen Dose Pilze gefunden. Statt die Pilze einfach wegzuwerfen, bot Pete Danny einen Dollar an für jede Scherbe, die er findet. Am Ende hatte Danny vierzehn Dollar zusammen und eine große Schnittwunde am Daumen.

Gaby zuckt mit den Schultern. »Pete macht öfters Inventur, da wird er es schon irgendwann mal merken. Also, was ist? Bitte – nimmst du mein Auto und ersparst mir Miguel?«

Ich zögere. Die Wahrheit ist, ich brauche das Geld. Manchmal spiele ich sogar mit dem Gedanken, selbst so zu tun, als würde ich eine Pizza bestellen. Obwohl ich Pizza mittlerweile nicht mehr sehen kann. Wir dürfen uns schon immer eine Pizza für die Pause machen, wenn wir länger als vier Stunden arbeiten. In letzter Zeit habe ich sie mit Sardellen belegt oder den Käse weggelassen und zweimal richtig viel Soße drauf gemacht. Nur damit es anders schmeckt als die tausend Pizzas, die ich schon gegessen habe.

Gaby holt tief Luft. Dann sagt sie schnell: »Außerdem arbeite ich gern mit dir zusammen.«

Im ersten Moment bin ich so überrascht, dass ich gar nichts erwidere. Wenn wir zusammen arbeiten, mustert sie mich immer verhalten. Als würde sie mich für gefährlich halten. Wenn ich einen Witz mache, zögert sie eine Sekunde, bevor sie lacht. Ich frage mich dann immer, ob sie überhaupt noch lachen wird.

Und wenn sie es tut, tief und kehlig, kann ich gar nicht genug bekommen von ihrem Lachen.

»Wäre das auch wirklich mit deiner Versicherung in Ordnung?«

»Muss ich mal nachsehen.« Gaby zuckt mit den Schultern. »Solange du in keinen Unfall verwickelt bist, ist es sowieso egal. Keiner bekommt etwas davon mit. Und ich wette, du bist ein vorsichtiger Fahrer.«

Flirtet Gaby Klug mit mir? Mit mir, Drew Lyle?

»Du hast mich noch nie fahren gesehen. Woher willst du wissen, dass ich vorsichtig fahre?«

»Ich weiß es einfach.« Sie blinzelt.

Ist es zu fassen? Sie flirtet tatsächlich mit mir! »Wieso tust du das für mich?«

Dann ist sie auf einmal wieder ernst. »Weil ich genug gesehen habe, um zu wissen, dass du den Job brauchst.«

Der vierte Tag

GABY

Drew und ich müssen warten, bis wir mit Pete reden können. Amber spricht mit ihm, beziehungsweise textet ihn wild gestikulierend voll.

Schließlich kommen wir an die Reihe. »Können wir mit dir über den Dienstplan sprechen?«, frage ich.

»Alle beide?« Pete sieht mich an, dann Drew, dann wieder mich.

»Ja«, sage ich entschlossen.

»Kommt in mein Büro.«

Die Bezeichnung Büro ist etwas übertrieben für ein Kabuff, das drei mal drei Meter groß ist. Auf dem Schreibtisch liegen etliche Kassenbons und ein Taschenrechner mit Mini-Drucker. An der Wand stehen Kisten voller Ananas und Oliven. Da Pete sich auf den einzigen Stuhl im Raum gesetzt hat, lehnen Drew und ich uns an die Kisten.

Ich hole tief Luft. »Ich finde, du solltest Drew die gekürzten Stunden zurückgeben.«

Pete zuckt mit den Schultern. »Tut mir leid, aber er hat kein Auto. Und ich lasse weder dich noch irgendein anderes Mädchen Pizza ausfahren.« Er kneift sich in die Nasenwurzel. »Nicht nach der Sache mit Kayla.«

»Er kann mein Auto benutzen.«

Pete macht bei dieser Nachricht ein ebenso erstauntes Gesicht wie Drew vor ein paar Minuten.

»Ich weiß nicht …«

»Komm schon«, sage ich. »Ich will nicht mit Miguel zusammenarbeiten.«

»Warum nicht?«

»Weil ich mich mit ihm nicht sicher fühle. Wenn irgendein fieser Typ hereinkäme, wäre ich diejenige, die Miguel beschützen müsste.«

Das ist noch nicht einmal gelogen. Miguel wirkt vielleicht schon sehr erwachsen, aber als Danny sich in den Daumen geschnitten hatte, wäre er beinahe umgekippt. Und wenn sich Miguel entscheiden müsste, mich zu beschützen oder wegzulaufen, würde er sich so schnell aus dem Staub machen, dass seine Schuhe qualmten.

Pete hält sich die Hand vor den Mund, doch vorher kann ich noch ein Grinsen unter seinem dichten schwarzen Schnauzbart erkennen. »Nun ja, ich kann es mir nicht leisten, dass auch du noch kündigst. Amber hat mir gerade gesagt, dass sie nicht mehr kommen wird.« Er blickt zu Drew. »Sieht so aus, als wäre der Dienstplan, den ich gerade verteilt habe, bereits Schnee von gestern. Hättest du Lust, ein paar Stunden mehr zu machen?«

»Klar.« Drew sagt niemals Nein zu zusätzlichen Stunden.

»Ich weiß es zu schätzen, dass ihr beiden nicht das Handtuch werft. Ich kann mir vorstellen, wie nah es dir geht. Euch beiden«, sagt Pete. Seine Augen wirken müde und lassen ihn wie einen traurigen Spürhund aussehen.

»Ich kann an nichts anderes mehr denken«, sagt Drew leise. Ich sage nichts, nicke nur.

Pete lehnt sich zu uns. »Ich verrate euch etwas, aber ihr dürft es niemandem weitererzählen.«

»Okay«, sagen wir gleichzeitig. Drew wirft mir einen Blick zu und ich weiß, dass es ihm genauso geht wie mir. Dass er es vielleicht gar nicht wissen will.

»Sie haben unten am Fluss eine Stelle gefunden, nicht weit von Kaylas Auto. Eine Stelle, an der das Ufer total zerwühlt war, als hätte ein Kampf stattgefunden. Außerdem haben sie einen Stein mit Blutspuren sichergestellt, ungefähr faustgroß. Er ist gerade im Labor. Sie besorgen sich DNA von Kaylas Zahnbürste oder so, um zu sehen, ob sie übereinstimmt. Aber wenn es überhaupt Blut ist, ist es höchstwahrscheinlich ihr Blut.«

»Ein Stein?«, wiederholt Drew. »Am Ufer?«

Pete nickt.

Ich weiß nicht, woran die anderen jetzt denken, aber ich denke an den Fluss, wie tief, breit und wie schnell seine Strömung ist. An manchen Stellen sind es über dreißig Meter bis zum Grund. Diesen Frühling hatten wir eine starke Schneeschmelze.

Pete fügt schnell hinzu: »Aber erzählt es niemandem. Es kann auch ein Zufall sein.«

»Wissen ihre Eltern davon?«, fragt Drew.

»Natürlich«, sagt Pete und macht den Eindruck, als würde er bereits bereuen, dass er uns davon erzählt hat. »Aber sonst niemand. Ich hätte euch wirklich nichts sagen sollen.« Er tut, als müsste er dringend ein paar Unterlagen ordnen. Es ist klar, dass wir abtreten sollen. »Ich rede mit Miguel und sage ihm, dass sich der Dienstplan noch mal geändert hat.«

Vor Petes Büro drehe ich mich zu Drew um. »Wollen wir zu *Starbucks* gehen?«

Vor ein paar Wochen tauchte Drews Mom in der Pizzeria auf. Drew war hinten und rieb Mozzarella. Ich wusste nicht, dass es seine Mutter war. Drew und ich sind auf verschiedene Grundschulen gegangen und das ist ungefähr das letzte Mal, dass man die Eltern der anderen sieht.

Ich hätte sie zunächst überhaupt nicht für eine Mutter gehalten. Ihre straßenköterblonden, verhedderten Locken hingen ihr ins schmale Gesicht und der blaue Lidschatten war über einem Auge verschmiert. Sie trug Jeans, eine schwarze Daunenjacke und abgewetzte High Heels.

»Hi, arbeitet Drew heute?« Sie klang und roch wie eine Raucherin.

»Er ist hinten«, sagte ich. »Soll ich ihn holen?«

Jeder in der Schule wusste, dass Drew Lyle Gras verkaufte. Aber alles noch in einem gewissen Rahmen, nur ein paar Joints. Er war kein richtiger Dealer. Er verkaufte nur Marihuana. Aber jetzt sah es danach aus, als würde er es auch an Erwachsene und nicht mehr nur an Schüler verkaufen, was schon etwas anderes war. Außerdem hatte er bisher, soweit ich das mitbekommen hatte, noch nie bei der Arbeit etwas verkauft. Das Ganze gefiel mir gar nicht.

Statt mir eine Antwort zu geben, rief sie auf einmal: »Drew! Komm her! Drew!«

Ich zuckte zusammen. Es war nur noch ein anderer Kunde in der Pizzeria, ein Mann um die dreißig, der am Tresen ein Stück Pizza aß und in einer alten Zeitschrift las. Er hatte versucht mich anzubaggern. Ich schätze, er hatte gerade eine Scheidung hinter sich. Wahrscheinlich nicht ohne Grund. Ich hatte so wenig wie möglich mit ihm gesprochen und er hatte es schließlich mit hängenden Schultern aufgegeben. Vielleicht war ihm letztlich auch klar geworden, wie lächerlich es war, mit einer 16-Jährigen in einer Pizzeria zu flirten. Jetzt sah er genervt auf, doch seine Gesichtszüge entspannten sich schnell wieder. Frischfleisch. Nicht mehr ganz so frisch.

Sie öffnete den Mund, um abermals nach Drew zu rufen. »Ich hole ihn«, sagte ich schnell, um weiterem Gebrüll zu entgehen.

Aber Drew kam schon angerannt.

»Mom, was machst du hier?«

Mom? Sie war höchstens dreißig.

Der Blick, den Drew mir zuwarf, war schwer einzuordnen. Peinlich berührt, trotzig, bittend.

»Du musst mir etwas Geld leihen«, sagte Drews Mom schnippisch.

Der vierte Tag

DREW

Bei *Starbucks* besteht Gaby darauf, dass sie zahlt. Ich bereue, dass ich einen großen Mocca und keinen einfachen Kaffee bestellt habe.

»Seid ihr zwei irgendwie verwandt?«, fragt die Bedienung, als sie die beiden gleichen Getränke über den Tresen reicht.

Wir lachen, verneinen und blicken uns dann an. Wir sehen uns wirklich ein bisschen ähnlich. Ich bin fünf Zentimeter größer, aber wir haben beide glatte kinnlange Haare in derselben nichtssagenden Farbe, weder blond noch braun, mit Stirnfransen, die einigen Leuten zu lang wären.

»Danke für den Kaffee, Cousinchen.« Ich hebe die Tasse, als würde ich Gaby zuprosten. Sie lächelt. Wir setzen uns draußen an einen der kleinen runden Metalltische. Die Sonne ist angenehm, wie eine warme, flache Hand auf meinem Rücken.

Draußen sitzt nur noch ein Mann, der raucht und telefoniert. Trotzdem flüstert Gaby. »Einer der Gründe, warum ich mit dir reden wollte, ist, dass ich das Gefühl habe, du bist der Einzige, der das mit Kayla versteht. Ich meine, er wollte mich, oder? Er hat nach dem Mädchen im Mini Cooper gefragt. Nicht nach Kayla. Sie war nur zufällig zur falschen Zeit am falschen Ort.«

»Er hat nach dir gefragt.«

Gaby schluckt. Eine ganze Weile sagt sie nichts, dann sprudelt es aus ihr heraus: »Manchmal denke ich – was, wenn er es immer noch auf mich abgesehen hat? Was, wenn er noch mal auftaucht?« Ihre Beine zittern wieder. Ich würde am liebsten meine Hand darauf legen, wie bei einem verschreckten Tier, das man beruhigen möchte.

»Na ja, du machst ab jetzt ja keine Lieferungen mehr«, erwidere ich. »Aber wenn du Angst hast, kannst du auch einfach kündigen.«

Sie verzieht den Mund. »Wozu soll das gut sein? Wenn er es auf mich abgesehen hat, kann er mich holen, egal ob ich bei Pete bin oder nicht. Wahrscheinlich ist es sogar besser, wenn ich arbeite, dann sind wenigstens andere Leute in meiner Nähe.«

»Was ist mit deinen Eltern?«

»Die sind kaum zu Hause. Sie arbeiten in der Unfallchirurgie und sind meistens Tag und Nacht in Bereitschaft.« Sie spielt mit dem Rand ihres Pappbechers. »Oft wache ich morgens auf und stelle fest, dass ich allein zu Hause bin und es die ganze Nacht über war. Es ist unheimlich, auch wenn die Alarmanlage eingeschaltet ist.«

Ich nicke. Es ist nicht dasselbe, aber manchmal bleibt meine Mom die Nacht über bei einem Typen, den sie kennengelernt hat. Im Endeffekt geht es mir dann genauso: Ich wache in einer leeren Wohnung auf.

»Hast du mit der Polizei gesprochen? Vielleicht können sie dich unter Personenschutz stellen.«

»Klar doch.« Sie verdreht die Augen. »Die meinen anscheinend, es war jemand, den Kayla kannte. Du hast es doch vorhin gehört. Sie gehen davon aus, dass Kayla aus dem Auto ausgestiegen ist, weil sie den Täter kannte. Aber er hat nach *mir* gefragt.« Gaby tippt sich mit dem Zeigefinger auf die Brust. Sie trägt eine durchsichtige, weiße Bluse und darunter ein pinkes Trägershirt.

»Vielleicht hat er nur nach dir gefragt, um die Bullen auf eine falsche Fährte zu locken, wie Thayer schon sagte. Vielleicht wusste er bereits, dass Kayla an dem Abend arbeitet.«

Ich glaube das eigentlich nicht, aber Gaby wirkt etwas erleichtert.

»Wer könnte es dann gewesen sein?« Sie kneift die Augen zusammen. »Meinst du, es war Brock? Kayla hat gerade erst mit ihm Schluss gemacht. Besteht dann nicht die größte Gefahr, dass er gewalttätig wird?«

Ich versuche mir Brock wütend vorzustellen, wütend genug, um Kayla etwas anzutun oder sie zu töten. Vielleicht verbirgt sich hinter seinem Schlafzimmerblick und seinen schlechten Schulnoten ein Funken Energie und Zorn, der nur darauf wartet, zu explodieren. Aber ich glaube eher nicht.

»Er hätte ihr einfach nach der Schule auflauern oder am Wochenende zu ihr nach Hause gehen können«, erwidere ich. »Wieso soll er sich die Mühe machen und so tun, als würde er eine Pizza bestellen?«

»Aus demselben Grund wie jeder andere auch«, sagt Gaby finster. »Damit sie ungestört sind, irgendwo da draußen im Niemandsland. Damit er mit ihr tun und lassen kann, was er will, ohne jegliche Zeugen.« Sie steht auf, kippt den Rest Mocca mit einem Mal herunter und knallt den Becher in den Müll. »Kommst du mit?«

Seit vierzehn Monaten arbeite ich mit Gaby zusammen, aber heute habe ich mehr Worte mit ihr gewechselt als in all den Monaten zuvor. Und sie überrascht mich abermals.

»Okay. Wohin?«

»Ich will es sehen.«

»Was?« Ich fürchte, ich weiß, was sie gleich sagt, hoffe aber, ich liege falsch.

»Ich will es mit eigenen Augen sehen. Die Stelle, wo es passiert ist. Kommst du mit?«

»Okay.« Ich schiebe den Stuhl zurück. In meinem Bauch erwacht eine Schlange zum Leben. Ist das wirklich eine gute Idee? Ich frage mich, ob wir die Stelle überhaupt finden werden. Bei Pete hängt eine große Karte von dem Gebiet, in dem wir Pizza ausliefern.

Plötzlich sehe ich Kayla wieder vor mir, wie sie auf die Karte blickt und mit dem Finger eine Straße nachfährt, die am Fluss entlangführt. Und dann hat sie sich umgedreht und etwas zu mir gesagt, oder?

Aber ich kann mich nicht erinnern, was.

Ich bin noch nie in einem Mini Cooper gefahren. Es ist cool. Das Armaturenbrett ist aus Holz und T-förmig und der Tacho ist so groß wie ein Teller. Und statt des nervigen Piepens, das sonst losgeht, wenn man sich nicht angeschnallt hat, erklingt eine eingängige Melodie, die sich nach original Disco-Ära anhört. Ich muss fast lächeln.

Als ich mich auf den Beifahrersitz setze, reicht mir Gaby ein paar Ausdrucke. Es ist ein Routenplan zur falschen Adresse.

»Wie ist das möglich?«, frage ich. »Die Bullen haben doch gesagt, die Adresse gibt es gar nicht.«

»Das weiß der Routenplaner aber offenbar nicht. Er rechnet wahrscheinlich einfach aus, wo die Adresse sein müsste, und leitet einen dorthin. Selbst, wenn die Adresse gar nicht existiert.«

Trotz Routenplaner ist es schwer, die Adresse zu finden. Nachdem wir von der Hauptstraße abgebogen sind, begegnet uns kein einziges Auto mehr. Die Straße ist so schmal, dass kaum zwei Autos aneinander vorbeikommen würden. Schotter säumt den Seitenstreifen. Weit und breit gibt es kein Haus, nichts. Nur ein Schild mit Einschusslöchern, das mit einer Geldstrafe von 500 Dollar droht, sollte jemand Müll abladen.

Die Straße, in der sich das Haus angeblich befindet, liegt laut Internet in der Nähe einer alten Müllhalde. Vor fünfzig Jahren haben Firmen, die kurz vor dem Ruin standen, Teer und Teeröl in den Fluss geschmissen, damit sie nicht mehr für die Müllbeseitigung aufkommen mussten.

In der Ferne sehe ich etwas Weißes, aber es dauert eine Weile, bis ich erkenne, was es ist. Jemand hat am Straßenrand ein weißes Kreuz aufgestellt, als wäre dort jemand bei einem Autounfall gestorben. Wir halten ungefähr sechs Meter davon entfernt an, steigen aus und gehen schweigend darauf zu. Unsere Schritte knirschen auf dem Schotter. Rechts von uns rauscht der Fluss, aber ich kann ihn nicht sehen.

Es ist unheimlich, das Kreuz anzusehen. Kreuze bedeuten Tote, doch niemand hat gesagt, dass Kayla tot ist. Vielleicht wissen Kaylas Eltern schon mehr als Pete, wissen, dass es ihr Blut war, oder haben sogar schon ihren Leichnam identifiziert. Ich stelle mir vor, wie man sie aus dem Fluss gezogen hat, die Haut weiß und fast violett verfärbt, die wirren schwarzen Haare auf ihrem Gesicht.

Kaylas Foto aus dem Schuljahrbuch klebt in der Mitte vom Kreuz, wo sich die beiden Holzstäbe treffen. Auf der einen Seite vom Kreuz steht KAYLA mit lila Glitzer, auf der anderen CUTLER. Am Fuße des Kreuzes liegt ein lilafarbener Teddybär.

»Wenn ich an Kayla denke, denke ich nicht an weiße Kreuze und lila Teddys«, sage ich. Kayla hat nie über Religion geredet und sie kam mir nicht vor wie ein Mädchen, das immer noch Plüschtiere mag.

»Wer weiß.« Gaby holt tief Luft und ihre Lippen zittern. »Verfolge mich.«

Ich habe gehört, was sie gesagt hat, begreife es aber nicht. Das heißt, vielleicht schon, aber ich will es nicht glauben. »Was?«

»Verfolge mich. Zum Fluss runter.«

Ich tue nicht länger so, als würde ich nicht verstehen, was sie von mir will. »Es ist noch hell«, sage ich. »Damals war es dunkel. Es ist nicht dasselbe.«

»Bitte«, fleht sie, »verfolge mich.« Sie läuft ein paar Schritte, bleibt stehen. Ihre Augen glänzen.

»Das ist verrückt. Das ist krank. Du hast doch gehört, was die Polizei gesagt hat. Er wollte Kayla.«

Gaby schüttelt so heftig den Kopf, dass ihre Haare fliegen. »Das glaube ich nicht.« Sie verzieht das Gesicht, presst die Hand vor den Mund. Sie sieht aus, als würde sie gleich weinen oder sich übergeben. »Es hätte mich treffen sollen«, flüstert sie hinter der Hand.

Ich stoße die angehaltene Luft aus. »Aber wieso soll ich dich verfolgen?«

»Ich drehe sonst durch, Drew! Ich muss ständig daran denken. Ich muss wissen, wie Kayla sich gefühlt hat.«

Der vierte Tag

GABY

Ich stelle mir vor, wie Kayla rennt. Ich habe sie schon öfters beim Softball rennen gesehen. Sie ist schnell. Clever. Riskiert etwas, startet von der Base, bevor der Ballwerfer geworfen hat. Sie lässt keine Chance ungenutzt. Immer ein Lächeln auf den Lippen.

Vor meinem inneren Auge rennt Kayla in die Dunkelheit, die Arme angewinkelt, keuchend vor Panik.

Aber wieso ist sie aus dem Auto ausgestiegen? Sie hätte die Türen von innen verriegeln und auf die Hupe drücken können; hätte ihr Handy benutzen oder einfach davonfahren können. Sie hätte ihn überfahren können. Ich stelle mir vor, wie sie aufs Gaspedal tritt, und höre den befriedigenden Knall, als ihn die Stoßstange trifft.

Doch stattdessen ist Kayla aus dem Wagen ausgestiegen. Und dann muss sie gerannt sein. Sie ist nicht wieder eingestiegen, aus welchem Grund auch immer. Vielleicht hat er ihr den Weg versperrt. Oder sie hat es versucht, hat versucht, im Auto zu bleiben, und er hat sie herausgezerrt, während sie schrie und um sich trat? Aber dann erinnere ich mich daran, dass man ihre Handtasche unberührt auf dem Beifahrersitz gefunden hat. Was auch passiert ist, es ist nicht im Auto passiert.

Kayla hat die Handbremse angezogen. Sie ist ausgestiegen. War sie da noch allein? Wenn ja, was wollte sie mit den Pizzaschachteln? Hier steht weit und breit kein Haus. Sie würde die Pizzas nur mitnehmen, wenn derjenige, der sie bestellt hatte, in der Nähe war.

Oder war der Täter, nachdem er mit Kayla fertig war, zum Auto zurückgekehrt und hat die Pizzaschachteln erst dann genommen? Vielleicht geriet er durch ein herannahendes Auto in Panik, hat sie einfach fallen gelassen und ist davongelaufen.

Ich stelle mir noch einmal vor, wie Kayla vom Auto wegläuft. Das Bild taucht immer wieder in meinem Kopf auf.

Und in dem Moment renne ich selber los. Kurz darauf höre ich Drews Schritte hinter mir. Er ruft: »Gaby, hör auf damit! Gaby!«

Ich renne einen Abhang hinunter auf den Fluss zu. Er liegt versteckt hinter einer Reihe von Büschen und Bäumen.

Hat sie geschrien, hat ihre Stimme durch die endlose Nacht gehallt? Oder hat sie ihren Atem lieber gespart, um schneller rennen zu können? Hat Kayla versucht, leise aufzutreten, damit er ihr in der Dunkelheit nicht folgen konnte? Der Fluss ist ganz nah und das Rauschen hat ihre Schritte vielleicht übertönt. Ich stelle mir vor, wie sie rennt, die Arme in die Dunkelheit ausgestreckt und fieberhaft überlegt: Wohin soll sie rennen? Wo ist sie in Sicherheit? Kann sie sich irgendwo verstecken?

Währenddessen läuft sie, so schnell sie kann. Rennt vor dem Mann davon, der sie verfolgt.

Ich schließe die Augen, stelle mir die Dunkelheit in der Nacht vor, doch eine Sekunde später reiße ich sie wieder auf.

Er muss sie eingeholt haben. Wieso lag sonst der blutige Stein unten am Fluss?

Drew berührt mich mit den Fingerspitzen an der Schulter und von einer Sekunde auf die andere schießt mir noch mehr Adrenalin ins Blut. Ich keuche. Drew bleibt mir auf den Fersen.

Wie hat der Täter Kayla gefasst? Hat er sie an den Schultern gepackt? Trug sie die Haare an dem Abend zum Zopf? Hat er ihn geschnappt und ihren Kopf nach hinten gerissen? Ich sehe, wie sie aufschreit, auf die Knie fällt und ihr spitze Steine in die Handflächen schneiden. Vielleicht stammt das Blut daher.

Und da ist er, der Fluss, dunkelgrau und ungefähr fünfzehn Meter breit. Ein drei Meter langer, von Unkraut und halbhohen Büschen zugewucherter Abhang führt zum Ufer, das von schwarzen Steinen gesäumt ist. Niemand würde freiwillig hier langspazieren. Der Uferschlamm sieht ölig verdreckt aus. Ungefähr dreißig Meter weiter flussabwärts ist eine Stelle ganz aufgewühlt. Es gibt zwar kein polizeiliches Absperrband, aber ich weiß auch so, dass das die Stelle sein muss, an der sie den blutigen Stein gefunden haben. Erst jetzt merke ich, dass ich nicht mehr renne, mich gar nicht mehr bewege.

Drew holt mich leise fluchend ein. Wir gehen zusammen zu der Stelle, die durch das hervorsticht, was nicht mehr da ist. Genau wie Kayla selbst. Ihre Abwesenheit hallt wie ein Echo. Bei der Arbeit denke ich immer, ich höre gleich ihre Stimme oder sehe sie hinter dem Tresen lachen.

Ich blicke nach unten auf den aufgewühlten Boden. Hat Kayla an dieser Stelle zum letzten Mal Luft geholt, zum letzten Mal ein Geräusch von sich gegeben?

Aber ich kann es noch immer nicht glauben. Ich kann es einfach nicht.

Was, wenn es zwei Täter waren? Das wäre noch schlimmer. Zwei Männer, nicht nur einer. Welche Chance hätte Kayla dann gegen sie gehabt? Gar keine. Der eine hätte sie festgehalten, während der andere mit ihr tat, wonach ihm auch immer war – sie schlug, ihr die Klamotten vom Leib riss. Oder ihr einen Stein an den Kopf warf.

Wieso der Stein? Hat sie sich beim Sturz die Handflächen aufgerissen? Oder war es viel schlimmer? Waren die üblen Sachen da schon passiert oder fing es damit erst an? Oder – mein Herzschlag geht schneller – vielleicht war Kayla diejenige, die den Stein genommen hat. Vielleicht hat sie den Täter damit am Kopf getroffen und dann schnellstmöglich die Flucht ergriffen, indem sie in den Fluss gesprungen ist. Aber wie hätte sie sich nachts bei der starken Strömung über Wasser halten können?

In dem Moment streife ich die Schuhe ab. Ich nehme kaum wahr, wie Drew ruft: »Was zum Teufel tust du da?« Ich hole Luft und springe.

Das Wasser ist eiskalt. Wahrscheinlich hat jeder schon mal von der Schneeschmelze im Frühling gehört, aber das ist alles nur ein abstrakter Begriff, bis man im Wasser schwimmt. Im ersten Moment verschlägt es mir den Atem, ich kann nichts mehr denken und weiß nicht, was ich mit meinen Armen und Beinen tun muss.

Dann fällt es mir wieder ein. Ich hole tief Luft und strample los. Jeder Tritt kostet mich unendlich viel Mühe. Meine Arme sind schwer wie Blei, meine Beine taub.

Ich bin eine gute Schwimmerin. Mit vierzehn war ich Nachwuchs-Rettungsschwimmerin. Aber davon weiß Drew nichts. Er weiß nur, dass ich in den Fluss gesprungen bin. Er starrt mich vom Ufer aus mit verängstigtem Gesicht an, die Augen weit aufgerissen.

Ich will ihm gerade zurufen, dass alles in Ordnung ist, als er auf einmal die Schuhe auszieht und ins Wasser springt. Mir wird klar, dass er mich retten will.

Aber es ist ziemlich offensichtlich, dass Drew kein guter Schwimmer ist. Die Strömung treibt uns beide flussabwärts.

Sein Kopf sinkt immer tiefer, so tief, dass ihm das Wasser bis über die Lippen reicht. Drew reagiert wie jemand, der den Finger gerade in die Steckdose gesteckt hat. Er wird steif und zuckt krampfhaft, beides gleichzeitig.

Dann taucht sein Kopf vollkommen unter und er kommt keuchend wieder hoch, schnappt nach Luft und gerät total in Panik. Die Sonne glitzert auf dem Wasser und mir wird bewusst, dass Drew sterben könnte, genau hier und jetzt. Und es wäre meine Schuld.

Am liebsten würde ich mich einfach nur zu einer Kugel zusammenrollen. Mir ist noch immer eiskalt. Stattdessen schwimme ich zu Drew. Er prustet, hebt den Kopf über Wasser und sieht sich nach mir um. Von meiner Rettungsschwimmer-Ausbildung weiß ich, dass ich mich ihm von hinten nähern muss, damit er vor lauter Panik nicht auf mich klettert und mich unter Wasser drückt. Da er mich jetzt aber nicht mehr sieht, bekommt er noch mehr Angst.

Als ich nah genug bei ihm bin, rufe ich: »Stütz dich nicht auf mich!«

Es gelingt ihm, sich umzudrehen, auf dem Gesicht eine seltsame Mischung aus Angst und Erleichterung.

Dann verschwindet er zum zweiten Mal unter der Wasseroberfläche.

Ich schnappe ihn am Kragen seines T-Shirts und ziehe ihn durchs Wasser.

Als wir das Ufer erreichen, bin ich vollkommen erschöpft. Wir liegen nebeneinander, halb im Wasser, halb draußen, und keuchen.

Ich will mich ganz ans Ufer ziehen, kann die Kraft dazu aber nicht aufbringen.

Drew richtet sich auf den Ellbogen auf. »Was um alles in der Welt hattest du vor?«, sagt er außer Atem und seine Stimme wird mit jedem Wort kräftiger. »Du hättest mich beinahe umgebracht. Ist dir das klar? Du hättest mich beinahe umgebracht!«

Er rüttelt mich an der Schulter, dann rutscht seine Hand ab und er liegt auf mir. Ich schreie und schlage ihn.

Er packt mich an den Handgelenken und presst meine Arme nach hinten. Ich drücke den Rücken durch und versuche ihn von mir zu stoßen. Der metallische Geschmack von Blut breitet sich in meinem Mund aus.

Er verzieht das Gesicht vor Angst und Wut. »Bist du verrückt?«

Ich schluchze los, heftige Schluchzer, die seit drei Tagen in meiner Brust geschlummert haben müssen.

»Vielleicht bin ich das. Es hätte mich treffen sollen«, stoße ich hervor. »Es hätte mich treffen sollen.«

Stöhnend wirft sich Drew neben mich auf die Steine. Er sieht anders aus mit nassen Haaren. Verletzlicher.

»Vielleicht hätte es das«, sagt er leise, »aber so ist es nun mal nicht gekommen. Du musst dich nicht umbringen, um zu zeigen, dass der Täter einen Fehler gemacht hat. Das würde Kayla auch nicht wollen.«

Meine Schluchzer lassen nach, der Abstand zwischen ihnen wird größer, bis sie schließlich versiegen.

»Weißt du, was das Seltsame ist?«, flüstere ich. »Ich habe das Gefühl, sie lebt noch. Ich meine damit nicht ihre Seele. Ich spreche von der echten Kayla. Es fühlt sich an, als wäre sie noch am Leben.«

Der vierte Tag

DREW

Gaby ist offensichtlich total durch den Wind. Versucht sich umzubringen, mich umzubringen.

Ich weiß nicht, was ich sagen oder tun soll. Und dann lache ich los.

Sie richtet sich auf den Ellbogen auf. »Wieso lachst du?« Sie kneift die Augen zusammen. Aber ein Mundwinkel wandert ein Stück nach oben, als würde sie den Witz gerne verstehen. Ihre Haare sind zerzaust.

»Weil ich mit dir schon seit – wie lange? Über einem Jahr? – zusammenarbeite und nicht im Traum daran gedacht hätte, dass du so etwas machen würdest. Bist du nicht immer die Verantwortungsbewusste?«

Ihr Kopf schnellt zurück, als hätte ich ihr eine Ohrfeige verpasst. »Was soll das denn heißen?«

»He, tu nicht so eingeschnappt. Jeder weiß, dass deine Eltern als Ärzte große Tiere sind. Und dass du immer eine der besten Schülerinnen warst. Ich sehe, wie du arbeitest. Du hältst dich an alle Regeln. Du wiegst immer alles ab. Du bedienst die Schneidemaschine korrekt. Du lässt mich noch nicht einmal zwei Minuten früher den Laden zumachen. Du bist das brave Mädchen.«

»Genau das ist es ja.« Gaby seufzt zitternd. »Ich fühle mich verantwortlich. Hätte Kayla mich nicht gefragt, ob ich mit ihr tausche, hätte ich in dem Auto gesessen. Nicht sie.« Sie dreht sich um und blickt aufs Wasser, das nur ein paar Zentimeter von uns entfernt ans Ufer schlägt. Gaby redet so leise, dass ich sie kaum verstehe. »Der Täter hätte mich in den Fluss geworfen.«

»Sie wollte tauschen, nicht du«, erinnere ich Gaby. Aber ich kenne mich mit Schuld aus. Ich weiß, wie es sich anfühlt, wenn man meint, man hätte etwas verhindern können.

Aber wieso musste Gaby in den Fluss springen? Obwohl wir am Ufer liegen und die Sonne bereits unsere Klamotten trocknet, habe ich immer noch teilweise das Gefühl, im Wasser zu strampeln. Ich spüre, wie der Fluss mich verschlingt, meine Beine den Grund suchen und ihn nicht finden. Wasser brennt in meiner Nase und meiner Kehle. Meine Lungen ziehen sich vor Gier zusammen.

Wieder spricht Gaby, als wäre sie weit weg. »Aber in gewisser Weise ergibt es auch mehr Sinn, dass jemand Kayla entführt hat.«

»Wie meinst du das?«

»Weil sie hübsch ist. Hübscher als ich.«

Ich setze mich auf. »So ein Schwachsinn. Willst du damit sagen, Mädchen, die hübsch sind, verdienen es, entführt zu werden? Dass sie es verdient haben, wenn ihnen etwas zustößt?«

»Nein«, sagt sie.

Aber ich bin mir nicht sicher, ob sie es auch meint.

NOTRUFAUFZEICHNUNG

Notrufzentrale: Notrufstelle. Polizei, Feuerwehr oder Krankenwagen?
Unbekannter, männlicher Anrufer: Polizei.
Notrufzentrale: Worum geht es bei dem Notfall?
Unbekannter, männlicher Anrufer: Es geht um dieses Mädchen, das vermisst wird. Kayla Cutler. Fragen Sie mal bei Cody Renfrew nach. Fragen Sie ihn. Fragen Sie ihn, warum er seinen Lieferwagen umlackiert hat. Denn er ist weiß gewesen, und das ist die Farbe, die sie in den Nachrichten genannt haben. Die Farbe des Lieferwagens, in dem das Mädchen entführt wurde. Codys Lieferwagen war mal weiß. Jetzt ist er auf einmal braun. Fragen Sie ihn, wo er Mittwochabend war. Fragen Sie ihn.

Der vierte Tag

GABY

Ich sitze vor meinem Computer. Es ist fast Mitternacht, aber meine Eltern sind im Krankenhaus. Auf der Autobahn hat es eine Karambolage mit fünf Autos gegeben, Rettungseinsatz, Rettungshubschrauber usw. Jedenfalls hat sich ihr Wochenende gerade in Luft aufgelöst. Ich esse eine von drei kleinen Chipstüten mit Sour Cream und Käsegeschmack, die ich nach der Arbeit auf dem Heimweg bei *Starbucks* gekauft habe. Ich habe zu viel Angst, im Dunkeln beim Supermarkt zu halten und eine große Tüte zu kaufen, selbst wenn ich direkt vor dem Eingang parke.

Ich habe beschlossen, dass dieser Tag heftig genug gewesen ist und ich mir etwas Junk Food verdient habe. Obwohl die Putzfrau, die zweimal die Woche kommt, normalerweise auch den Müll ausleert, werde ich die leeren Tüten am Montag mit in die Schule nehmen, damit Mom sie nicht sieht und mir einen Vortrag über Cholesterin, Natrium und Transfette hält.

Meine Gedanken drehen sich immer noch um die Ereignisse des heutigen Tages. Das Wiedersehen mit Wachtmeister Thayer. Pete, der uns vom blutigen Stein erzählt. Dass ich Drew mein Auto angeboten habe, ohne auch nur eine Sekunde darüber nachzudenken. Die Fahrt zum Fluss und alles, was dort passiert ist. Drew und ich sind danach zurück zur Pizzeria gefahren und ich habe versucht so zu tun, als hätte ich ihm nicht meine Gedanken anvertraut. Versucht, mich ihm gegenüber so zu verhalten wie gegenüber jedermann. Als wären wir nicht zusammen zum Fluss gefahren, hätten nicht das weiße Kreuz gesehen, wären nicht beinahe ertrunken. Hätten am Ufer nicht aufeinandergelegen.

Ich schmecke die Chips in meinem Mund überhaupt nicht, stopfe sie nur in mich rein, während ich im Internet surfe. Es ist beängstigend, wie viele Seiten es über Vermisste gibt. Auf den meisten steht zu viel geschrieben, gibt es zu viele fette Schriftzüge und zu viele geschmacklose Clip-Art-Bildchen von Rosen, Engeln und Kerzen. Manche der Internetseiten sind nicht mehr als traurige Überbleibsel, die einst für Personen ins Leben gerufen wurden, die schon lange nicht mehr vermisst werden. Ganz oben auf einer Webpage steht ein Zeitungsartikel mit der Überschrift: »Schüler einer Privatschule gesteht Mord mit Baseballschläger an Mädchen.«

Ich klicke mich durch, bis ich bei missingkids.com lande. Es ist eine Art Suchmaschine für vermisste Kinder überall in den Vereinigten Staaten. Man kann nach Name, Geschlecht, Jahr und Bundesstaat suchen.

Ich tippe einfach Oregon ein und drücke auf Enter. In den letzten zwanzig Jahren sind an die fünfzig Kinder in Oregon verschwunden. Ich klicke ein Kind nach dem anderen in der Liste an. Bei den jüngsten Einträgen gibt es nur ein Foto, auf dem ein pausbäckiges Kleinkind oder ein mürrisch dreinblickender Teenager zu sehen sind. Bei den Kindern, die vor langer Zeit verschwunden sind, gibt es zwei Fotos. Ein altes Bild von damals, als sie verschwanden und ein computersimuliertes, wie sie jetzt aussehen müssten, wenn sie dreißig, vierzig oder noch älter wären.

Ich lecke orangefarbene Chipskrümel von meinen Fingern und sehe mir den Eintrag eines Jungen an, der zwölf war, als er 1987 verschwand. Bei ihm steht ein sogenanntes »Alterungsbild«. Ich habe das Gefühl, dass dieser untersetzte Mann in dem blauen Poloshirt mit einem Rasurschnitt am Adamsapfel niemals außerhalb von Photoshop existiert hat. Dass er bereits nur noch aus Knochen bestand, bevor er ein Erwachsener werden konnte.

Ich klicke mich immer weiter durch, bis alles ineinander verschwimmt. Sie waren auf dem Weg zum Einkaufszentrum, zum Jahrmarkt, zur Kirche – doch sie kamen nie zurück. Manchmal sind sie einfach nur ins Bett gegangen. Als sie das letzte Mal gesehen wurden, waren sie mit Freunden zusammen, mit drei Jungen, am Strand mit einem älteren Mann, stiegen in ein Auto, gingen zum Angeln, nahmen einen Bus. Sie haben Zahnlücken, Sommersprossen, ein Muttermal auf der Nase, brauchen Medikamente. Sie grinsen von Schuljahrbuch- oder Familienfotos.

Unter den Bildern stehen in Stichwörtern die traurigen Fakten. »Das Foto zeigt Tyler, wie er mit 24 Jahren aussehen könnte. Er wurde zuletzt in seinem Bett gesehen. Am rechten Fuß hat er eine Warze.« Tyler wird seit zweiundzwanzig Jahren vermisst. Diese Warze wird wohl schon lange verschwunden sein, auf welche Weise auch immer.

Erst als eine heiße Träne auf meinem Oberschenkel landet, merke ich, dass ich weine.

POLIZEI PORTLAND LABORBERICHT

Die DNA-Proben von der Zahnbürste von Kayla Cutler (Beweisstück A) als auch die vom Blut auf einem Stein, der am Willamette River gefunden wurde (Beweisstück B), wurden durch Polymerase-Kettenreaktion (PCR) vervielfältigt und an den Orten nachgewiesen, die in beigefügter Tabelle aufgelistet sind.

Von Beweisstück B konnte eine einzelne menschliche DNA-Spur identifiziert werden, die der DNA-Struktur von Kayla Cutler entspricht, welche von Beweisstück A bekannt ist. Diese DNA-Struktur kommt mit einer Wahrscheinlichkeit von 1:273 Milliarden vor.

Die Beweisstücke werden im Labortresor aufbewahrt und können bei nächster passender Gelegenheit abgeholt werden.

AUSZUG DER INTERNETSEITE VON TREVOR G.SMITH,STRAFVERTEIDIGER

F: Wieso sollte man mit der Polizei oder der Strafverfolgungsbehörde nicht über ein Verbrechen reden?

A: Egal, ob man sich des Verbrechens für schuldig hält oder nicht, sollte man immer zuerst mit einem Anwalt reden, bevor man mit der Polizei spricht. Die Polizei macht den Leuten gerne weiß, man könnte das Strafmaß mindern, indem man ein Geständnis ablegt. Meistens ist jedoch das Gegenteil der Fall. Nachdem man mit seinem Anwalt gesprochen hat und zu einer Übereinkunft gekommen ist, mag es sinnvoll sein, mit der Polizei zu reden.

F: Darf die Polizei jemanden belügen?

A: Ja! Viele Leute sind erstaunt, dass die Polizei lügen darf. Aber sehen Sie es doch mal so: Polizisten lügen täglich, wenn sie sich als Käufer von Drogen ausgeben und dabei in Wirklichkeit verdeckte Drogenermittler sind. Oder sie geben sich bei Prostituierten als Freier aus. Die traurige Wahrheit ist, dass das amerikanische Rechtssystem zulässt, dass Polizisten lügen. Und sie werden lügen, wenn sie meinen, damit etwas gegen dich in der Hand zu haben.

Der Oberste Gerichtshof der Vereinigten Staaten hat entschieden, dass ein Polizeibeamter lügen darf, um ein Geständnis zu erlangen. Des Weiteren müssen Polizeibeamte sich nicht an die Wahrheit halten, was die Beweislage betrifft. Bei einem Fall im Jahre 1978 zum Beispiel behauptete die Polizei, man hätte die Fingerabdrücke des Angeklagten mit denen auf einem Scheckheft des Opfers verglichen und sie würden übereinstimmen. In Wirklichkeit wurden überhaupt keine Fingerabdrücke auf dem Scheckheft gefunden. Doch der Angeklagte gestand daraufhin den Überfall. Später entschied das Gericht, dass die irreführende Vorgehensweise der Polizei das freiwillige Geständnis nicht unwirksam macht.

PROTOKOLL DER POLIZEILICHEN VERNEHMUNG VON CODY RENFREW

Heute ist der 11. Mai und es ist ungefähr 10:30 Uhr. Anwesend sind ich selbst – Wachtmeister R.F. Thayer von der Polizeiwache Portland – und FBI Sonderermittler Berkeley Moore sowie Cody Renfrew. Ich setze Sie jetzt über Ihre Rechte in Kenntnis. Sie haben das Recht zu schweigen. Alles, was Sie sagen, kann und wird vor Gericht gegen Sie verwendet werden. Sie haben das Recht, zu jeder Vernehmung einen Verteidiger hinzuzuziehen. Wenn Sie sich keinen Verteidiger leisten können, wird Ihnen auf Wunsch vor Beginn der Vernehmung einer gestellt. Sie können sich jederzeit dazu entschließen, von Ihrem Recht auf Schweigen Gebrauch zu machen. Haben Sie die Rechte verstanden, die ich Ihnen soeben vorgelesen habe?

R: Hm.

T: Könnten Sie bitte etwas lauter sprechen?

R: Ja.

T: Gut, mit diesen Rechten im Hinterkopf, sind Sie gewillt, mit uns zu sprechen, und dürfen wir mit Ihnen sprechen?

R: Ich höre zu, okay, ich höre Ihnen zu.

T: Würden Sie das hier bitte unterschreiben?

R: Und was ist das – ich unterschreibe meine Rechte?

T: Im Prinzip bedeutet es nur, dass Sie bestätigen, dass wir Sie über Ihre Rechte aufgeklärt haben, dass Sie alles verstanden haben und bereit sind, mit uns zu reden. Sie vergeben sich damit keinerlei Rechte. Wenn Sie nicht mit uns reden wollen, tun Sie es einfach nicht. Wenn Sie abbrechen wollen, brechen Sie ab.

R: Okay, na schön, ich unterschreibe.

T: Unterzeichen Sie hier unten auf der Linie.

R: Okay.

T: Wir wollen heute mit Ihnen über Kayla Cutler sprechen, die Sie kennen.

R: Ich kenne sie nicht. Die Sache können Sie mir nicht anhängen.

T: Aber Sie sind auf dieselbe Schule gegangen wie Kayla. Sie waren in einer Klassenstufe mit ihrem älteren Bruder, Kyle.

R: Oh Mann, ich kenne Kyle kaum. Hab ihn seit dem Schulabschluss nicht mehr gesehen. Kayla ist drei Jahre jünger als ich, ich kannte sie so gut wie gar nicht.

T: Wann haben Sie sie zum letzten Mal gesehen?

R: Keine Ahnung. In der Highschool, nehme ich an. Vor drei Jahren. Sie muss gerade erst an der Highschool angefangen haben, als ich in der letzten Klasse gewesen war. Aber wie gesagt, ich kenne sie nicht.

T: Sehen Sie, Cody, ich bin mir sicher, es gibt einen Grund für das, was passiert ist. Vielleicht hat das Mädchen Sie einfach so angesprochen, vielleicht hat sie Sie provoziert oder hatte eine Waffe, hat einen Streit angezettelt, irgendetwas in der Art. Ich kenne den Grund nicht. Aber deswegen sind wir ja hier. Jede Geschichte hat zwei Seiten. Und alles, was Sie sagen, könnte die Umstände für Sie mildern. Ich will nur Ihre Version hören.

R: Aber ich habe keine Version. Ich habe damit überhaupt nichts zu tun. Hören Sie, das Ganze tut mir echt leid für Kayla, aber ich habe ihr absolut nichts getan.

T: Cody, Cody, Cody. Es geht nicht darum, ob Sie es getan haben oder nicht. Ihr Blut wurde auf dem Stein gefunden, mit dem Sie ihr den Kopf eingeschlagen haben. DNA lügt nicht.

R: Tut sie doch. Das kann gar nicht sein.

T: Der Laborbericht liegt auf meinem Schreibtisch.

R: Da hat jemand Mist gebaut. Jemand muss einen Fehler gemacht haben. Vielleicht das Labor. Ich habe nirgendwo einen Stein aufgehoben. Ich sage Ihnen doch, ich kenne dieses Mädchen überhaupt nicht.

T: Ohne das Beweisstück wären Sie jetzt gar nicht hier. Und wir suchen noch immer nach einem siebzehnjährigen Mädchen. Es gibt so viele offene Fragen. Ich bin mir sicher, es wird Ihnen guttun, sich alles von der Seele zu reden, denn bestimmt macht es Ihnen zu schaffen. Vielleicht hatten Sie einen Streit. Das würde mich nicht überraschen, nach allem, was ich über Kayla gehört habe.
M: Was passiert ist, war wahrscheinlich nur ein Unfall. Ich bin überzeugt davon, dass Sie nicht die Absicht hatten, jemanden umzubringen. Hat sie Sie angegriffen, Sie haben sich gewehrt und dabei ist sie aus Versehen in den Fluss gefallen? War es so? Ich denke, für die Familie wäre es momentan eine große Erleichterung, zu wissen, was ihrer Tochter zugestoßen ist. Ich finde, sie haben das Recht zu wissen, was passiert ist. Es würde mich nicht wundern, wenn sie auf Sie losgegangen ist. Das würde mich kein bisschen wundern.
T: Das Mädchen soll eine ganz schöne Furie gewesen sein. Manche sagen, sie war richtig fies. Dennoch bleibt es dabei – wenn Sie nicht darüber reden, wenn Sie uns Ihre Version nicht erzählen, sieht es schlecht für Sie aus.
R: Eins will ich mal klarstellen: Ich habe niemanden getötet. Ich habe niemanden umgebracht. Ich habe Kayla zum ersten Mal richtig im Fernsehen gesehen und ich habe ihr kein Haar gekrümmt.
T: Okay, wer dann?
R: Keine Ahnung, Mann. Woher soll ich das wissen?
M: Wieso haben Sie Ihren Lieferwagen umlackiert?
R: Er hatte einen Kratzer.
T: Einen Kratzer? Sie haben zufällig einen Kratzer am Lieferwagen entdeckt und zufällig genau an dem Tag beschlossen, ihn umzulackieren, als sich herausgestellt hat, dass wir im Fall Kayla Cutler nach einem weißen Lieferwagen suchen?
R: Vielleicht habe ich davon etwas mitbekommen. Vielleicht habe ich

davon gehört und wollte nicht, dass jemand auf falsche Gedanken kommt.

M: Aber Sie waren unten am Fluss gewesen, Cody. Sie waren dort. Wir haben einen Augenzeugen, der Ihren Lieferwagen in der Nähe vom Fundort des Wagens des Mädchens gesehen hat.

R: Kann sein, dass ich in der Nähe gewesen bin, vielleicht, aber ich habe das Mädchen nie gesehen.

T: Na schön, sprechen wir darüber, was Sie am Fluss gemacht haben.

R: Ähm.

T: Was wollten Sie dort? Ich meine, Sie hätten sonst wo sein können, waren aber ausgerechnet in der Gegend, in der ein Mädchen verschwand.

R: Reiner Zufall, passiert eben.

M: Schon, aber Sie wohnen noch nicht einmal in der Nähe. Was hatten Sie da draußen zu suchen?

R: Na schön, passen Sie auf. Ich erzähle Ihnen das nur, weil ich nichts mit dieser Tussi zu tun habe, mit dieser Kayla.

T: Was wollten Sie dort draußen?

R: Ich verkaufe hin und wieder Schrottteile. In der Gegend liegen welche rum. Es ist nur Schrott. Der gehört niemandem.

T: Hören Sie, es interessiert uns nicht, ob Sie Schrott klauen und verkaufen. Wir wollen nur wissen, wo Kayla ist. Wenn Sie uns dabei helfen, sehen wir über alles andere hinweg.

M: Kennen Sie das, Cody, wenn Dinge manchmal wie im Traum ablaufen, nur dass es kein Traum ist, sondern Wirklichkeit? Mir ist das schon mal passiert. Es ist, als würde man schlafwandeln und danach gar nicht mehr wissen, wie alles so kommen konnte. Man trifft die Entscheidungen gar nicht selbst, es passiert einfach so. War es so mit dem Mädchen? Etwas ist passiert, ohne dass Sie es wollten?

R: Nein, Mann, so war es nicht. So war es nicht.

M: Dann sagen Sie uns, wie es war. Deswegen sind wir hier.

R: Also gut, Mann. Ich habe an dem Abend noch ein anderes Auto gesehen. Ein Typ saß hinter dem Steuer. Er war dort. Den sollten Sie suchen.

T: Was für ein Auto?

R: Keine Ahnung, Mann.

T: Ich meine, war es ein großes Auto, ein kleines, rotes, grünes, weißes – was für ein Auto?

R: Silbern? Vielleicht war es silbern. Mittelgroß. Mann, ich konnte ja nicht wissen, dass an dem Abend etwas Schlimmes passiert und Sie mir all diese Fragen stellen. Ein Auto ist an mir vorbeigefahren und ein Typ saß drin.

T: Wie alt war er? Wie sah er aus?

R: Keine Ahnung. Vielleicht so alt wie mein Dad. Er hatte dunkle Haare. Ich habe ihn nur eine Sekunde lang gesehen.

T: Aber ich bin mir sicher, wenn Sie dort gewesen sind, wissen Sie auch, wer dieser Mann war. Dann wären Sie aus dem Schneider. Denn wenn Sie es nicht waren, war es jemand anderes.

M: Ich glaube, jemand war bei Ihnen, Cody, und derjenige hat es getan. Der Haken an der Sache ist – je länger Sie warten, desto höher ist die Wahrscheinlichkeit, dass der andere seine Version der Geschichte erzählt, bei der Sie sicher nicht so gut dastehen. Und dann werden Sie nie dazu kommen, Ihre Version zu erzählen, denn dann müssen wir nicht mehr mit Ihnen reden. Ihre Version der Geschichte wird niemand hören.

R: Aber ich habe keine Geschichte.

M: Haben Sie gerade Schrott gesammelt, als Sie das Mädchen gesehen haben? Sie hatte sich verfahren, fragte Sie nach dem Weg, und was ist dann passiert? Sie hat Sie angemotzt, nicht wahr? Sie hat gesehen, was Sie machen, und hat Sie zurechtgewiesen.

R: Was? Ich habe überhaupt kein Mädchen gesehen. Ich habe ein anderes Auto gesehen, wie gesagt. Aber dieses Mädchen habe ich nie gesehen und ich habe ihr kein Haar gekrümmt. Ich habe Ihnen alles gesagt, was ich weiß.
T: Aber –
R: Ich habe Ihnen alles erzählt. Sie haben gesagt, ich kann abbrechen, wann immer ich will. Und jetzt sage ich Stopp. Stopp, ich will nicht mehr mit Ihnen reden.
M: Okay, okay.
T: Vielleicht nicht mit uns. Aber überlegen Sie sich, ob Sie mit jemand anderem reden wollen.
R: Ich habe es Ihnen doch schon gesagt, ich will nicht mehr reden. Ich will nicht mehr mit der Polizei reden.
T: Sie ist nicht von der Polizei. Sie heißt Elizabeth Lamb. Sie ist Hellseherin. Die Familie hat sich an sie gewandt, um herauszufinden, was Kayla zugestoßen ist. Sie wollen es unbedingt wissen. Sie könnte Ihnen helfen, sich zu erinnern.
R: Weiß nicht. Vielleicht. Aber ohne Aufnahmegerät. Und keine Leute hinter Spiegeln. Nur ich und sie. Sonst keiner.

Der sechste Tag

GABY

Ich hole tief Luft, bevor ich am Montagmorgen die Tür vom Haupteingang der Schule aufstoße. Bilde ich es mir nur ein oder starren mich alle an? Aber dann schnappe ich Gesprächsfetzen auf und weiß, dass es keine Einbildung ist. Ein schwarzhaariges Mädchen, dessen Namen ich nicht kenne, sieht direkt zu mir und flüstert Kaylas Namen.

Jade, die Freundin des Mädchens, nickt wissend. Ich kenne Jade seit der dritten Klasse, aber jetzt sieht sie mich an, als gäbe es mich nicht in echt. Ich bin ein lebendes Fernsehprogramm, vielleicht eine Mischung aus *True Crime Stories* und *America's Most Wanted*. Selbst diejenigen, die sonst nie Nachrichten im Fernsehen gucken oder eine Zeitung zur Hand nehmen, wissen, was los ist.

Auf dem Weg zum Unterrichtsraum kommt Chase Skloot auf mich zu. »Stimmt es, dass du mit Kayla die Schicht getauscht hast? Dass du an dem Abend hättest arbeiten sollen?«

»Sie hat mich darum gebeten.« Jeder kennt Chase, aber er hat noch nie auch nur ein Wort mit mir gewechselt. Allerdings habe ich gesehen, wie er mit Kayla gesprochen hat.

Er legt den Kopf schräg. »Hast du nicht das Gefühl, als ob, na ja, als ob es dich hätte treffen sollen?«

Das sitzt, aber ich gehe einfach mit gesenktem Kopf weiter.

Unsere Geschichtslehrerin, Mrs Sleater, verkündet zu Beginn des Unterrichts, dass den ganzen Tag über ein psychologischer Berater zur Verfügung steht, falls jemand über Kaylas Entführung reden möchte.

»Und über den Mord«, fügt ein Junge namens Jason hinzu.

»Das wissen wir noch nicht«, weist Mrs Sleater ihn zurecht. »Noch nicht.«

Gerade als ich beim Mittag mit Bezahlen fertig bin, berührt mich jemand am Arm. Es ist Brock Chambers, Kaylas Exfreund. »Hast du 'ne Minute?«

Ich lasse meinen Blick kurz durch die Cafeteria schweifen. Alle starren uns an. Alle. Sogar die Leute, mit denen ich sonst Mittag esse, beobachten uns mit offenen Mündern.

Brock wirkt normalerweise immer etwas verschlafen, aber heute sieht er einfach nur traurig aus. Wenn ich ihn so sehe, weiß ich, dass er Kayla niemals verletzen würde. Auch wenn sie ihn verletzt hat. Seine Augenlider stehen immer auf Halbmast, als könnte er sich nicht entscheiden, ob er wach sein soll oder lieber nicht. Meistens sagt er nicht viel, aber er hat so ein gelassenes, sehr eigenes Lächeln. Da er in jedem Team der Schule ist, außer der Mathemannschaft, kennen ihn alle, und während wir zu einem Tisch in der hintersten Ecke der Cafeteria gehen, rufen Leute seinen Namen, grüßen oder nicken ihm einfach zu. Ein paar lächeln, doch dann blinzeln sie, als wäre das Lächeln ein Reflex, der ihnen peinlich ist.

Er trägt ein rotes T-Shirt mit der Aufschrift KILLSWITCH, was wahrscheinlich irgendeine Band ist. Es spannt an seinen muskulösen Armen. Brock scheint aus lauter Vierecken und

Dreiecken gebaut zu sein – eckige Schultern, einen Würfel als Kopf, Arme und Beine dick wie Baumstämme.

»Du weißt ja sicher, dass ich Brock bin«, sagt er und geht auf einen der hinteren Tische zu, an dem zwei Jungen aus der Footballmannschaft sitzen. »Kaylas Freund. Also, Exfreund.«

Ich habe ihn in der Pizzeria etliche Male bedient oder zumindest damit angefangen, bevor Kayla quietschend zum Tresen gerannt kam, aber daran erinnert er sich offenbar nicht. Ich sage nur: »Ich bin Gaby.«

Als wir zum Tisch kommen, stehen die anderen beiden Jungen auf. Sie sagen nichts. Nehmen einfach nur ihre Tabletts und gehen.

Ich setze mich. Auf meinen Burrito mit fettigem Bohnenmus habe ich jetzt absolut keinen Appetit mehr. »Brock, das mit Kayla tut mir leid.« Ich schiebe einen Haufen Bohnenmus mit der Gabel von einer Tellerseite auf die andere.

»Danke«, sagt er leise. Vielleicht waren das die falschen Worte, vor allem da ja niemand weiß, was Kayla zugestoßen ist, aber was sollte ich sonst sagen? Er starrt zu Boden, wo Generationen von Schülern ihre Kaugummis ausgespuckt und schwarze Flecken hinterlassen haben.

Brocks erste Frage ist eine, die ich nicht erwartet hätte. »Hat sie oft von mir erzählt?« Er hat die Augen jetzt ganz geöffnet und sieht mich flehend an.

Ich wende den Blick ab. »Kayla und ich, wir kannten uns eigentlich nicht so gut. Frag lieber ihre richtigen Freunde, nicht mich. Wir haben nur zusammen gearbeitet.«

Er sieht auf seine Hände, die so groß wie Fanghandschuhe sind. »Sie war immer so fröhlich. Ich kenne keine wie sie, die immer gelächelt hat. Sie war nie wütend, nie traurig. Sie war einfach –«, er fährt mit der flachen Hand über die Tischplatte, »total ausgeglichen.« Er weiß nicht, in welcher Zeitform er sprechen soll.

»Wieso habt ihr euch getrennt?« Ich kann kaum glauben, dass ich Brock tatsächlich diese Frage stelle. Noch unglaublicher ist, dass er sie beantwortet.

»Sie wollte es so.« Vielleicht bilde ich es mir nur ein, aber seine Stimme klingt belegt. »Ab Herbst wären wir auf verschiedene Schulen gegangen. Sie war sich sicher, dass wir dann sowieso nicht mehr zusammen wären, warum es also hinauszögern. Allerdings frage ich mich, ob das der wahre Grund gewesen ist. Immerhin hat sie dich gefragt, ob du mit ihr die Freitagsschicht tauschst, richtig?«

Ich nicke. Das scheint wohl jeder zu wissen.

»Mit wem war sie also Freitagabend verabredet? Hast du eine Ahnung?«

Was soll ich sagen? Ich weiß es nicht? Das wäre die Wahrheit. Sie hat nie einen Namen erwähnt. Oder soll ich ihm erzählen, wie Kaylas Gesicht geglüht hat und ihre Augen geleuchtet haben? Sie sah aus, als wäre sie verliebt. Das ist auch die Wahrheit.

Schließlich entscheide ich mich für: »Sie hat mir nicht gesagt, warum sie tauschen will. Nur, dass ich ihr einen großen Gefallen tun würde.«

»Meinst du, es war ein Kunde? Oder jemand aus der Schule? Hat sie irgendetwas über ihn erzählt?«

Alle denken immer, ich weiß etwas, aber das tue ich nicht. Und selbst wenn, was würde es schon ändern? Mit wem sie sich auch immer am Freitagabend treffen wollte, sicher hat er sie nicht zwei Tage vorher entführt.

»Sie hat gar nichts erzählt. Nur gesagt, dass sie Freitagabend etwas vorhat.«

»Ich habe gehört, der Täter hat nach dir gefragt. Kennst du ihn?«

Ich werde starr. »Was? Wieso fragst du das? Meinst du nicht, das hätte ich dann der Polizei gesagt?«

Er winkt ab. »Schon klar, schon klar, tut mir leid. Ich dachte nur – vielleicht gibt es etwas, das du mir, aber nicht ihnen erzählen würdest.«

»Ganz ehrlich, Brock, wenn ich irgendetwas zu erzählen hätte, würde ich es der Polizei erzählen. Denn ich will, dass man Kayla findet.«

Er macht ein leises Geräusch und abermals frage ich mich, ob ihm gleich die Tränen kommen. »Was sollen sie schon finden? Wer auch immer es getan hat, wird sie nicht einfach nach Hause spazieren lassen.« Obwohl es sein Tisch ist, nicht meiner, steht er auf, nimmt sein Tablett mit dem Essen, das er nicht angerührt hat, sagt »Danke, dass du mit mir gesprochen hast« und geht.

Auf dem Weg zur nächsten Stunde komme ich an Kaylas Schließfach vorbei. Es ist mit gelben Schleifen geschmückt. Auf dem Boden davor liegen ein halbes Dutzend Blumensträuße, noch in Plastik eingewickelt. Die Blumen verwelken bereits und lassen die Köpfe hängen.

Würde ich verschwinden, wer würde mich vermissen, außer meinen Eltern?

Der sechste Tag

KAYLA

Irgendwann habe ich die Wasserflaschen entdeckt, die vor dem Fernsehregal am Boden aufgereiht sind, und ich habe ein paar getrunken. Es gab auch eine Packung Müsliriegel, aber die ist schon lange alle. Die meiste Zeit habe ich geschlafen. Vielleicht sollte man mit einer Gehirnerschütterung lieber nicht schlafen, aber ich tue es trotzdem. Manchmal rufe ich um Hilfe, aber immer seltener. Ich versuche, die Schmerzen und Krämpfe in meinem Magen zu ignorieren.

Als ich dieses Mal aufwache, steht ein Mann vor mir. Er hat die Arme verschränkt.

»Helfen Sie mir.« Ich strecke die Hand nach ihm aus, er aber runzelt die Stirn und tritt einen Schritt zurück.

Ich stemme mich auf, sodass ich mit dem Rücken an der Wand neben dem Bett sitze.

Er sieht mich ausdruckslos an und sagt keinen Ton. Er trägt eine hellbraune Hose und ein marineblaues Poloshirt, in dessen Brusttasche ein paar Stifte stecken. Er hat dünne schwarze Haare und trägt eine kleine runde Drahtgestellbrille. Irgendwie kommt er mir bekannt vor, aber ich weiß nicht, woher.

»Schrei, so laut du willst«, sagt er und lächelt. Das Lächeln verändert sein Gesicht, lässt seine Augen leer wirken.

Ich schreie nicht. Ich weine noch nicht einmal. Oder flehe. Stattdessen sage ich: »Wer sind Sie? Wieso bin ich hier?«

»Du gehörst jetzt zu mir.« Er sagt es, als wäre es einfach nur eine Tatsache.

Sein Poloshirt ist bis oben zugeknöpft, aber direkt über dem Kragen kann man am Hals drei Striche erkennen, die wie heftige, tiefe Furchen aussehen. Ich schätze, es sind Kratzer.

Und ich glaube, sie stammen von mir. Ihr Anblick erfüllt mich mit Stolz. Stolz und Angst.

Und dem brennenden Verlangen, ihn abermals zu verletzen.

Meine Augen wandern zur Tür, die mit meinen blutigen Fingerabdrücken übersät ist. Sie ist zu. Aber vielleicht ist sie nicht abgeschlossen. Schnell, bevor man mir ansieht, was ich vorhabe, stürme ich mit ausgestreckten Armen an ihm vorbei. Als ich die Hände auf den Türknauf lege, spüre ich seine Hände auf meinen Schultern. Er zerrt mich zurück und ich merke gerade noch, dass die Tür verschlossen ist.

»Du bist ein böses, unartiges Mädchen«, sagt er und wirft mich aufs Bett.

Ich stehe sofort wieder auf, damit er sich nicht auf mich werfen kann. Er kneift nur die Augen zusammen. Jetzt ist er so nah, dass ich seinen bitteren Atem riechen kann, aber ich stehe mit dem Rücken zur Wand und kann nicht weiter zurückweichen.

Schließlich sagt er: »Du wirst mich Meister nennen.«

»Was?« Ich habe gehört, was er gesagt hat. Ich kann es nur nicht glauben.

Er reckt das Kinn. »Ab jetzt nennst du mich Meister.« Er mustert mich. Wartet auf eine Reaktion. Er sieht aus wie meine Katze, wenn sie einen Vogel im Garten beobachtet. Ganz ruhig, aber voller Anspannung.

»Sag es«, drängt er.

Aber ich sage gar nichts. Als er sich plötzlich bewegt, sehe ich seine Hand noch nicht einmal.

Klatsch!

Er schlägt so fest zu, dass ich gegen die weiße Wand knalle. Sterne tanzen vor meinen Augen. In meinen Ohren pfeift es. Mit butterweichen Beinen gleite ich auf das billige Linoleum. Es fühlt sich kühl an der Wange an. Die goldenen Flecken glitzern. Oder vielleicht passiert das alles nur irgendwo hinter meinen Augen. In meinem kaputten Kopf.

Als ich mich aufrapple, schmückt ein weiterer Blutfleck die Wand. Behutsam berühre ich die Wunde. Meine Finger werden feucht und rot.

Er kräuselt die Nase, als er das Blut sieht. »Du nennst mich Meister«, wiederholt er.

»Du bist mein Meister«, sage ich.

Ohne ihn anzusehen.

Der sechste Tag

GABY

Als es zum Schulende klingelt, eile ich den Gang entlang, um Drew abzupassen. Ich entdecke ihn am Schließfach, aus dem er gerade sein Skateboard herausholt.

»Hast du deine Papiere dabei?«

Er zieht die Augenbrauen zusammen und fasst sich an die Gesäßtasche, als könnte jemand sein Portemonnaie geklaut haben. »Ja. Wieso?«

Ich drücke ihm meinen Schlüsselbund in die Hand. »Gut. Dann kannst du mich nach Hause fahren. Du musst üben.«

»Was? Jetzt?«

»Ich will einfach sichergehen, dass du mit meinem Auto klarkommst, bevor du morgen die erste Pizza ausfährst.«

»Okay.« Er mustert den Schlüsselbund, an dem zwei Hausschlüssel und der Schlüsselanhänger vom Mini baumeln. »Was ist das für ein Teil?«

»Das ist der Schlüssel.«

Er fährt mit dem Zeigefinger darüber. »So einen Schlüssel habe ich noch nie gesehen.« Er ist rund, ungefähr so groß wie eine Dollarmünze, und an den Seiten gewölbt. Er sieht ein wenig wie Raumschiff Enterprise aus. Kein Metallstück ragt heraus.

»Glaub mir, es ist ein Schlüssel«, sage ich, während wir zum Schülerparkplatz gehen. Ich merke, dass die Leute jetzt wissen, wer ich bin. Es erinnert mich an dieses Mädchen, Jordan, die letztes Jahr an unserer Schule war. Ihr älterer Bruder hat die Waffe von seinem Vater genommen, ist in die Stadt gegangen und hat vor einem Kino in eine Menschenmenge geschossen. Er traf sieben Leute, zwei davon tödlich, und schoss sich danach in den Kopf. Vor dem Amoklauf ihres Bruders hatte niemand Jordan beachtet. Danach haben sie alle angestarrt, aber keiner hat mit ihr geredet. Ungefähr zwei Wochen später kam Jordan nicht mehr in die Schule. Ich weiß nicht, ob sie die Schule abgebrochen oder gewechselt hat. Ich wünschte, ich hätte damals etwas zu ihr gesagt. Auch wenn ich keine Ahnung habe, was das hätte sein sollen.

Ungefähr fünf Meter von meinem Auto entfernt drückt Drew vorsichtig auf den Knopf, um die Türen zu entriegeln. Wir werfen unsere Sachen auf die Rückbank, steigen ein und er gleitet mit den Fingern über die glatte Lenkradsäule auf der vergeblichen Suche nach dem Zündschloss.

»Du musst den Schlüssel hier reinstecken.« Ich zeige auf einen Schlitz am Armaturenbrett mit der Aufschrift STOP-START.

Er steckt den Schlüssel hinein und drückt auf den Knopf. Nichts passiert. Noch einmal. Beim dritten Mal hält er den Knopf länger gedrückt. Trotzdem tut sich nichts.

Ich bin so an das Auto gewöhnt, dass es einen Moment dauert, bis ich begreife, was Drew falsch macht. Ich beuge mich über ihn und sehe auf seine Füße. »Du musst auf die Bremse treten, sonst springt er nicht an.« Er riecht nach einer Mischung aus Seife und etwas Schweiß.

Drew blickt nach unten. »Oh Mann, sogar die Pedale sind rund. Alles in diesem Auto ist rund – der Rückspiegel, die Anzeigen, die Rückenlehnen –«

»Jemand hatte Spaß beim Entwerfen.« Alles in der Welt hat ein bestimmtes Design. Jemand hat beschlossen, wie tief und breit deine Müslischüssel sein soll, wie lang dein Löffel ist und welche Form die Flakes haben sollen, die du in die Schüssel schüttest. Ich sehe mir Gegenstände immer an und frage mich, ob ich sie auch so gestaltet hätte. Aber der Mini? Den Mini würde ich genauso lassen, wie er ist.

Als Drew alles richtig macht, springt das Auto leise an. Weil wir uns noch nicht angeschnallt haben, erklingt die Disco-Melodie und wir müssen beide lächeln. Wir legen die Gurte an und unsere Hände berühren sich dabei kurz. Ich erröte leicht und sage Drew schnell, wo er langfahren muss.

Drew ist vorsichtig. Das gefällt mir. Er überprüft den linken Außenspiegel, den Rückspiegel und den rechten Außenspiegel, umfasst mit beiden Händen das Lenkrad. Dann hebt er den rechten Arm und wendet sich zu mir. Im ersten Moment denke ich, er will mein Gesicht berühren, doch stattdessen legt er seine Hand auf die Rückenlehne vom Beifahrersitz. Er sieht nach hinten und parkt langsam rückwärts aus.

Als wir erst mal vom Parkplatz gefahren sind, entspannen wir uns beide etwas. Es ist seltsam, aber als ich am Steuer saß, war ich mir seiner Anwesenheit gar nicht so bewusst. Jetzt muss ich die ganze Zeit daran denken, wie nah wir uns gerade sind. Ich höre, wie er ein- und ausatmet. Er muss den Blick auf die Straße gerichtet halten, aber ich kann ihn betrachten, seine tief liegenden Augen und seine sonnengebleichten Haare. Auf seinen Handrücken schimmern feine, blonde Haare.

»Wer hat dir das Autofahren beigebracht?«, fragt Drew ohne den Blick von der Straße abzuwenden.

»Mein Dad. Ganz früh am Morgen auf dem Friedhof. Er meinte, dort wäre niemand, den ich verletzen könnte. Als ich zum ersten Mal hinter dem Steuer saß, dachte ich, etwas stimmt nicht mit dem Auto. Das Gaspedal wackelte ständig. Ich sagte es meinem Dad, allerdings lag es nicht am Auto – es lag an mir. Mein Bein zitterte, weil ich so nervös war.«

»Ist vielleicht ganz gut, etwas nervös zu sein«, sagt Drew. »Wenn man zu sicher ist, vergeigt man es.«

»Meine Eltern sind nie nervös«, sage ich.

»Niemals?«

»Nicht, dass ich wüsste. Wenn ein Anruf kommt, dass es einen schrecklichen Autounfall gegeben hat oder ein Kind beide Arme bei einem Unfall mit einem Mähdrescher verloren hat und mit dem Rettungshubschrauber ins Krankenhaus geflogen werden muss, drehen beide total auf, als hätten sie gerade literweise Kaffee getrunken. Sie scheinen überhaupt keine Angst zu haben.«

»Kann ja nur gut sein, wenn sie ihren Job lieben.« Er beißt sich auf die Unterlippe. »Ich würde das nicht machen wollen.«

»Ich auch nicht.« Ich sage Drew nicht, dass es mir manchmal so vorkommt, als würden meine Eltern nur bei der Arbeit so richtig aufblühen. »Und wer hat dir das Autofahren beigebracht?«

»Erst hat es meine Mutter versucht. Sie gehört zu den Leuten, die sich am Armaturenbrett festkrallen, schreien, beten und wie verrückt auf unsichtbare Bremsen treten.« Er sieht kurz zu mir. »Kannst dir ja vorstellen, wie gut das funktioniert hat. Dann hat sie einen ihrer Freunde gebeten, es mir beizubringen. Er hat mich gleich auf die Autobahn geschickt. Davor hatte ich gerade mal zehn Minuten hinter einem Steuer gesessen, und auf einmal fuhren alle um mich herum über 100 km/h. Ich glaube, bis dahin war ich höchstens 60 gefahren. Ich habe dermaßen geschwitzt, dass das Lenkrad ganz nass war.« Er lächelt auf diese süße, schiefe Art.

»Das ist, als wenn man jemandem das Schwimmen beibringen will und ihn einfach ins tiefe Wasser wirft.«

»So ungefähr, ja.« Seine silbernen Augen streifen mich. »Auf die Art handhabt meine Mutter fast alles in Sachen Erziehung.«

»Und dein Dad? Wo ist der?«

Er zuckt mit den Schultern. »Keine Ahnung. Hab ihn nie kennengelernt.«

Ich versuche mir das vorzustellen. »Weißt du, ob er noch am Leben ist?«

»Meine Mutter hat mir nie seinen Namen verraten.« Drew spricht leiser, als würde er mit sich selbst reden. »Manchmal frage ich mich, ob sie ihn selbst überhaupt kennt.«

Als wir bei mir ankommen, stehen die Garagentüren auf und geben den Blick auf die beiden blauen BMWs meiner Eltern frei. Meine Mom ist am Hauseingang und holt die Post aus dem Briefkasten. Sie sieht zweimal hin, als sie entdeckt, wer hinter dem Steuer sitzt.

»Halt einfach auf der Straße«, sage ich zu Drew.

Er beißt sich auf die Lippe und hält neben dem Bordstein an. »Bekommst du jetzt Ärger, weil ich dein Auto fahre?«

»Nein«, sage ich, obwohl ich mir da nicht so sicher bin. Sie haben Drew noch nie zuvor gesehen. Keinen meiner Freunde haben sie jemals zuvor so richtig gesehen. So viele habe ich ja nun auch wieder nicht.

»Vielleicht sollte ich jetzt besser gehen.« Er blickt auf die Straße.

»Nein. Komm mit rein. Ich muss mit dir reden.«

Er drückt mir den Schlüssel in die Hand. Wir steigen aus, holen unsere Sachen aus dem Auto und gehen den Plattenweg entlang aufs Haus zu. Drew bleibt einen halben Schritt hinter mir.

Meine Mom sieht uns lächelnd an. »Hallo, Gaby – wer ist denn dein Freund?«

Der sechste Tag

DREW

Ich weiß, was Mrs Klug sieht, wenn sie mich anschaut. Einen Verlierer. Einen schlaksigen Jungen in abgetragenen Jeans, die Haare zu lang und Stoffturnschuhe, die einmal schwarz-weiß kariert waren, bevor sie etliche Hundert Mal getragen wurden. Wahrscheinlich geht sie davon aus, dass in meinem Rucksack eine Packung Zigaretten steckt. Was stimmt. Aber sie gehört nicht mir. Ich habe sie meiner Mutter weggenommen, als wir uns darüber gestritten haben, dass sie zu viel raucht. Und da wäre dann noch das Longboard unter meinem Arm.

Weil Gabys Mom eine Chirurgin ist, sieht sie aber vielleicht auch das Longboard und dass ich keinen Helm trage und denkt: »potenzieller Spender«.

Sie hat einen grünen OP-Kittel an, ist schlank und sieht wirklich gut aus für eine Mutter. Ihre Haare sind blond, aber etwas heller als die von Gaby, vielleicht färbt sie sie. Gabys Mutter wirkt irgendwie wichtig, als hätte sie vor fünf Minuten noch eine Entscheidung über Leben und Tod getroffen, »Skalpell, sofort!« gerufen und über Oberschenkelschlagadern und solche Sachen gesprochen.

»Hallo, Mom. Das ist Drew. Wir arbeiten zusammen bei

Pete.« Ich warte darauf, dass sie fragt, warum ich den Mini gefahren habe, aber sie tut es nicht. Wissen Gabys Eltern überhaupt von Gabys Idee? »Drew, das ist meine Mutter.«

Ich klemme das Longboard unter den anderen Arm und strecke ihr die Hand entgegen. »Freut mich, Sie kennenzulernen – ähm – soll ich Mrs Klug sagen oder Dr. Klug?«

Obwohl ihre Haut weich ist, hat sie einen festen Handschlag. »Sag Gail zu mir. Dr. Klug heiße ich im Krankenhaus und Mrs Klug ist Steves Mutter.« Ich nehme an, Steve ist der andere Dr. Klug.

»Okay, Gail.« Ich nicke.

»Wir gehen in mein Zimmer und machen was für die Schule«, sagt Gaby und hält den Rucksack wie ein Requisit in die Höhe. Wir haben nicht eine Stunde Unterricht zusammen.

Ihre Mutter sagt nichts und lächelt nur abermals. Ich folge Gaby ins Haus.

Als wären die beiden BMWs nicht schon eindeutig genug, überzeugt mich der erste Blick ins Haus, dass ich Gaby niemals im Leben in unsere Wohnung hereinlassen werde. Das Haus ist groß und perfekt. Es sieht nicht aus, als würde hier wirklich jemand wohnen. Alles hat seinen Platz, nichts liegt herum – kein Bonbonpapier, keine Zeitung, keine Post, keine leeren Gläser, keine Zeitschriften, keine Schuhe. Es sieht so aus, wie ich es mir in einem extrem teuren Hotel vorstellen würde.

»Ich würde dir ja gerne was zum Knabbern anbieten«, sagt Gaby. »Aber wenn du nicht gerade auf Baby-Karotten stehst, sieht es schlecht aus. Meinen Eltern kommt Junk Food nicht ins Haus.«

In dem Moment tritt ein Mann in einem dunkelblauen OP-Kittel aus einem Flur, der zum Wohnzimmer führt. Er hat den

Blick auf einen BlackBerry gesenkt und redet, während er tippt. »Wir wollen nur, dass du gesund bleibst, Gaby.« Dann schaut er auf, sieht mich und bleibt stehen.

»Dad, das ist mein Arbeitskollege Drew.«

Ich gehe auf ihn zu und gebe ihm die Hand. Es ist dieselbe Mischung aus weich und fest, allerdings ist sein Handschlag noch etwas fester, als wollte er mich daran erinnern, dass es seine Tochter ist, mit der ich gerade zusammen bin. »Hallo, Dr. Klug.« Er ist knapp ein Meter achtzig groß und nicht so schlank, wie man bei seiner Haltung gegenüber Junk Food annehmen könnte.

Er sagt einfach auch Hallo. Nicht »Nenn mich Steve.«

»Wir gehen hoch in mein Zimmer«, sagt Gaby. Jetzt erwähnt sie die Schule noch nicht einmal.

Er wirkt, als wollte er etwas erwidern, tut es aber nicht. Stattdessen nickt er nur. Ich folge Gaby die Treppe hoch, vorbei an einer Reihe Familienfotos, wie ich annehme. Auf dem ersten stehen Gaby und ihre Eltern vor dem Haus. Zumindest gehe ich davon aus, dass es Gaby ist. Sie ist ungefähr sechs und die Familie sieht aus, als wollte sie in die Kirche gehen. Darüber hängt ein Foto von ihren Eltern, allerdings sind sie darauf noch viel jünger. Je weiter man die Treppe hochsteigt, desto älter wirken die Fotos. Am Anfang sind es noch Farbfotos, dann werden sie schwarz-weiß. Gegen Ende sehen sie aus wie Daguerreotypie, oder wie auch immer man Fotos vor 150 Jahren nannte. Eins ist steifer und förmlicher als das andere. Auf dem letzten Porträt starrt eine Familie in die Kamera. Die Männer tragen alle seltsame weiße hohe Kragen mit einer Art Fliege. Die Frauen sind in lange bauschige Kleider gehüllt. Eine von ihnen hält wiederum das Porträt eines kleinen Jungen auf dem Schoß.

»Das ist meine Ururgroßmutter«, sagt Gaby, als sie meinen

Blick bemerkt. »Das Bild ist von ihrem Sohn. Er ist zwei Jahre zuvor gestorben, aber sie wollte, dass man ihn nicht vergisst.«

Ich folge ihr den Gang entlang. Gabys Zimmer ist das einzige im Haus, das so aussieht, als würde auch jemand darin wohnen. Das Bett ist nicht gemacht. Daneben liegt ein aufgeschlagenes Taschenbuch auf dem Boden. An einer Wand hängt eine riesengroße Leinwand, auf der unzählige Überschriften und Bilder aus Zeitschriften kleben. Auf den ersten Blick lese ich »Fieber«, »Underground Girl«, »Es ist pures Adrenalin« und »Euch würde wahrscheinlich der Kopf platzen«. Man sieht Mädchen in schrägen Klamotten, Bilder aus einem Wonder-Woman-Comic, ein Zeitungsausschnitt von einem Mann mit einem Messer in der Hand und etliche Augen, Augen ohne Gesichter. Es ist alles irgendwie verwirrend.

Es gefällt mir.

An einer anderen Wand hängt ein Poster der Band *Flea Market Parade*, was mich überrascht. Ich mag ihre Musik, aber sie ist finster. Lieder über Sehnsucht, Selbstmord und Erinnerungen, die man nicht löschen kann. Ich tippe auf das Gesicht des Sängers. Er hat Hosenträger an und seine Augenringe sind so dunkel, dass sie fast geschminkt wirken. »Ich mag ihre Musik, aber die meisten Leute haben noch nie von ihnen gehört«, sage ich.

»Ich bin mir ziemlich sicher, dass keiner von uns beiden zu ›den meisten Leuten‹ gehört«, sagt sie.

Ich drehe den Stuhl vor ihrem Schreibtisch um und setze mich. Gaby schließt die Tür. Sie breitet eine Decke über dem Bett aus, bevor sie sich setzt.

»Jetzt machen wir also was für die Schule?« Ich ziehe eine Augenbraue hoch. Irgendwie bin ich entspannter, seit wir in

Gabys Zimmer sind. Der Rest des Hauses ist wie ein Panzer oder wie eine Rüstung. Gabys Zimmer fühlt sich angenehmer an. Vielleicht wird es durch die Rüstung geschützt.

»Ich wollte nur noch mal mit dir über Kayla reden. Meine Eltern wollen nicht, dass ich darüber spreche. Es ist jetzt schon fast eine Woche her. Sie sind sich sicher, dass es keine Hoffnung mehr gibt. Dass Kayla«, Gaby zögert, »tot ist.«

»Aber du hast gesagt, du kannst sie spüren. Dass du weißt, dass sie noch am Leben ist.« Ich sollte das nicht tun. Sollte Gaby nicht in etwas bestärken, das gar nicht sein kann.

»Vielleicht beobachtet sie uns aus dem Jenseits und das ist es, was ich spüre.« Gaby verzieht den Mund. »Ihren Geist.«

»Vielleicht. Aber du hast ziemlich überzeugt gewirkt.«

»Allerdings ist es schon sehr wahrscheinlich, dass Kayla tot ist.« Gaby spricht jetzt ganz leise. »Wie fühlt es sich wohl an, zu ertrinken? Oder erdrosselt zu werden? Meinst du, man leidet ganz bis zum Ende? Oder wird man vorher bewusstlos und spürt nichts mehr? Versinkt dann alles in Dunkelheit?« Ihre Stimme zittert. »Ist es, als würde man schlafen? Oder leidet man unendliche Qualen?«

Jetzt zittern auch ihre Schultern. Ich stehe auf, knie mich vor sie hin und umarme sie. Es ist anders als die paar Male zuvor, bei denen ich sie nur rein zufällig im Vorbeigehen berührt habe. Damals habe ich Gaby als Mädchen wahrgenommen. Jetzt fühle ich mich eher wie ihr Bruder. Jemand, der stärker ist als sie. Obwohl ich es nicht bin. Ich meine, sie hat mich aus dem Fluss gerettet.

Aber jetzt, wo sie in meinen Armen zittert, komme ich mir wirklich wie ihr Bruder vor.

Bis sie mich küsst.

Der sechste Tag

GABY

Als ich Drew küsse, habe ich das Gefühl zu ertrinken, bin wie betäubt und habe vollkommen die Kontrolle verloren. Es fühlt sich an, als könnte ich voll und ganz in Drew versinken und nie wieder auftauchen.

Stattdessen werfe ich meinen Kopf zurück, stütze mich auf seinen Schultern ab und stehe auf. Ich gehe zum Fenster. Drew kniet noch immer am Boden. Er dreht sich zu mir um. Ich weiß nicht, was er jetzt denkt. Sein Mund ist weich. Er grinst nicht, frohlockt nicht, scheint noch nicht einmal so verwirrt, wie ich es bin.

»Am besten, du gehst jetzt«, sage ich. Ich will nicht darüber reden, was gerade passiert ist. Ich will nicht darüber *nachdenken*, was gerade passiert ist. Was auch immer zwischen uns war, hat sich verändert. Vorher habe ich Drew geholfen, wenn er etwas brauchte – mehr Arbeitsstunden, die Schlüssel von meinem Auto, ich habe ihn sogar aus dem Fluss gefischt. Jetzt wird mir klar, wie sehr ich ihn selbst brauche. Dabei brauche ich eigentlich niemanden. Das habe ich vor längerer Zeit gelernt. Ich brauche meine Eltern nicht. Ich brauche keine Geschwister. Und seit Maja mit ihrer Familie letztes Jahr weggezogen ist, weiß ich, dass ich noch nicht einmal eine beste Freundin brauche.

Irgendwie sind Pete und sein Laden das, was für mich noch am ehesten an Freunde und Familie herankommt.

Drew steht auf. Ich drehe mich um und betrachte den strahlend blauen Himmel und die Eichenblätter, die sich dunkelgrün davon abheben. Ich mag diese Farben, den Kontrast. Als Kind lag ich oft vor dem Haus auf dem Rasen und habe in den Himmel gestarrt. Ich lag da und dachte an nichts.

Jetzt denke ich viel zu viel. So viel, dass ich nicht mehr weiß, was stimmt und was nicht. Was Schwachsinn ist und was richtig.

Ich weiß, was meine Eltern sagen würden. Sie würden sagen, Drew ist ein Fehler. Ich gehe nächstes Jahr nach Stanford. Drew geht nirgendwohin.

Ich warte darauf, seine Schritte auf dem Weg zur Tür zu hören, gedämpft durch den weichen Teppich. Stattdessen spüre ich seine Wärme, als er sich hinter mich stellt. Er berührt mich nicht. Das muss er nicht.

»Azur«, sagt er und sieht an mir vorbei.

Ich drehe mich zu ihm um. »Was?«

»So nennt man die Farbe des Himmels.«

»Das weiß ich. Mich überrascht nur, dass du das Wort kennst.«

Drews Gesicht verschließt sich sofort. Er dreht sich auf den Fersen um, hebt seinen Rucksack und sein Skateboard auf und ist in der nächsten Sekunde bei der Tür.

»Warte, so habe ich das nicht gemeint«, sage ich. »Drew!« Ich renne ihm nach, aber er ist schon halb die Treppe runter. Mein Dad steht auf, als wollte er ihn herausfordern. Als wäre etwas passiert. Ist es, aber nicht das, was er denkt. Ich kann Drew jetzt nicht flehend hinterherrennen. Also gehe ich zurück in mein

Zimmer, bevor mein Dad fragen kann, was los ist. Im selben Moment, in dem ich meine Zimmertür schließe, schließt Drew die Haustür hinter sich.

Ich hätte einfach nicht gedacht, dass Drew Bücher liest. Aber *Azur* ist ein Wort, das man fast nur in Büchern findet. Keiner sagt es. »Lesewörter« nenne ich all die Wörter, die nur in Büchern stehen und die niemand wirklich beim Sprechen benutzt. Niemand sagt »flitzen«. Oder »Kochstelle«.

Ich will mein Zimmer nicht verlassen. Es kommt nicht oft vor, dass meine Eltern beide gleichzeitig zu Hause sind. Und noch seltener, dass ich einen Jungen mit nach Hause bringe. Halt, falsch – ich habe noch nie einen Jungen mit nach Hause gebracht. Sie werden darüber reden wollen, mir Fragen stellen. Ich komme wahrscheinlich nicht drum herum, denn sie bestehen für gewöhnlich darauf, dass wir zusammen Abendbrot essen, wenn wir alle drei zu Hause sind. Was ungefähr zweimal im Monat vorkommt.

Aber zumindest bis zum Abendessen will ich ihnen, ihren Fragen und den Blicken, die sie sich zuwerfen, aus dem Weg gehen.

Ich könnte lesen oder Hausaufgaben machen (obwohl wir immer weniger aufhaben, je näher die Prüfungen rücken). Stattdessen schalte ich den Computer an.

Ich sollte mich vom Internet fernhalten. Aber nachdem ich Drew vor den Kopf gestoßen habe, den einzigen Menschen, der mein Freund hätte sein können, weggeschickt habe, tippe ich einen bestimmten Begriff in die Suchmaske.

Es gibt über drei Millionen Einträge dazu. Unter dem Schlagwort »Leiche gefunden« tauchen folgende Stichwörter in den Überschriften auf:

in Koffer
verbrannt in Mülltonne
in Feld auf Bauernhof
auf dem Dach eines Wohnhauses
am Straßenrand
verbrannt, geköpft
in abgeschlepptem Fahrzeug
in einem Waldgebiet
in einem Teich
hinter einem Müllcontainer
in einem ausgebrannten Auto
eingerollt in einem Teppich
in Plastik eingewickelt
auf leer stehendem Hof
im Gebüsch
in einem See
unter Schneemassen vergraben
am Eingang zu einem Golfplatz

Folgender Artikel erscheint, als ich auf »in Koffer« klicke:

TEENAGER-LEICHE AUF MÜLLDEPONIE IN KOFFER GEFUNDEN

Alles begann mit dem Fund der Leiche der 16-jährigen Marissa Johns in einem nagelneuen Koffer auf der städtischen Mülldeponie von Houston. Am Koffer entdeckten Polizeibeamte einen Strichcode, der sie zu einem bestimmten Kaufhaus in der Region führte. Die Polizei ließ sich Überwachungsvideos von dem Abend zeigen, an dem Marissa verschwand, und entdeckte tatsächlich einen Mann, der genau den Koffer kaufte, in dem Marissas Leiche gefunden wurde. Die Polizei identifizierte den Mann als Alberto Rodriguez, einen Nachbarn von Marissa, und nahm ihn fest.

Der siebte Tag

KAYLA

»Du bist mein Meister«, hatte ich zu ihm gesagt, nachdem er mich zu Boden gestoßen hatte. Das war der Moment, in dem ich mich geteilt habe. Es gibt das eine Mädchen, das tun muss, was er sagt. Dieses Mädchen hat noch nicht einmal einen Namen. Es ist wie ein Hund, der so oft geschlagen wurde, dass er gar nicht erst den Kopf hebt oder sich die Mühe macht, die Zähne zu blecken. Und dann gibt es die richtige Kayla. Die schreit, wütet und flucht. Sie ist in dem anderen Mädchen verborgen, wie bei einer dieser russischen Steckpuppen. Versteckt.

»Gut, Sklavenmädchen«, sagte er und mir wurde abermals schlecht.

Ich schaffte es gerade noch zur Toilette in der Ecke des Raumes. Sie steht einfach frei in der Kammer, für jeden sichtbar. Man kann sich nicht zurückziehen. Es ist kein Dixiklo, es gibt eine Spülung, trotzdem brachte mich der Klogeruch immer wieder zum Würgen. Er schnaufte vor Ekel – und ich, die echte Kayla – machte mir in Gedanken eine Notiz, während ich versuchte meine Haare aus dem Gesicht zu halten. Blut und Erbrochenes. Ihm ekelt vor beidem.

»Ich komme wieder«, sagte er wie der Terminator, allerdings ohne Akzent. Und es war nicht lustig.

Nachdem er weg war, rollte ich mich auf dem Bett zusammen. Ich dachte nicht mehr nach. Atmete einfach nur ein und aus. Ich muss eine Weile geschlafen haben.

Als ich wieder aufwache, steht ein Teller mit Essen auf dem Boden. Beim Anblick des Sandwichs und des Apfels wird mir der Mund so wässrig, dass mir Speichel am Kinn entlangläuft. Seit ich die Packung Müsliriegel verdrückt habe, habe ich nichts mehr gegessen. Ich stopfe das Sandwich so schnell in meinen Mund, dass ich beinahe daran ersticke. Es ist ein einfaches Brot mit Senf und knallgelbem Billigkäse, dennoch seufze ich vor Genuss. Mit ungefähr drei Bissen habe ich das ganze Ding verschlungen und lecke mir danach die Finger. Mein Magen hat sich zu einem kleinen, harten Knoten zusammengezogen, als wüsste er nach der langen Abstinenz nichts mit Essen anzufangen.

Erst dann frage ich mich, ob er etwas in den Senf getan haben könnte. Die Schärfe würde so manches überlagern. Ich überlege kurz, ob ich mich übergeben soll, lasse es dann aber.

Stattdessen beiße ich in den kleinen, rot-gelben Apfel. Er ist knackig und saftig. Ich esse ihn bis auf das Kerngehäuse auf und spuckte die Kerne auf den weißen Keramikteller.

Dann nehme ich zwei Flaschen Wasser aus dem untersten Fach des Regals und trinke sie aus. Ich würde gerne mehr trinken, aber halte mich davon ab. Was, wenn er keinen Nachschub bringt? Schließlich hat er das Wasser, das ich schon getrunken habe, nicht ersetzt. Ich stelle alle leeren Flaschen neben den weißen Teller, der auf einem schwarzen Plastiktablett steht. Das Tablett ähnelt denen in der Schulcafeteria. Der Gedanke an Schule erscheint schon völlig unrealistisch. Es gibt nur noch diesen winzigen Raum mit den weißen Wänden und dem marineblauen Futonbett. Ich existiere nicht außerhalb dieses Raumes. Ich bin mir noch nicht einmal sicher, ob ich innerhalb des Raumes existiere.

Es gibt keine Uhr, daher weiß ich nicht, wie spät es ist. Und das Sandwich ist auch kein großer Hinweis. Es könnte mein Mittagessen sein, Abendbrot oder gar keine bestimmte Mahlzeit. Es könnte auch zwei Uhr morgens sein. Ich weiß noch nicht einmal, welcher Tag heute ist. Aber ich habe das Gefühl, hier schon sehr lange zu sein. Schon seit einer Ewigkeit.

Ich wünschte, es gäbe einen Stuhl, den ich unter den Türknauf stemmen könnte, zumindest wenn ich schlafe. Wenn ich ihn nicht hereinlasse, bekomme ich kein Essen mehr. Aber ich will auch nicht aufwachen, und er steht vor mir. Das ist das Schlimmste.

Und ich will nicht aufwachen und merken, dass er hier gewesen war, ohne dass ich davon etwas mitbekommen habe. Vielleicht kann ich das Regal vor die Tür schieben. Ich muss es später versuchen. Im Moment bin ich zu schwach, um den Fernseher herunterzuheben und das Regal auszuräumen.

Der Fernseher! Wenn ich einen Nachrichtensender finde, bringt er vielleicht etwas über mich und ich erfahre, wie weit sie mit der Suche nach mir sind. Ich will meinen Namen hören. Ich will hören, dass sie nah dran sind.

Also stelle ich den Fernseher an. Aber es gibt kein Antennenkabel, nur ein Netzkabel. Ich zappe durch alle Kanäle. Doch ich sehe und höre nur graues Rauschen. Zwischen dem Surren und Knacken bilde ich mir ein, Wörter zu hören. Beinahe.

Vielleicht.

Bilde ich mir ein.

Aber ich höre nie den Namen Kayla Cutler.

DURCHSUCHUNGSBEFEHL

Beim zu durchsuchenden Objekt handelt es sich um den Wohnsitz des Tatverdächtigen Cody Renfrew, wohnhaft in 3707 NW Hazelfern, Portland. Der Wohnsitz ist ein Einfamilienhaus, weiß mit blauer Verkleidung, und das letzte Haus links in Hazelfern. Die Hauseingangstür zeigt nach Norden. Auch das zu durchsuchende Kraftfahrzeug gehört der tatverdächtigen Person. Beim Kraftfahrzeug handelt es sich um einen braunen (vorher weißen) Ford Lieferwagen, registriert im Bundesstaat Oregon mit dem Kennzeichen NWE 530.

Es gilt zu überprüfen, ob sich auf besagtem Grundstück und im Kraftfahrzeug Gegenstände befinden, die Beweise für eine Straftat liefern, als da wären:

Beweismittel betreffend der Ermittlungen in einem Mordfall, darunter die sterblichen Überreste von Kayla Cutler, des Weiteren Blut, Körperflüssigkeiten und Absonderungen, Haare, Fasern, Fingerabdrücke, Handabdrücke, Fußspuren, Fußabdrücke, Schuhe, Bekleidung und andere Utensilien, Waffen, Schneidewerkzeuge, Seile oder andere Knebelmaterialien, Gegenstände zur Ausübung von Gewalt oder Gegenstände, die Hinweise auf eines der aufgeführten Objekte liefern.

Der siebte Tag

DREW

Ich sitze im Unterricht wie ein Zombie. In Englisch redet Mrs Lorton ohne Unterlass über Symbolismus. Ich mache das, was ich am besten kann: ziehe den Kopf ein und verhalte mich unauffällig.

Warum hat Gaby mich geküsst? Warum hat sie mich weggestoßen?

Nur, weil ich zufällig da war, jemand, der sie halten konnte, als sie zitterte. Und hat sie mich dann weggestoßen, als ihr einfiel, dass nur ich es bin, Drew Lyle, der kiffende Dreierschüler?

Natürlich habe ich schon andere Mädchen geküsst. Hinter unserem Haus ist ein großer Park. Ein Teil davon wuchert wild vor sich hin, getrennt vom Rest durch einen kleinen Bach. Dort stehen ungefähr hundert alte hohe Tannen, aber es gibt keine Tennisanlagen, keine Wege und keine Spielplätze. Nur weiche Nadeln. Keiner geht dort mit seinem Hund Gassi oder schiebt einen Kinderwagen. Es ist wie ein kleiner Wald. Manchmal hängen dort ein paar Kids nach der Schule rum und kiffen. Vielleicht machen sie auch noch andere Sachen, wenn es dunkel wird.

Ich habe dort bisher nur einmal einen Erwachsenen gesehen, als ein heller Labrador mit gierigem Blick und einem zitronengelben Tennisball im Maul durch das Unterholz geschossen kam. Zwanzig Sekunden später stürzte ein älterer Mann in Joggingklamotten hinter dem Hund her. Er schrie: »Bella, komm zurück!« Er riss die Augen auf, als er bemerkte, dass er nicht alleine war. Er schrie: »Bella, komm!« und verschwand ohne ein weiteres Wort wieder im Unterholz.

Wie auch immer, ich habe dort schon das ein oder andere Mädchen geküsst. Weil es dunkel war und man manchmal einfach jemanden zum Festhalten und Wärmen braucht, dessen Mund weich ist. Aber das ist nicht der Grund, warum ich Gaby geküsst habe.

Beziehungsweise ihren Kuss erwidert habe.

Genau das ist der Punkt, den ich nicht verstehe. Es war nicht meine Idee, aber als sie mich wegstieß, tat sie gerade so, als wäre es das.

Und da ist noch etwas, etwas, das so wehtut, dass ich nicht einmal daran denken mag. Was Gaby gesagt hat, ihr Gesichtsausdruck, als ich von der Farbe des Himmels gesprochen habe.

Nach einer Ewigkeit klingelt es und die Schule ist zu Ende. Ich hole mein Longboard aus dem Schließfach und rolle den endlosen Flur entlang. Endlich bin ich draußen, weg von den anderen, die wie Ameisen hintereinanderher marschieren. Ich lasse mein Board fallen und skate auf dem Gehweg, mache Schlenker nach links und rechts, um anderen Leuten auszuweichen. An der Kreuzung achte ich nicht auf die Ampel und fahre einfach drüber. Ich habe es so getimt, dass ich mich zwischen den Autos durchschlängeln kann. Aber eine alte Dame in einem großen kastanienbraunen Lincoln wird nervös. Statt mit konstanter Geschwindigkeit weiterzufahren, tritt sie auf die Bremse. Ich muss mich auf ihrem Kofferraum abstützen, um hinten um ihr Auto herumzukommen. Das Fahrerfenster ist offen und sie schreit: »Rowdy!«

Aber da bin ich schon auf der anderen Straßenseite und denke nur noch an Gaby, die ich gleich bei Pete sehen werde. Wird sie überhaupt kommen? Darf ich noch ihr Auto benutzen? Was, wenn sie da ist, aber nicht mehr will, dass ich den Mini fahre? Denn ganz egal, was zwischen uns gelaufen ist, ich halte es für keine gute Idee, wenn sie – oder irgendein anderes Mädchen – jetzt Pizzas ausfährt. Pete hat zwar gesagt, dass keine Mädchen ausliefern sollen, aber er kann auch nicht rund um die Uhr arbeiten und Gaby ist stur genug, es auf ihre Weise durchzuziehen.

Die Stimme des Täters am Telefon kommt mir wieder in den Sinn. »Sag mal, fährt das Mädchen im Mini Cooper heute Abend die Pizzas aus?« Den Bruchteil einer Sekunde schießt mir eine Erinnerung durch den Kopf, wo ich die Stimme schon einmal gehört habe. Doch sie ist weg, bevor ich sie zu fassen bekomme. Ich bin der Einzige, der mit dem Täter gesprochen hat, aber ich kann Kayla nicht helfen, wo auch immer sie jetzt ist.

Ich gehe gerade auf den Hintereingang zu, als Gabys Autos auf den Parkplatz einbiegt. Ich sehe, wie sie aussteigt. Mein Hals fühlt sich an, als hätte ich gerade einen großen gummiartigen Batzen Mozzarella verschluckt.

»He«, sage ich.

Sie sieht mich kurz an und dann wieder weg. »Hör mal, was gestern passiert ist …«

»Ich will nicht darüber reden.« Ich könnte ihre Entschuldigungen nicht ertragen. Ihr Mitleid.

Sie berührt mein Handgelenk. Es sind 21 Grad, aber mich fröstelt. Sie zieht die Hand zurück und reibt sich die Stirn. Weil sie die Augen geschlossen hat, kann ich sie ansehen. Sie hat einen kleinen Huckel auf dem Nasenrücken.

»Hör mal«, versucht sie es erneut, »als ich geweint habe und du mich umarmt hast, das hat sich gut angefühlt. Aber dass ich dich geküsst habe, hat mich verwirrt.«

»Ich habe gesagt, ich will nicht darüber reden.« Ich will nicht hören, was ihr an mir nicht passt, an der Idee von uns beiden zusammen.

Sie öffnet die Augen. »Na schön. Gestern Abend habe ich im Internet etliche Geschichten über Vermisste gelesen und wo ihre Leichen schließlich aufgetaucht sind. Ich habe versucht, mir Kayla im Fluss vorzustellen. Tot, meine ich.«

Auch darüber will ich nicht reden. Aber ich sehe Kayla bereits flussabwärts treiben. Ihr Gesicht ein blasser Fleck unter Wasser. Ihre schwarzen Haare verschlungen wie Seetang.

Gaby greift erneut nach meinem Handgelenk, aber dieses Mal so fest, dass ich zusammenzucke. »Sie ist nicht tot, Drew. Ich weiß, dass sie es nicht ist.«

»Du bist hier doch die Schlaue«, sage ich. Ich muss nicht extra noch dazusagen »nicht ich«, ich weiß, dass sie sich das denken kann. »Du hast gehört, was Pete über den Stein mit dem Blut gesagt hat. Du hast gesehen, wo es passiert ist. Wie hoch ist die Wahrscheinlichkeit, dass sie noch am Leben ist?« Ich sehe, wie Gabys Augenbrauen nach unten wandern und ihre Augen schmal werden. »Du bist im Fluss gewesen. Du hast gespürt, wie stark die Strömung ist – wie kalt das Wasser. Und selbst wenn der Typ sie nicht in den Fluss geworfen hat, wenn er sie irgendwo anders hingebracht hat, dann wahrscheinlich nur, um sie zu begraben.« Ich zögere, dann sage ich: »Auch ich mochte Kayla – wir alle mochten sie.« Gaby durchbohrt mich mit ihrem Blick. Heute sind ihre Augen eindeutig grün und kalt wie Katzenaugen. »Mögen sie«, verbessere ich mich. »Wir mögen sie. Du machst dich nur selbst verrückt.«

Natürlich denke auch ich an Kayla. Ich würde gern von ihr träumen, nur um sie wiederzusehen. Ein Traum, in dem alles normal ist, in dem niemals etwas Schlimmes passiert ist. Vielleicht arbeiten wir zusammen und sie lächelt. Das ist alles. Und in diesem Traum nehme ich nie die Bestellung an, oder ich nehme sie an, werfe sie dann aber weg, weil mir auffällt, dass es die Adresse gar nicht gibt. Oder jemand anderes arbeitet an diesem Abend und fährt die drei Pizzas aus. Nicht Gaby, irgendein Junge, und ihm passiert auch nichts. Jeden Abend gehe ich ins Bett und hoffe, Kayla wiederzusehen, wenn ich die Augen schließe.

Und jeden Morgen wache ich enttäuscht wieder auf.

Gaby wirkt verängstigt. »Was, wenn er es noch mal versucht?«

Ich denke, darum geht es eigentlich. Gaby muss daran glauben, dass Kayla noch am Leben ist. Denn sie weiß, dass es ihr Blut auf dem Stein unten am Fluss hätte sein können.

Wir zucken beide vor Schreck zusammen, als hinter uns eine Stimme erklingt: »Wie wäre es, wenn ihr zwei Turteltauben aufhört zu quatschen und zuseht, dass ihr zur Arbeit kommt?«

Es ist Miguel. Mir ist klar, dass er immer noch sauer ist, weil der Dienstplan wieder rückgängig gemacht wurde. Er hat einen alten Sportwagen, der ihn ein Heidengeld kostet.

Wir folgen Miguel ohne ein Wort in die Pizzeria, allerdings verdreht Gaby die Augen. Pete ist schon da, außerdem noch Danny. Danny hat genügend Punkte für die Prüfungen zusammen und kann daher immer schon viertel nach zwölf die Schule verlassen. Es ist erst vier Uhr nachmittags, aber der Laden brummt, als wäre es Abend. Alle paar Sekunden ruft Sonya: »Neue Bestellung!« und steckt sie an die Drehscheibe mit den Bestellzetteln.

In der ersten Hälfte der Schicht fährt Pete die Pizzas aus. Er sieht furchtbar aus.

Währenddessen arbeite ich zusammen mit Gaby. Manchmal ist sie an der Kasse. Manchmal belegt sie Pizzas. Genau, wie es das ganze Jahr über schon gewesen ist.

Nur hätte ich vor einem Jahr nicht an die Farbe ihrer Augen gedacht oder wie es sich angefühlt hat, als wir uns geküsst haben.

Der siebte Tag

GABY

Bei *Pete's* kann ich anders sein als die Gaby in der Schule. Ich kann barsch sein, albern und ich kann flirten.

Doch an diesem Abend bin ich eher wie eine Maschine. Ich will einfach nur alles vergessen. Die Sache mit Kayla. Will nicht an Drew denken, auch wenn er gerade so dicht neben mir steht, dass ich ihn berühren könnte, würde ich meine Hüfte ausstrecken. Ich bin froh, dass viel los ist. Sonya hat am Tresen alle Hände voll zu tun, während etliche Bestellungen darauf warten, ausgeführt zu werden. Ohne Pete zu fragen, was ich als Nächstes tun soll, schnappe ich mir die erste Bestellung, öffne den Kühlraum und hole einen großen Pizzaboden in einer abgenutzten, flachen Metallform heraus. Nachdem ich Sonyas Gekritzel überflogen habe, belege ich die Pizza mit Soße und Käse. Dann nehme ich eine Handvoll Pfeffersalami und gebe der Metallform einen kleinen Schubs, sodass sie sich langsam dreht. Ich lasse die Salamischeiben dicht nebeneinander im Kreis auf den Pizzaboden fallen. Normalerweise beherrscht nur Pete diesen Trick richtig gut, aber an diesem Abend gelingt es mir auch. Pete sieht zu mir und nickt anerkennend.

Nachdem ich Pilze und Oliven hinzugefügt habe, lasse ich die Pizza aus der Metallform auf einen Holzschieber gleiten. Als ich die Ofentür aufmache, kommt mir eine Hitzewelle entgegen. Ich fasse um den langen Griff des Holzschiebers und merke das Gewicht heute kaum. Es gibt einen Trick, wie man die Pizza unbeschadet in den Ofen bekommt: indem man mit dem Schieber kurz vor- und zurückruckelt. Macht man es falsch, landet der Belag im Ofen und verbrennt, während der Boden am Holzschieber kleben bleibt. Noch schwieriger ist das Ganze, wenn der Ofen schon ziemlich voll ist, so wie jetzt. Man muss die Pizza irgendwie ganz nach hinten bringen, wo es am heißesten ist, und über die anderen Pizzas weiter vorne heben, die fast fertig sind. Aber an diesem Abend rutscht meine erste Pizza ohne Probleme vom Schieber. Genau wie die nächste und übernächste. Normalerweise überlasse ich es Miguel oder Drew, sich um die Pizzas zu kümmern, wenn sie erst einmal im Ofen sind, aber heute sehe ich genauso oft nach wie die anderen, steche in Blasen, rücke Pizzas, die langsam fertig werden, von hinten nach vorne. An diesem Abend machen mir weder das Gewicht des Holzschiebers noch die glühende Hitze vom Ofen etwas aus und ich verbrenne mich kein einziges Mal an der Ofentür. Alte Brandwunden zieren Miguels, Drews und Petes Handgelenke wie Armbänder.

Die Minuten vergehen und die Arbeit wird zum Kinderspiel. Ich verliere mich darin, drehe mich um, greife nach etwas, bücke mich, verteile mit beiden Händen Belag und nicht wie sonst nur mit einer. Jeder scheint den Rhythmus zu spüren, sogar Miguel, und wir bewegen uns auf engem Raum so problemlos umeinander herum, als wäre es einstudiert. Sonya tippt einen Betrag in die Kasse, stößt die Kassenlade mit der Hüfte zu und telefoniert mit einem Kunden, während sie Wechselgeld herausgibt.

Irgendwann wird es ruhiger. Schließlich gehen Danny, Sonya und Miguel nach Hause. Danach geht Pete, der so müde ist, dass er sich kaum noch auf den Beinen halten kann. Die letzten Gäste haben aufgegessen und sind gegangen. Nur Drew und ich sind noch da. Der Rhythmus ist verflogen und ich erinnere mich jetzt an die Stimmen meiner Eltern, die mich nach Drews Besuch gestern bei uns zu Hause mit Fragen gelöchert haben. Nachdem er aus dem Haus gerannt ist. Und nachdem ich gelogen und erzählt habe, Drew würde mit dem Gedanken spielen, sich auch einen Mini zu kaufen und wollte meinen Probe fahren.

»Was will Drew später mal machen, wenn er mit der Schule fertig ist?«, fragte Mom, während sie einen Teller mit Spinatsalat füllte. Sie war besorgt, was ich daran merkte, dass sie mir den Teller einfach hinstellte, ohne zu fragen, wie viel ich wollte, als wäre ich sieben und nicht siebzehn.

Ich schob mir etwas Salat in den Mund, bevor ich antwortete. »Weiß ich nicht genau.« Das war noch nicht einmal gelogen. Ich weiß es wirklich nicht. Ich habe ihn nie gefragt.

»Na ja, sei vorsichtig. Denk dran, dass du im Herbst fast 2000 km weit wegziehst.«

Ich verzog das Gesicht und hoffte, die plötzliche Röte, die mir in die Wangen schoss, würde mich nicht verraten. »Es ist nicht so, wie du denkst. Drew ist nur ein Freund. Ein Arbeitskollege. Das ist alles. Wegen der Sache mit Kayla sind sich alle in der Pizzeria etwas nähergekommen.«

Dad seufzte. »Hat man schon irgendwas gehört, ob …«, er zögerte, vermutlich wollte er das Wort »Leiche« vermeiden, »… sie gefunden wurde?«

»Ich weiß auch nicht mehr, als sie im Fernsehen bringen.« Jeden Abend zeigen sie dasselbe Foto von Kayla, auf dem sie vor einem Baum steht, und dasselbe Foto von ihrem Auto auf dem Parkplatz der Polizeiwache. Manchmal zeigen sie die Taucher im Fluss oder einen deutschen Schäferhund, der an einer Leine zieht, oder ihre Eltern, wie sie weinen und um Hinweise aus der Bevölkerung bitten. Obwohl es immer variiert, erfährt man doch nichts Neues.

»Es muss schlimm sein, so gar nichts zu wissen.« Mein Dad tätschelte mir etwas unbeholfen die Hand. »Ich habe mit Wachtmeister Thayer über deine Sicherheit gesprochen.«

»Du hast *was?*«

»Natürlich habe ich das, Gaby. Ich muss doch wissen, ob du in der Pizzeria in Sicherheit bist. Er hat mir gesagt, dass sie davon ausgehen, dass Kayla den Täter kannte.«

Mom biss von ihrem Lachs ab und pflückte sich dann vorsichtig eine Gräte, dünn wie ein Faden, von den Lippen. »War Drew mit Kayla befreundet?«

»Was willst du damit sagen? Dass Drew gefährlich ist? Er war derjenige, der die Polizei gerufen hat!«

Wut stieg in mir auf und es fühlte sich gut an. Es fühlte sich stark an. Endlich wusste ich, wohin mit all meinen Gefühlen.

Doch plötzlich verflog meine Wut genauso schnell, wie sie gekommen war. Mom wirkte ehrlich entsetzt. »Natürlich nicht! Ich kann mir nur vorstellen, dass eine solche Tragödie Menschen einander näherbringt, die es normalerweise nicht wären«, sagte Mom. »Drew macht einen sehr netten Eindruck, aber bald bist du nicht mehr da. Du willst ihn doch sicher nicht verletzen.«

Jetzt beobachte ich Drew aus den Augenwinkeln. Ich mache mir keine Sorgen, dass ich ihn verletze.

Ich mache mir Sorgen, dass er mich verletzt.

Der siebte Tag

„JOHN ROBERTSON“

»Hi!« Gaby lächelt mich unter dem Rand ihrer Baseballkappe hervor an. »Lassen Sie mich raten. Ein Stück Margarita und einmal Roma spezial?« Sie hält den Stift über den Bestellblock.

Bei meinem letzten Besuch in der Pizzeria habe ich gewartet, bis Gaby sich umgedreht hat. Dann habe ich mir ihren Stift vom Tresen genommen und zu meinem Schablonenmesser in die Brusttasche von meinem Poloshirt gesteckt. Später habe ich dann auf dem dämmrigen Parkplatz gesessen und bin mit dem Stift über meine Lippen gefahren. Und dazwischen. Habe an Gaby gedacht. Und an Gabys Finger und an ihre Lippen.

»Du weißt genau, was ich will«, sage ich. Gaby hat keinen Schimmer, was ich wirklich will.

Sie hat dunkle Augenringe, als hätte sie nicht gut geschlafen. Jedes andere Mädchen – Kayla zum Beispiel – würde dadurch gleich nicht mehr so hübsch aussehen. Aber Gabys Augen wirken durch die dunklen Ringe noch geheimnisvoller. Ich könnte mich darin verlieren.

»Tja, ich weiß nun mal, dass Sie Vegetarier sind«, sagt sie. »Und dass Sie wahrscheinlich ein Rootbeer dazu wollen.«

»Schon wieder richtig.« Jeder weiß, dass ich kein Fleisch esse. Das ist einer der Gründe, warum »John Robertson« drei große

Fleischmonster bestellt hat. Die Behörden suchen wahrscheinlich nach einem Typen, der Fleisch mag. Sie suchen nicht nach einem unauffälligen Vegetarier mit Brille, der sich mit Architekturmodellbau sein Geld verdient.

»Und zum Hier-Essen, hab ich recht?« Ihr macht unser kleines Spiel Spaß. Sie hält sich für die Gewinnerin. Sie ahnt noch nicht, dass es ein richtiges Spiel gibt, das wir bald spielen werden.

Hinter ihr geht die Tür vom Kühlraum auf. Einer der Schüler, die in der Pizzeria arbeiten, kommt mit einem Edelstahlbehälter voller blassem, geraspeltem Käse heraus. Als Gaby hört, wie er die Tür mit dem Fuß zustößt, dreht sie sich um und lächelt.

Der Anblick dieses Lächelns – breiter und irgendwie echter als das Lächeln, das sie mir geschenkt hat – verärgert mich. *Ich* bin hier der Kunde. Mir sollte sie ihre ganze Aufmerksamkeit widmen. Stattdessen flirtet sie fast mit diesem Jungen direkt vor meiner Nase.

Ich bekomme Lust, ihr wehzutun. Nur ein klein wenig.

»Das mit deiner Freundin tut mir leid. Das mit Kayla Cutler.« Ich widerstehe dem Drang, mir an den Hals zu fassen. Die bereits abheilenden Kratzwunden liegen unter einer dünnen Schicht Make-up verborgen. Ich musste fünf verschiedene Sorten kaufen, bevor ich eins fand, das zu meiner Hautfarbe passt. Beim Treffen mit einem Kunden erzählte ich eine Geschichte von wegen, ich hätte Brombeeren geerntet. Zuvor hatte ich meine Arme in ein Gestrüpp am Straßenrand gesteckt, um es glaubhafter aussehen zu lassen. »Wie lange ist das jetzt her – eine Woche? Haben sie denn Kaylas Leiche bereits gefunden?«

Gaby wird kreidebleich und beißt sich auf die Lippen. Jetzt

sieht sie sogar *noch* schöner aus, wenn das überhaupt möglich ist.

»Nein.« Sie schüttelt den Kopf und die Stirnfransen fallen ihr ins Gesicht. »Nein.«

Ein wohliger Schauer durchläuft mich, aber ich darf mir nichts anmerken lassen. Gaby hat keine Ahnung. Sie weiß nicht, dass Kayla noch am Leben ist – zumindest, solange ich es will.

Und sie hat keine Ahnung, dass Kayla sterben muss … um für sie Platz zu machen.

Der siebte Tag

DREW

»Ich würde gern eine Pizza und einen Salat bestellen.« Am Telefon ist eine Dame mit einer ganz normalen Frauenstimme, trotzdem zieht sich mein Magen zusammen. Jetzt ist es also so weit. Der Moment ist gekommen, in dem ich tatsächlich Gabys Auto fahren muss. Bis jetzt hat Pete an diesem Abend die Pizzas ausgefahren, aber mittlerweile sind alle gegangen und wir sind nur noch zu zweit.

Ich lege meine Hand über den Hörer. »Es ist eine Lieferbestellung«, sage ich zu Gaby.

»Na los, nimm sie an.«

»Bist du dir sicher?« Denn ich bin es nicht, absolut nicht.

»Ja«, sagt Gaby, schüttelt dabei aber leicht den Kopf.

Es dauert nur ein paar Minuten, die Pizza zu machen. Nachdem ich sie in den Ofen gesteckt habe, sehe ich mich um. Auf den ersten Blick erscheint der Tresen wie eine schützende Barriere zwischen uns und der Welt da draußen. Doch auf den zweiten fühlt es sich mehr wie ein Käfig an, in den wir eingesperrt sind. Wenn irgendein Irrer hereinkommt, sitzt Gaby in der Falle. Es bleibt zwar noch die Hintertür zum Parkplatz, aber um dort hinzukommen, müsste sie erst durch den Vorraum, an Petes Büro, an der Küche und dem Pausenraum vorbei und dann die Hintertür aufschließen. Das dauert viel zu lange, wenn man verfolgt wird.

»Ich sollte dich hier nicht allein lassen. Ich rufe die Frau zurück und sage ihr, dass es leider nicht geht.«

»Es wird schon nichts passieren. Die ganzen anderen Geschäfte haben noch geöffnet. Sollte jemand etwas Dummes versuchen, würde es jede Menge Zeugen geben. Außerdem habe ich mein Handy griffbereit.« Gaby klopft auf ihre Schürzentasche.

Trotzdem fühlt es sich nicht gut an. Aber was soll ich machen? Immerhin ist Gaby hier viel sicherer, als wenn sie selbst die Pizza ausfahren würde. Ich gehe in den Kühlraum und hole den Salat. Sunny bereitet ihn immer schon am Morgen vor, sodass ich den Salat jetzt nur in eine Plastikbox füllen und einen kleinen Behälter mit Dressing dazulegen muss. Als ich die Tür aufstoße, wird mir klar, dass der Kühlraum wie eine Festung ist. Keine Fenster. Die Tür ist mindestens zwei Zentimeter dick und aus solider Eiche. In einer Ecke liegt ein kleines Stück Holz, das von einer Palette abgebrochen ist. Ich schiebe es unter den Türgriff, sodass es über den Rahmen hinausragt. Dann versuche ich, die Tür aufzustoßen. Sie rührt sich nicht.

Ich nehme das Holzstück wieder heraus und hole Gaby, um es ihr zu zeigen. Unser Atem bildet zwei Wolken, die miteinander verschmelzen. »Pass auf, wenn dich jemand bedroht, rennst du einfach in den Kühlraum und schiebst dieses Holzstück unter den Griff. Probier es mal.« Ich stoße die Tür auf, gehe raus, warte kurz und versuche sie dann wieder zu öffnen. Sie bewegt sich keinen Millimeter. Und da die Tür nach außen aufgeht, kann man sie auch nicht mit einem Tritt oder mit den Schultern einrammen.

Die Pizza ist im Handumdrehen fertig. Ich schiebe sie in die Pappschachtel und packe sie in eine rote Isoliertasche. Der Salat kommt oben drauf.

Ich hole tief Luft. »Okay. Sieht so aus, als wäre ich so weit. Wenn jemand reinkommt, der dir verdächtig vorkommt, rennst du in den Kühlraum und rufst die Polizei. Du musst dir nicht albern vorkommen.«

Sie gibt mir die Schlüssel. »Ich bin vorsichtig. Und du sei bitte auch vorsichtig.« Sie funkelt mich an, dann sieht sie weg. Wir stehen so nah beieinander, dass ich die Pfefferminze in ihrem Atem riechen kann. Sie hat den ganzen Abend über Kaugummi gekaut, schnell gekaut und schnell gearbeitet.

Ich gehe zur Hintertür raus. Der Parkplatz ist nur spärlich beleuchtet. Ich werde Gaby nachher zum Auto bringen, bevor ich nach Hause gehe. Ich drücke auf den Knopf des seltsamen Autoschlüssels, um aufzusperren. Meine Hand zittert. Ich stelle die Tüte mit der Pizza und dem Salat auf den Beifahrersitz und fasse vorher kurz an den Tütenboden, um sicherzugehen, dass auch kein Käse daran kleben geblieben ist. Ihr Auto ist so sauber. Die Sitze im Ford Tempo meiner Mutter sind voller Krümel und Brandlöcher von Zigaretten.

Da mich meine Mutter nur selten ihr Auto benutzen lässt, habe ich kaum Fahrpraxis. Ich werde mich davor hüten, Gaby das jemals zu sagen. Außerdem habe ich nicht vor, mich mit ihrem Mini Cooper einem anderen Auto auf weniger als drei Meter zu nähern.

Nachdem ich rückwärts ausgeparkt habe, biege ich auf die Straße. Ich fahre, als würde ein Ei zwischen meinem Fuß und dem Gaspedal kleben.

Es läuft gerade das Stück »Cage of Bones« von einer CD von

Flea Market Parade. Ich singe mit, achte nicht auf den düsteren Text und versuche etwas lockerer zu werden.

Zehn sehr nervöse Minuten später parke ich vor einem Haus. Ich gehe die Stufen zum Eingang hoch und klopfe an die Tür. »*Pete's Pizza*«, sage ich, als eine Frau aus dem Fenster schaut. Das ist wohl kaum zu übersehen. Ich trage ein weißes Baseballcap und ein rotes Poloshirt. Auf beiden steht PETE'S PIZZA.

Die Frau öffnet und kramt in ihrer Handtasche. Sie hat dieselbe Stimme wie die Frau, die angerufen hat. Das Ganze war also kein Ablenkungsmanöver, um mich von der Pizzeria wegzulocken. Im Hintergrund sehen zwei kleine Kinder eine Wiederholung der Simpsons.

»Hat man Kayla schon gefunden?«, fragt die Frau, während sie noch immer nach dem Portemonnaie sucht.

Die Leute nennen sie alle nur bei ihrem Vornamen, als würden sie sie kennen. Wahrscheinlich denkt man einfach irgendwann, man würde sie kennen, wenn man ihr Foto ständig in der Zeitung und im Fernsehen sieht. Als wäre sie darauf echt. Das Seltsame ist – je länger Kayla verschwunden ist, desto unwirklicher kommt sie mir vor.

»Nicht, dass ich wüsste.« Damit die Leute mir keine weiteren Fragen stellen, versuche ich klarzumachen, dass ich nicht auf dem Laufenden bin.

»Es muss schwer sein«, sagt sie und findet schließlich ihren Geldbeutel.

Gut möglich, dass sie mir ein ordentliches Trinkgeld geben würde, wenn ich feuchte Augen hätte oder irgendetwas über Kayla und meine Gefühle sagen würde.

Doch ich zucke mit den Schultern. Und bekomme nur einen zerknitterten Dollarschein als Trinkgeld.

»Wir beten alle für Kayla«, sagt sie, als ich schon die Stufen hinuntergehe. Ich frage mich, ob das irgendetwas bringt.

Gaby ist sich sicher, dass Kayla noch lebt. Aber selbst wenn sie recht hat, will ich gar nicht darüber nachdenken. Denn wenn sie noch lebt, wird sie nicht einfach irgendwo herumspazieren, ohne zu wissen, wie sie dorthin gekommen ist.

Wenn Kayla noch am Leben ist, frage ich mich, ob sie es auch sein will.

Der siebte Tag

GABY

Als ich höre, wie die Hintertür hinter Drew zuschlägt, fasse ich an meine Schürzentasche und taste nach dem harten beruhigenden Plastikgehäuse meines Handys.

Ich habe ihm gesagt, er soll gehen. Habe es ihm nahezu befohlen. Aber jetzt wünschte ich, ich hätte es nicht getan. Vielleicht sollte ich den Job hinschmeißen, wie es meine Eltern vorgeschlagen haben. Aber Drew braucht mein Auto.

Draußen ist die Sonne schon untergegangen. Dunkelheit drückt gegen die Fensterscheibe. Ich komme mir vor wie im Rampenlicht, bloßgestellt. Jemand könnte mich in diesem Moment beobachten, ohne dass ich etwas davon merken würde. Was, wenn etwas passiert und ich es nicht mehr in den Kühlraum schaffe? Ich könnte versuchen, zur Hintertür zu rennen. Außerdem arbeiten noch Leute bei *Subway* und in der Videothek. Um die Uhrzeit ist aber wahrscheinlich jeweils nur noch ein Angestellter dort. Trotzdem würden sie vermutlich meine Schreie hören. Abermals taste ich nach meinem Handy.

Was, wenn ein Mann mit einer Waffe hereinkommt? Sollte ich dann tun, was er sagt? Ist Kayla aus dem Auto ausgestiegen, weil jemand eine Waffe auf sie gerichtet hat? Aber sie wurde nicht erschossen, sonst wäre am Fluss mehr Blut gewesen.

Gedanken wie diese machen mich nur verrückt. Ich muss mich beschäftigen. Ich räume schon mal die Zutaten weg, die am wenigsten gebraucht werden, sodass nicht mehr so viel zu tun ist, wenn Drew zurückkommt. Ich decke den Behälter mit der grünen Paprika mit Frischhaltefolie zu. Kaum jemand bestellt verdörrte Paprika in Wassertunke, »grünen Schleim«, wie wir es hinter Petes Rücken nennen. Es sind keine knackigen knallgrünen Kringel, sondern weiche grüngraue Schlabberteile. Als ich den Behälter auf ein Blechregal im Kühlraum stelle, vergewissere ich mich, dass das Holzstück, das Drew mir gezeigt hat, noch dort liegt.

Normalerweise bin ich gern allein in der Pizzeria. Meistens ist in der letzten Stunde nicht mehr viel los und ich räume auf, wische ab und stelle die Sachen ordentlich weg. Aber manchmal klingelt auf einmal das Telefon, kaum dass der Kollege weg ist, und ein Basketballspiel, von dem niemand etwas wusste, ist zu Ende und die Leute strömen in Massen herein. Dann bräuchte man auf einmal zehn Hände – stößt mit dem Fuß die Tür zum Kühlraum auf, während man in jeder Hand eine Pizza hält und die Kunden fragt, was sie gerne hätten.

Heute Abend ist alles ruhig, aber nicht friedlich.

Ich fahre zusammen, als mein Handy vibriert. Es ist eine SMS von meiner Mom. »Notfall, Unfall mit 5 Autos. Alarmanlage ist an. Meld dich, wenn du zu Hause bist. LG M.« Ich werde heute Nacht also ganz allein zu Hause sein. Selbst wenn ich überall das Licht einschalte, bleiben dunkle Ecken.

Ich will gerade noch ein paar Pizzaschachteln holen, als die Türglocke klingelt.

Ich gehe in die Küche. Am Tresen steht ein junger Mann. Vom Alter her könnte er Student sein. Aber obwohl ich ihm noch nie zuvor begegnet bin, bin ich mir ziemlich sicher, dass er nie im Leben eine Uni von innen gesehen hat. Er ist ein paar Zentimeter größer als ich, schlank, hat Jeans und ein schwarzes T-Shirt an, dunkle Haare und dunkle Augen. Es sind seine Augen, die mir Angst machen – umgeben von dunklen Augenringen, als hätte er seit Tagen nicht geschlafen. Ich versuche zu lächeln, aber es bleibt irgendwo in mir stecken. Nur meine Mundwinkel wandern nach oben, das ist alles.

»Kann ich dir irgendwie helfen?« Ich halte Abstand. Ich bin näher am Kühlraum als am Tresen. Wahrscheinlich bin ich nur paranoid, aber ich traue mich nicht näher heran. Er könnte über den Tresen fassen und mich am Handgelenk packen.

Er legt beide Hände flach auf den Tresen, direkt neben die Schüssel mit Minzbonbons. »Weißt du, wo Kayla ist?« Sein Gesicht ist verschwitzt, seine Wangen sind eingefallen, seine untere Zahnleiste ein gelbbrauner Steinbruch.

»Was?« Ich weiche noch einen Schritt zurück. Mit zwei weiteren Schritten wäre ich im Kühlraum.

»Du musst mir helfen.« Er klingt abgehetzt. Er hebt eine Hand zum Mund und knabbert mit den braunen Zähnen am Daumennagel. »Weißt du, wo sie ist?« Sein Blick huscht durch den Laden, als würde er Sachen sehen, die ich nicht sehen kann.

»Keiner weiß, wo sie ist. Man hat ihr Auto am Fluss gefunden.« Mir kommt ein Gedanke. »Bist du derjenige, mit dem sich Kayla am Freitag treffen wollte?« Obwohl ihr Gesicht beim Gedanken an diesen Typen niemals so einen verliebten Ausdruck angenommen hätte.

Er hebt die Arme und wackelt abwehrend mit den Händen, als wollte er sich ergeben und sagen *Lass mich in Ruhe!*

»Ich kenne sie überhaupt nicht. Wieso meint jeder, ich würde sie kennen? Das sind alles Lügen! Sie versuchen mir da etwas anzuhängen, aber ich habe damit nichts zu tun.«

Ihm etwas anzuhängen? Mist. So viel zu meiner Menschenkenntnis. Er scheint mehr zu wissen als ich. Und wenn »sie« ihm etwas anhängen wollen, könnten sie damit vielleicht recht haben?

Ich überlege noch, was ich tun soll – mich im Kühlraum verstecken und von dort aus die Polizei rufen? Ihn bitten, zu gehen, und hoffen, dass er es auch tut? – als die Ladentür auffliegt und Drew hereingestürmt kommt.

»Alles in Ordnung, Gaby?« Drew fragt mich, sieht dabei aber nur den Typen an.

»Ja, ja, keine Panik, ich hau ja schon ab«, stößt der Typ hervor und reißt die Tür auf. Keiner sagt etwas, während er aus der Pizzeria eilt und dabei noch immer an seinem Daumennagel kaut.

»Wer war das?«, fragt Drew.

Ich weiß nicht, was ich antworten soll. Ist dieser Typ der Jäger … oder der Gejagte?

Der siebte Tag

DREW

Als ich auf den Parkplatz biege, sehe ich einen Mann am Tresen, der die Arme hochreißt. Verdammt! Panik überkommt mich.

Gaby steht genau zwischen Tresen und Kühlraum. Ich reiße das Lenkrad herum und parke neben einem braunen Lieferwagen. Es dauert nur eine Sekunde, bis ich mich daran erinnere, wie man das Auto ausschaltet, aber es kommt mir wie eine halbe Ewigkeit vor. Schließlich stürme ich mit hämmerndem Herzen in die Pizzeria.

Der Typ zuckt zusammen, als er mich sieht. Dann ist er auch schon weg.

»Wer war das?«, frage ich Gaby und blicke ihm nach. Wir sehen, wie er in den Lieferwagen steigt, mit aufheulendem Motor zurücksetzt und dann vom Parkplatz rast.

»Keine Ahnung«, sagt sie. »Er wollte wissen, wo Kayla ist.«

Ich bin erstaunt. »Kayla kennt den?« Ich sehe dem Lieferwagen nach, bis er aus meinem Blickfeld verschwindet. Erst dann fällt mir ein, dass ich auf das Nummernschild hätte achten sollen.

Gaby atmet zitternd ein. »Das ist es ja eben. Ich kann mir das nicht vorstellen.«

»Er war also nur einer dieser kranken Leute, die in die Pizzeria kommen, um nach Kayla zu fragen?«

Sie verzieht den Mund. »Nein, es war mehr als das. Er hat gesagt, man will ihm etwas anhängen. Das mit Kayla.«

Ist er der Täter? Ich weiß nur eins mit Sicherheit: »Dieser Typ ist ein Speed-Junkie«, sage ich. »Die werden manchmal paranoid.«

»Was?« Gaby reißt die Augen auf. »Du meinst, er ist auf Drogen?«

»Meth.«

Ich befürchte, gleich fragt sie, woher ich das weiß, doch stattdessen sagt sie: »Soll ich Wachtmeister Thayer anrufen?«

Ich fahre mir mit den Händen übers Gesicht. »Meinst du, dieser Typ weiß wirklich, was mit Kayla passiert ist?«

Gaby schließt die Augen, aber sie bewegen sich noch unter den Lidern. Sie öffnet sie wieder.

»Nein. Es kam mir eher so vor, als wollte er, dass *ich* ihm erzähle, was passiert ist. Er hat gesagt, alle würden denken, er hätte sie gekannt, hat er aber nicht. Außerdem ist sein Lieferwagen nicht weiß, wie der, den die Polizei sucht.«

Mir fällt etwas ein, das ich nur unbewusst wahrgenommen habe. Die Farbe vom Lieferwagen war matt, nicht glänzend, und sah aus, als würde sie von einer Sprayflasche stammen. »Ja, aber der Lack sah seltsam aus, wie selbst gesprüht.«

»Du meinst, er hat versucht, die Farbe zu ändern?« Sie hält sich die Hand vor den Mund. »Meinst du, er war mal weiß?«

»Keine Ahnung. Vielleicht.« Ich überlege, welchen Unterschied das macht.

»Er hatte Angst«, sagt Gaby leise.

Ich sollte das Auto auf den Angestelltenparkplatz umparken

und zur Hintertür hereinkommen. Aber ich will Gaby nicht allein lassen, noch nicht einmal eine Minute lang. Ich hüpfe auf den Tresen und springe auf der anderen Seite wieder runter.

Jetzt, wo ich Gaby näher bin, sehe ich, dass sie zittert. Leichtes Schaudern überkommt sie in Wellen. Jedes Mal ziehen sich ihre Schultern zusammen.

»*Du* hattest sicher auch Angst«, sage ich.

Am liebsten würde ich sie umarmen, ihr über den Hinterkopf und den Rücken streichen, um sie zu beruhigen. Doch ich lege nur eine Hand auf ihre Schulter. Mehr muss ich nicht machen. Im nächsten Moment liegt sie in meinen Armen und redet in meine Halsbeuge. Ihr Gesicht ist warm und weich.

»Ich habe die ganze Zeit gedacht, er könnte über den Tresen springen, genau wie du eben.«

Wahrscheinlich klammert sich Gaby nur an mich, weil sie Angst hat. Ich fahre ihr über den Rücken, aber unbeholfen, nicht sanft und beruhigend, wie ich es vorgehabt hatte. »Ich werde Pete sagen, dass wir immer zu dritt sein müssen, bis sie den Täter gefunden haben. Oder dass wir keine Pizza mehr ausliefern können, wenn wir nur zu zweit sind. Ich werde dich auf keinen Fall mehr hier allein lassen.« Die Wanduhr zeigt auf kurz vor halb zehn. Ich treffe eine Entscheidung. »Komm, wir räumen alles weg und gehen. Auch wenn es noch nicht ganz zehn ist.«

Gaby atmet tief und zitternd ein. Ich versuche zu ignorieren, wie ihre Brüste sich gegen meinen Brustkorb heben. Dann lässt sie mich los und tritt einen Schritt zurück. Sie wischt sich mit der Schürze über die Augen. »Hört sich gut an.«

Wir stellen die Behälter weg. Gaby kehrt den Fußboden, während ich die Teigreste zusammenrolle und in den Kühlraum lege. Wenn Sunny morgen aufmacht, wird sie zuerst frischen Teig machen und danach den alten Teig daruntermischen. Dann schickt sie das Ganze durch die Ausrollmaschine und man kann alt von frisch nicht mehr unterscheiden.

Wenn es doch nur immer im Leben so einfach wäre, aus alt neu zu machen.

Wir schließen die Hintertür zu und gehen vorne raus, was sich seltsam anfühlt.

»Ich find' dein Skateboard cool«, sagt sie, als ich es auf den Gehweg fallen lasse.

»Ist kein Skateboard, sondern ein Longboard.« Ich stelle einen Fuß darauf. »Mit Skateboards macht man Tricks. Mit Longboards kommt man rum.«

»Soll ich dich nach Hause fahren?«

»Musst du nicht, danke.« Gaby hat mir in letzter Zeit zu viel gegeben.

Sie zögert, dann sagt sie schnell: »Ehrlich gesagt, würde es dir etwas ausmachen, mit zu mir zu kommen und nachzusehen, ob im Haus alles okay ist?« Sie blickt zu Boden. »Meine Mom hat eine SMS geschickt, dass es einen Notfall gegeben hat und sie ins Krankenhaus mussten. Wenn du nachsehen könntest, ob sich kein Bösewicht irgendwo in den Ecken versteckt, kann ich vielleicht einschlafen.«

Bei mir ist wahrscheinlich auch niemand zu Hause.

Deswegen sage ich Ja.

Der siebte Tag

GABY

Als wir gehen, sind es noch fünfzehn Minuten bis Ladenschluss. Drew legt sein Longboard auf die Rückbank und wir fahren los, reden nicht, während *Flea Market Parade* über schlechte Träume singt. Ich zittere immer noch, aber nicht mehr so schlimm, wie ich es tun würde, wenn ich allein wäre. Allein sein wäre jetzt schrecklich. Allein mit meinen Gedanken.

»Irgendeinen Grund wird die Polizei aber schon gehabt haben, dass sie mit diesem Typen gesprochen hat«, sage ich schließlich. »Vorausgesetzt, er hat sich nicht nur eingebildet, dass sie mit ihm geredet haben. Du hast gesagt, du hast ihn noch nie zuvor gesehen, aber kam dir seine Stimme bekannt vor?«

Drew starrt nach draußen in die Dunkelheit. »Er ist nicht derjenige, der angerufen hat, falls du das meinst. Ich kann mich zwar noch immer nicht an die Stimme erinnern, aber der Typ war es nicht.«

»Woher wusstest du, dass er Meth einnimmt?« Ich frage mich, ob *einnehmen* das passende Wort ist. Vielleicht muss es *drücken* oder *rauchen* oder so was heißen.

»Wegen seiner Zähne.« Er zögert. »Ein paar, ähm, Freunde von meiner Mutter nehmen das Zeug. Sie sind auch alle total abgemagert. Essen den ganzen Tag nur Süßes und putzen sich nie die Zähne. Stehen immer unter Strom. Und reden ohne Unterlass. Nach einer Weile werden sie paranoid. Sie vertrauen niemandem mehr, noch nicht einmal ihren Freunden.«

»Werden sie manchmal gewalttätig?« Ich versuche mir vorzustellen, wie der Typ mit einem Stein auf Kayla losgeht.

»Manchmal. Manchmal sind sie einfach nur verwirrt.« Drew atmet lautstark ein, als wollte er noch mehr sagen, schweigt dann aber eine ganze Weile. Schließlich sagt er schnell: »Willst du die Wahrheit wissen, Gaby?« In seiner Stimme schwingt ein Hauch von Wut mit. »Willst du wirklich die Wahrheit wissen?«

Auf einmal bin ich mir nicht mehr so sicher, ob ich sie wissen möchte. »Sag schon«, erwidere ich.

Aber Drew schweigt, als würde er sich die Sache noch mal anders überlegen. Dann sagt er leise: »Mein Leben ist nicht wie deins, okay?«

Will Drew damit sagen, dass er Meth nimmt? Ich weiß, dass er Gras verkauft, aber bei der Vorstellung, dass das nicht alles ist, wird mir schlecht. Meine Eltern regen sich immer über die Drogensüchtigen im Krankenhaus auf. Sie verursachen schreckliche, dumme Unfälle, durch die andere Menschen an Rollstühle gefesselt werden, während sie einfach davonspazieren. Und sie klauen wie die Raben.

»Was meinst du damit?« Meine Hände klammern sich ans Lenkrad.

»Ich wohne nicht im perfekten Haus, ich habe keine perfekten Eltern mit perfekt zueinander passenden BMWs. Mein Leben ist komplett anders.«

Ich werde rot. Er macht sich über mich lustig. Dann erst merke ich, dass es Drew nicht um mich geht, sondern um sich.

»Ich weiß, dass mich manche Leute für weißen Abschaum halten«, fährt er fort. »Und weißt du, was? Es stimmt. Meine Klamotten sind alt. Ich lebe in einer heruntergekommenen Wohnung. Ich bin froh, wenn ich in der Schule Dreien bekomme. Ich bin nicht in der Begabtenklasse. Und meine Eltern sind ganz sicher keine Ärzte.« Er reckt das Kinn. »Ich habe dir schon gesagt, dass ich keine Ahnung habe, wer mein Vater ist. Und meine Mutter, na ja, die hat ihre eigenen Probleme. Nicht nur ihre Freunde sind Speed-Junkies.« Er redet so leise, dass ich ihn kaum verstehe. »Bis vor sechs Monaten hat sie noch im Supermarkt gearbeitet. Als Kassiererin. Grüne Schürze, weißes Namensschild, und ihr taten ständig die Füße weh. Es war kein Traumjob, aber sie hat nie einen Abschluss gemacht, also war es okay. Doch dann hat sie diesen Typen kennengelernt, einen Kunden namens Gary. Gary machte es sich zur Angewohnheit, immer an ihre Kasse zu kommen. Und sie war hin und weg von ihm.« Er stößt frustriert Luft aus. »Sie ging also mit ihm aus. Als sie an diesem Abend nach Hause kam, wusste ich, dass etwas nicht stimmte. Sie redete wie aufgezogen. Und war nicht ins Bett zu bekommen.« Er wirft mir einen kurzen Blick zu.

»Es war also Meth?« Ich kann mir nicht vorstellen, dass meine Eltern Drogen nehmen. Ihre Körper sind Tempel. Alles, was in sie hineinkommt, wird gewogen, abgemessen und ist voller Nährstoffe.

»Dann fand ich zusammengerollte Dollarscheine in der Wohnung. Und kleine Spiegel mit Rückständen. Vor ein paar Monaten habe ich in einer Schublade in der Küche ein Tütchen mit Pulver entdeckt.«

»Was hast du gemacht?« Ich parke vor unserem Haus, stelle den Motor aus und sehe Drew an.

»Hab es im Klo runtergespült.« Er beißt sich auf die Lippe.

»Und was ist dann passiert?«

»Sie ist total ausgerastet. Ich habe nicht darüber nachgedacht, woher sie das Geld dafür hat. Aber woher sollte sie es schon haben? Als ihre Kasse das erste Mal nicht gestimmt hat, hat ihr Chef ihr noch geglaubt, dass sie etwas falsch eingegeben hat. Beim zweiten Mal gab er ihr noch Bewährung. Beim dritten Mal feuerte er sie. Meine Mutter war mal schlau, nicht nur Bauernschläue, sondern richtig belesen. Als ich kam, musste sie die Highschool abbrechen, aber sie hat immer noch gerne Kreuzworträtsel und so was gemacht. Sie hat viel gelesen. Aber mittlerweile ergeben die Sachen, die sie sagt und tut, keinen Sinn mehr. Zuerst fand sie es gut, weil sie schlanker wurde. Jetzt ist sie so dürr. Ihre Arme und Beine sind wie Zweige.« Er verfällt in einen Flüsterton. »Ich habe das Gefühl, ich sehe ihr beim Sterben zu.«

»Kannst du ihr nicht irgendwie helfen?«

»Letzte Woche habe ich eine Hotline angerufen. Dort meinte man, ich könnte nicht viel tun, solange sie von sich aus nichts ändern will.« Seine Stimme klingt belegt. »Sie ernährt sich von Bier und diesen süßen Puddingschnecken. Und seit sie im Supermarkt Hausverbot hat, muss ich für sie hingehen und das Zeug kaufen. Dort kennt mich jeder. Ich bin dort praktisch aufgewachsen. Kannst du dir vorstellen, wie beschissen das ist? Entweder raunzen sie mich an oder sie ignorieren mich. Oder beobachten mich. Als wäre ich auch ein Dieb.«

Wenn seine Mutter nicht arbeitet, wovon leben sie dann? »Deswegen willst du so viele Stunden wie möglich arbeiten?«

Er erwidert nichts, steigt einfach aus. Wir gehen zusammen zur Haustür.

Ich schließe auf und die Alarmanlage piept los. Sofort eile ich ins Haus und gebe den Code ein. Als ich mich umdrehe, steht Drew noch immer in der Tür. Das Licht über dem Hauseingang wirft tiefe Schatten auf seine Augen.

»Kannst du noch bleiben, bis ich nachgesehen habe, dass keiner im Haus ist?«

Er sagt nichts, macht nur einen Schritt in den Flur und schließt die Tür.

Nachdem ich meinen Eltern eine SMS geschrieben habe, dass alles okay ist, gehe ich von Zimmer zu Zimmer, gefolgt von Drew. In jedem Raum schalte ich das Licht ein, bis alles hell erleuchtet ist. Bevor ich morgen zur Schule gehe, werde ich das Licht wieder überall ausschalten und meine Eltern werden nie etwas davon mitbekommen.

»Meine Eltern haben irgendwo eine Flasche Kahlua«, sage ich. »War ein Weihnachtsgeschenk. Aber sie werden sie niemals trinken.« Dieses eine Mal will ich nicht groß darüber nachdenken, was ich sage oder tue.

Drew nickt, aber ich kann seinen Gesichtsausdruck nicht deuten. »Kahlua mit Sahne. Hab ich schon mal getrunken. Schmeckt gut. Vor allem, wenn man den Geschmack von Alkohol nicht mag.«

»Meinst du, wir könnten es auch mit Magermilch mischen? Etwas anderes steht bei uns nämlich nicht im Kühlschrank. Es sei denn, du willst Kahlua mit Hüttenkäse probieren.« Mir ist etwas schwindelig. Vielleicht überschreite ich endlich mal Grenzen.

»Eigentlich will ich gar keinen, egal womit.«

Seine Antwort stößt mich vor den Kopf, aber ich versuche es nicht zu zeigen. »Was dagegen, wenn ich mir einen genehmige?«

Er zuckt mit den Schultern. »Nur zu.«

Ich entdecke die Flasche im untersten Schrank. Selbst in ihrem Versteck wurde sie staubig. Mit ihren hervorstehenden, runden Rändern am oberen und unteren Flaschenrand fühlt sie sich gut in meinen Händen an. Ich reiße das Siegel auf, gieße etwas Kaffeelikör in ein Glas und fülle es mit Milch auf. Ich koste vorsichtig. Es schmeckt wie Milch mit Kaffee – mit einer gewissen Schwere.

Ich gehe ins Wohnzimmer und Drew folgt mir. Wir setzen uns aufs Sofa. Zwischen uns ist ein halber Meter Platz. Ich will den Abstand verringern.

»Ähm, es tut mir leid, dass ich so komisch darauf reagiert habe, als du dieses Wort gesagt hast. *Azur.*« Ich murmle das Wort fast aus Angst, ihn wieder zu verletzen, wie ich es vor zwei Tagen getan habe. »Ich wusste noch nicht einmal, wie man es genau ausspricht, bevor du es gesagt hast.«

Drew richtet seine blassen Augen auf mich.

»Final Fantasy 7.«

»Was?«

Er hebt eine Schulter und grinst mich schief an. »Das ist ein Playstation-Spiel. Und eine Figur mit blauen Haaren heißt Azul der Kobaltblaue.«

»Azul – wie in Azurblau? Also heißt er Blau der Blaue?«

Er zuckt mit den Schultern. »Ich habe Azur im Internet nachgesehen. Deswegen weiß ich, was es bedeutet. Wusstest du, dass es alle möglichen Blautöne bezeichnen kann – Himmelblau, Dunkelbau, Grünblau? Jeder meint damit eine andere Farbe.«

»Manchmal scheint überhaupt jeder etwas anderes zu meinen. Zum Beispiel denken ja auch alle anderen, dass Kayla tot ist.« Ich nehme noch einen Schluck.

Drew beugt sich zu mir. Unsere Gesichter sind nur noch Zentimeter voneinander entfernt. Wir reden leise, obwohl niemand hier ist, der uns hören könnte. »Na schön, du bist diejenige, die sagt, dass Kayla noch am Leben ist. Bist du dir immer noch sicher?«

Ich schließe die Augen und denke an sie. Dieser leichte Puls ist immer noch da, den ich spüre, seit sie verschwunden ist. Derselbe Puls, der aufflackert, wenn ich mir einzureden versuche, dass sie tot ist. Aber etwas ist anders.

»Ja.« Ich öffne die Augen. »Aber das Gefühl ist nicht mehr so stark wie vorher. Irgendwie … gedämpft. Vielleicht kann ich mir sie einfach nicht tot vorstellen. Ich meine, Kayla strotzt immer nur so vor Leben. Im Vergleich zu ihr bin ich ein Geist. Jeder kennt sie, jeder mag sie – die Lehrer, die Schüler, die Kunden. Hätte dieser Typ mich entführt, meinst du, es würden Berge aus Blumen vor meinem Schließfach liegen? Meinst du, Leute müssten meinetwegen zu einem Psychologen gehen?« Tränen schießen mir in die Augen. Ich versuche verzweifelt sie wegzublinzeln, aber eine entkommt mir und läuft die Wange hinab.

Drew beugt sich vor und streicht sie weg. Ich spüre kaum seine Fingerspitzen. Vielleicht liegt es einfach daran, dass meine Wangen bereits taub sind. Bisher hatte ich höchstens mal einen kleinen Schluck Wein von meiner Mom beim Abendessen genommen.

Ich atme zitternd aus. »Wenn ich mit Kayla zusammenarbeite, ist es, als wäre ich gar nicht da. Keiner sieht mich.«

»Ich sehe dich«, sagt Drew. Und dann gibt es keinen Abstand mehr zwischen uns.

Der siebte Tag

DREW

Schon mal davon gehört, dass der Rausch von einer Person unter Drogen auf eine nüchterne Person übergehen kann? Ich werde betrunken, wenn ich Gaby küsse. Der Kahlua macht ihren Mund süß und weich. Nach einer Weile weiß ich nicht mehr, wo sie anfängt und ich aufhöre. Wir sind allein bei ihr zu Hause, keine Eltern, kein Niemand, und die Welt um uns herum schläft. Gaby rutscht nach hinten, bis sie auf dem Sofa liegt und ich obenauf, und eine ganze Weile sagen wir gar nichts.

Zumindest nicht mit Worten.

Schließlich richte ich mich mit einem Ellbogen auf. »Was, wenn deine Eltern nach Hause kommen?«

Sie schüttelt den Kopf. »Tun sie nicht.« Sie reißt Mund und Augen auf. »Tun. Das ist ein komisches Wort, oder? Tun, tun, tun. Klingt wie eine Hupe, wie der Schrei eines einsamen Vogels, der davonfliegt.«

Gaby ist eindeutig vollkommen betrunken. Sie grinst mich breit an, schließt die Augen und küsst mich. Ihre Hände gleiten unter mein T-Shirt und zerren es nach oben. Dann zieht sie ihr T-Shirt aus, sodass sie nur noch im BH vor mir sitzt, der weiß mit roten Pünktchen ist und eine kleine seidene, rote Schleife in der Mitte hat. Ihre Haut ist weich und fühlt sich unglaublich gut an.

Es ist ziemlich offensichtlich, dass ich mit Gaby machen kann, was ich will, und sie würde zu allem Ja sagen.

Aber etwas hält mich zurück. Ich weiß nicht, ob es daran liegt, dass ich es noch nie zuvor gemacht habe. Oder daran, dass ich mir zu 99,9 % sicher bin, dass Gaby es noch nie gemacht hat. Oder daran, dass sie immer wieder zum Glas greift und einen Schluck Kahlua nimmt. Je mehr sie trinkt, desto mehr verdreht sie die Augen. Ich weiß nur, dass ich morgen noch mit Gaby reden können will, egal, wie sehr ich sie auch begehre.

»Komm«, sage ich. »Gehen wir in dein Zimmer.«

»Das ist eine gute Idee! Eine sehr gute Idee.« Sie zwinkert mir zu, oder versucht es zumindest, blinzelt aber eigentlich nur mit beiden Augen.

Ich muss Gaby festhalten, als wir die Treppe hochgehen, sonst würde sie nach unten taumeln und sich noch den Kopf aufschlagen. Was mich wiederum an Kayla erinnert. Kayla, den blutigen Stein und den rauschenden, eiskalten Fluss.

Zum Glück steht Gabys Haus auf einem Hügel, sodass es beim Heimweg immer bergab geht auf dem Longboard. Es ist so früh am Morgen, dass noch niemand unterwegs ist. Das Licht ist so weich wie Gabys Lippen, als ich sie zum Abschied geküsst habe. Sie rührte sich kaum. Ich schaffte es, ihr das T-Shirt wieder anzuziehen. Es war, als würde ich mit einer riesigen Schlenkerpuppe ringen. Bevor ich gegangen bin, habe ich den Kahlua weggestellt und das Glas abgespült. Als Letztes habe ich die Alarmanlage wieder eingeschaltet.

Als ich die Tür aufstoße, fährt meine Mutter herum.

»Ich bin's nur«, rufe ich und sie wendet sich wieder ihrer Arbeit zu.

Sie kniet am Boden, umgeben von ein paar Plastikkisten. Auf dem Boden verstreut liegen Kinderzeichnungen, Schmuck, Comics und Sammelfiguren. Außerdem jede Menge Plüschtiere, Elektrowerkzeuge und Klamotten, die ihr schon sechs Nummern zu groß gewesen wären, bevor sie abhängig geworden war. Sie sortiert alles, aber was in welche Kiste gehört und was nicht, weiß nur sie allein. Sie scheint jetzt noch mehr Plunder zu haben als vorher.

»Mom! Du hast gesagt, du schleppst nicht noch mehr Zeug an.«

»Ich sortiere es doch nur.« Sie macht einen Schmollmund, als hätte ich ihre Gefühle verletzt. »Das ist alles.«

Wahrscheinlich wird sie die nächsten zwei Tage mit Sortieren beschäftigt sein. Dabei gehört ihr der Kram noch nicht einmal. Meine Mutter klaut.

Eine Eigenschaft von Meth ist, dass man von einer bestimmten Sache wie besessen wird. Die ersten Male, als Mom high war, saß sie vierundzwanzig Stunden vor dem Computer. Sie spielte ständig mit den Programmen herum, um den Computer schneller zu machen. Allerdings funktionierte der Computer dabei am Ende manchmal gar nicht mehr.

Dann begann sie, im Internet Werbegeschenke zu bestellen. Jeden Tag kam irgendein Schrott mit der Post – ein Buch von den Mormonen, ein Käseposter, eine Meditations-DVD. Aber wenn die Sachen schließlich ankamen, interessierte sie sich schon nicht mehr dafür. Sie türmten sich einfach auf dem Esstisch, und als der zu klein wurde, stapelte sich das Zeug auf dem Fußboden.

Dann waren ihr die Werbegeschenke aus dem Internet auf einmal egal und sie begann in den Müllcontainern hinter Läden zu kramen. Hinter Bürogebäuden wühlte sie nach Stiften im Müll. Sie fand bestens erhaltene Lampen, noch mit Preisschild daran, aber ohne Anschlussstecker, doch sie meinte, Gary wäre handwerklich geschickt und könnte das reparieren.

Und irgendwann begann sie, dabei zu klauen. Es dauerte eine Weile, bis ich es mitbekam. Mir sagte sie, sie würde zu Hinterhofflohmärkten gehen, aber ich glaube, in Wirklichkeit ist sie bei Leuten eingebrochen. Einmal habe ich eine Mülltüte voller Dokumente gefunden: Führerscheine, Kreditkarten, sogar Bibliotheksausweise. Ich glaube nicht, dass sie damit irgendetwas angestellt hat. Wenn sie Geld gefunden hat, gab sie es Gary, aber alles andere behielt sie.

Sie bewahrte alles in Plastikkisten auf. Das Wohnzimmer füllte sich, ebenso das Esszimmer und ihr Schlafzimmer. Sogar in mein Zimmer stellte sie ein paar Kisten. Ich sagte ihr, sie soll einen anderen Platz dafür finden. Daraufhin hat sie mit dem Geld, das sie »gefunden hat«, einen Schrank in einer Lagerhalle gemietet.

Allerdings kam sie mit noch mehr sinnlosem Schrott vom Lagerschrank nach Hause. Es stellte sich heraus, dass die Lagerschränke oben offen sind. Mom hatte noch nie Höhenangst. Als ich klein war, kletterte sie auf höhere Bäume als ich. Und jetzt wiegt sie weniger als 45 Kilo. Ich vermute, dass sie ihre Kisten einfach so stapelt, dass sie Stufen bilden, und dann wie eine Spinne von einem Lagerschrank zum nächsten klettert. Sie ist mittlerweile so krank im Kopf, dass sie meint, das Zeug gehört niemandem, wenn es in einem Lagerschrank liegt.

Die Sache ist die: Sie benutzt nie irgendetwas davon. Sie sortiert immer nur alles. So nennt sie es. Dabei packt sie den Kram von einer Kiste in die andere. Manchmal bringt sie sogar Sachen zurück in die Lagerhalle, die sie nicht »braucht«.

Als würde sie irgendetwas davon brauchen.

Um in mein Zimmer zu kommen, muss ich über mehrere Stapel steigen und wanke dabei auf den Zehenspitzen. Mom blickt noch nicht einmal kurz auf, sortiert nur, murmelt dabei vor sich hin und kratzt sich ständig, weil es sich wohl anfühlt, als hätte sie Wanzen unter der Haut.

So hat sich meine Mutter ihr Leben sicher nicht vorgestellt. Aber so ist es gekommen.

Kann man sein Schicksal wirklich ändern?

Der achte Tag

KAYLA

Wie lange kann er mich hier behalten?

Werde ich die Sonne jemals wiedersehen? Werde ich hier sterben?

Werde ich irgendwann wollen, dass ich sterbe?

Werden sie Jahre später meine Leiche finden und sich fragen, wer ich bin? Dieser Gedanke ist der schlimmste: dass ich irgendein namenloses, totes Mädchen werden könnte, ein Haufen fremder Knochen. Vorsichtig reiße ich das Schild von einer leeren Wasserflasche. Ich könnte etwas auf die Rückseite schreiben und den Zettel in meine Hosentasche stecken, damit die Leute wissen, wer ich bin. Leider habe ich nichts zum Schreiben.

Was will er von mir? Er hat mich nicht angefasst, bis auf das eine Mal, als er mich geschlagen und aufs Bett gestoßen hat.

Aber ich glaube, nur die Platzwunde an meinem Kopf hat ihn davon abgehalten, weiterzugehen. Und dass ich mich übergeben musste. Wenn er irgendwelche verrückten Fantasien über Sklavin und Meister hat, dann offenbar nicht mit einer kotzenden Sklavin mit einer offenen Wunde am Kopf. Eine, die nach altem Schweiß und Pisse riecht.

Ich will nicht schlafen, will nicht angreifbar sein. Da ich

nichts Besseres zu tun habe, habe ich mir die DVDs angesehen, die er neben den Fernseher gestellt hat. *Sex and the City* kommt nicht infrage, ich will ihn nicht auf irgendwelche Gedanken bringen. *The Office* ist unpassend, da es mir unmöglich erscheint, in diesem Raum zu lachen. Bis jetzt habe ich die erste Staffel von *24* angeschaut. Dadurch habe ich in etwa wieder ein Zeitgefühl. Bei *24* dauert jede Stunde in Wirklichkeit 41 Minuten, was irgendwie seltsam ist, aber auch nicht verrückter als alles andere hier unten.

Vierundzwanzig Episoden mit je 41 Minuten Spieldauer bedeutet, dass ich schon über einen Tag hier unten sein muss. Wahrscheinlich noch viel länger. Ich weiß nicht, wie lange ich geschlafen habe oder bewusstlos gewesen bin.

Ich habe versucht herauszufinden, ob Tag oder Nacht ist. Wenn ich das zumindest wüsste. Immer, wenn er die Tür öffnet, erkenne ich auf der anderen Seite nichts als Dunkelheit. Vielleicht ein Streifen Beton, auf den das Licht fällt oder der Schatten einer Wand, bevor er die Tür schließt, aber kein Hinweis darauf, wo wir sind oder welche Uhrzeit ist. Die Tür schließt so dicht ab, dass ich noch nicht einmal seine Schritte hören kann, die sich entfernen.

Was, wenn er mich mit einer kleinen Kamera beobachtet? Der Gedanke jagt mir wirklich einen Schauer über die Haut. Er sieht, wie ich schlafe. Wie ich Selbstgespräche führe. Nur für alle Fälle schalte ich das Licht aus, wenn ich auf Toilette gehe.

Zwar gibt es keine offen sichtbare Kamera wie in einer Bank, wo man nach oben in eine Ecke schaut und in einen schwarzen Kasten mit einer Linse blickt. Aber ich habe gehört, dass es Minikameras gibt, die ein Perverser hinter einem winzigen Loch in der Wand verstecken kann. Ich untersuche die glatte weiße

Wand Zentimeter für Zentimeter, klettere sogar aufs Bett und überprüfe die Zimmerdecke. Auch dabei lasse ich das Licht ausgeschaltet, sollte etwas im Dunkeln leuchten, wäre es somit leichter zu finden.

Ich finde nichts.

Das Essen, das er mir bringt, könnte jede x-beliebige Mahlzeit sein. Das letzte Mal waren es ein Brötchen, eine Orange und wieder zwei Scheiben von diesem knallgelben Billigkäse. Ich frage mich, ob ich ihn um etwas Bestimmtes zu essen bitten kann, wofür man ein Messer braucht. Zum Beispiel ein Steak. Und dann kann ich ihm das Steakmesser in die Brust rammen.

Das Furchtbare ist, dass ich mir genau vorstellen kann, wie es sich anfühlen würde. Das ploppende Geräusch, wenn die Haut nachgibt und das Messer eindringt. Wie sehr ich zustoßen muss, um zu seinem Herzen zu gelangen. Ich würde es tun.

Wirklich.

Ich versuche mich an den Selbstverteidigungskurs für Mädchen zu erinnern, zu dem meine Mom Maya und mich vor vier Jahren geschleift hat. Jetzt tut es mir leid, dass ich die ganze Zeit über nur gekichert habe. Dabei war es noch nicht mal lustig, wir waren nur nervös. Wir waren dreizehn, die Kursleiterin war älter als unsere Mütter und wir sollten sie mit ernstem und wütendem Gesicht anschreien, sie solle verschwinden. Wir mussten uns auf den Fußboden legen. Sie setzte sich auf uns, drückte unsere Schultern nach unten und wir sollten sie von uns stoßen.

Auch das habe ich damals nicht geschafft.

Ich weiß nicht, ob dieser Typ mich mit den DVDs auf krumme Gedanken bringen will, aber ich wünschte, ich hätte eine Waffe wie der Typ bei *24*. Oder könnte zumindest Karate.

Säße Jack Bauer hier unten fest, würde er den Mann mit ein paar gezielten Tritten und einem Hieb gegen den Kopf k.o. schlagen, aus dem Raum stürmen, binnen zwanzig Sekunden ein Auto kurzschließen und nebenbei noch irgendwie die Welt retten.

Aber ich? Tja, ich bin nicht Jack Bauer.

Trotzdem versuche ich mir etwas einfallen zu lassen. Die Tür und die Toilette befinden sich in gegenüberliegenden Ecken, aber der Raum ist so klein, dass sie dennoch nicht weit voneinander entfernt sind. Vielleicht kann ich mich aufs Klo stellen, den Fernseher hochhalten und dem Typen auf den Kopf krachen lassen, wenn er das nächste Mal reinkommt. Aber der Fernseher ist ziemlich schwer, zumindest für mich in meinem derzeitigen Zustand, und ich habe keine Ahnung, wann der Mann hier das nächste Mal auftauchen wird. Vielleicht kann ich die Lichtröhre abschrauben, in der Dunkelheit auf ihn warten und sie ihm dann wie einen Schläger entgegenschleudern. Allerdings fürchte ich, dass er davon höchstens verdammt schlechte Laune bekommt.

Wäre das hier *24,* würde das Bett auf einem Metallgestell liegen und ich könnte eine der Federn herausnehmen und zu einer Waffe umbauen. Aber es ist ein Futonbett, das auf einem Lattenrost liegt und sich tagsüber in eine Couch verwandeln lässt. Ich habe es zur Couch hochgeklappt und lasse es jetzt so, auch, wenn ich schlafe. Ich will ihn nicht auf Ideen bringen.

Allerdings bin ich mir sicher, dass er die schon hat.

**ZETTEL IN DER HOSENTASCHE
VON KAYLA CUTLERS JEANS
(MIT BLUT AUF DIE RÜCKSEITE DES ETIKETTS
EINER WASSERFLASCHE GESCHRIEBEN)**

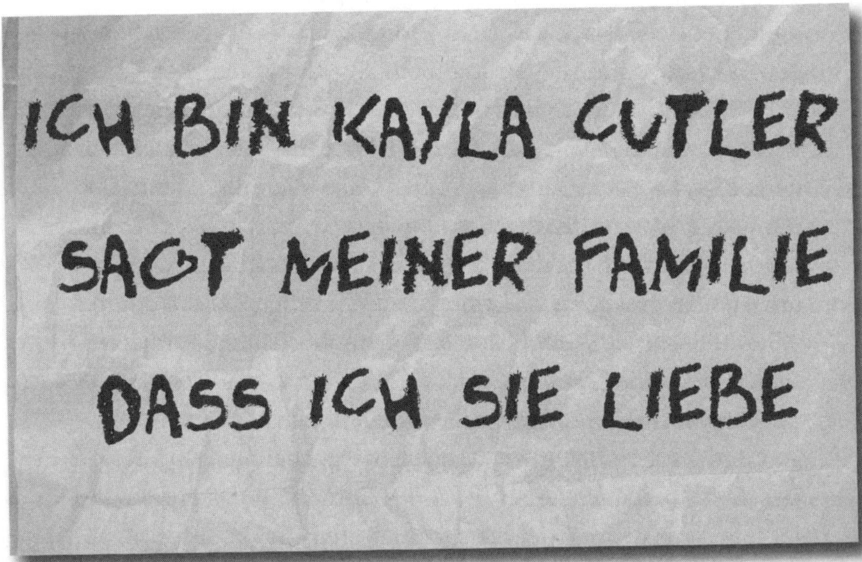

Der achte Tag

GABY

Wieso betrinken sich Leute überhaupt? Es ist so sinnlos.

Ich bin im Bad und übergebe mich nun zum zehnten Mal, so fühlt es sich zumindest an, als meine Eltern in die Auffahrt einbiegen. Das schwache Badlicht brennt in meinen Augen. Ich spüle den Mund aus und taumle zurück ins Bett.

»Gaby?« Meine Mom klopft an der Tür und öffnet sie, bevor ich antworten kann. Ich ziehe mir das Kissen über den Kopf. »Wieso bist du noch hier? Du kommst zu spät zur Schule.«

»Ich gehe heute nicht«, murmle ich. »Ich hab' Grippe.«

»Steve, komm mal her«, ruft sie. »Gaby ist krank.« Sie schiebt ihre kühle Hand unter das Kissen und auf meine Stirn.

»Hast du Fieber?«

»Nein. Nur Bauchweh.« Ich behalte das Kissen auf dem Kopf. Hoffentlich kommt sie mir nicht so nah, dass sie den Kahlua riechen kann. Oh, verdammt. Steht die Flasche noch unten auf dem Wohnzimmertisch? Jetzt kann ich mich unmöglich runterschleichen und sie verstecken.

»Vielleicht eine Lebensmittelvergiftung. Hast du in der Pizzeria irgendetwas gegessen, das zu lange ungekühlt draußen gestanden hat?«

»Nein.« Mein Magen zieht sich bei dem Gedanken an Essen

zusammen. Ich habe einen modrigen Geschmack im Mund. Meine Zunge fühlt sich pelzig an.

Binnen drei Minuten haben meine Eltern bei mir Fieber gemessen, sich über meine Symptome beraten und beschlossen, dass ich es mit der BART-Diät versuchen soll – Bananen, Apfelmus, Reis und trocken Toast – nachdem ich mich vier Stunden lang nicht mehr übergeben habe.

Von ihrem Gerede bekomme ich Kopfschmerzen und beim Gedanken daran, auch nur irgendetwas zu essen, könnte ich mich gleich wieder übergeben. Ich halte Mund und Augen fest geschlossen, bis sie mich endlich wieder in Ruhe lassen.

Ich verschlafe fast den ganzen Vormittag und träume immer wieder von Kayla.

In meinem Traum läuft sie vor mir in der Innenstadt auf einer lebhaften Straße. Obwohl sie ganz in Grau gekleidet ist, würde ich sie überall erkennen mit den glatten schwarzen Haaren und den großen, forschen Schritten. Aber sie dreht sich nicht um, selbst wenn ich ihren Namen rufe. Ich versuche ihr zu folgen, doch egal wie schnell ich mich auch durch die Menschenmassen dränge, sehe ich sie immer gerade noch so um die Ecke biegen.

Ich träume, dass wir uns irgendwo in der Dunkelheit verstecken und sie versucht mir etwas unheimlich Wichtiges zu sagen, aber ich verstehe nicht, was sie verzweifelt flüstert.

In einem Traum sitzt sie in einem kahlen weißen Zimmer auf einem Bett. Sie lässt den Kopf hängen und weint. Ich rufe sie, doch sie blickt nicht auf. Ich renne auf sie zu, aber es ist, als wäre eine Glasscheibe zwischen uns. Egal wie weit ich ihr meine Arme entgegenstrecke, ich kann Kayla nicht berühren. Sie weiß noch nicht einmal, dass ich da bin.

Schließlich zwinge ich mich zum Aufstehen. Ich gehe nach unten, um mir ein Toastbrot zu machen. Meine Eltern haben anscheinend kurz ein Nickerchen gemacht und sind wieder zurück zur Arbeit. Das Haus ist leer. Ich entdecke die Kahlua-Flasche im Schrank und erröte bei der Vorstellung, dass einer von ihnen sie weggestellt hat. Zum Glück stand nur ein Glas dabei. Werden sie darüber mit mir diskutieren wollen?

Ich verfluche mich, als mir wieder einfällt, wie ich mich an Drew rangemacht habe, wie ich sein Ohr geleckt und ihm gesagt habe, dass ich ihn will.

Das wollte ich auch. Aber zum Teil hatte ich auch Angst davor. Deswegen habe ich immer weitergetrunken. Und deswegen habe ich es immer weitergetrieben. Denn ich dachte, ich könnte es nur durchziehen, wenn ich meine Angst überwinde. Wenn ich einfach ins kalte Wasser springe.

Sieht so aus, als wollte Drew nicht springen.

Zumindest nicht mit mir.

Die Schule zu schwänzen, ist eine Sache. Aber bei der Arbeit kann ich nicht einfach blaumachen. Zum einen sind sie in der Pizzeria sowieso schon zu wenige Leute, zum anderen braucht Drew mein Auto, um Pizzas ausfahren zu können. Was er wohl jetzt von mir denkt? Hält er mich für ein betrunkenes Flittchen? Denkt er, dass ich sein Schicksal bin? Dass ich einsam und verzweifelt bin?

Später in der Pizzeria verhält er sich ganz normal. Wie der Drew, der er war, bevor Kayla verschwunden ist. Er arbeitet emsig, er sagt kaum etwas und er sieht mich nicht an. Schämt er sich? Ist es ihm egal? Will er, dass ich mich einfach in Luft auflöse?

Der achte Tag

DREW

Gabys Mini Cooper stand nicht auf dem Schulparkplatz. Ich frage mich, ob sie sich bei der Arbeit blicken lässt?

Doch als ich den Pausenraum betrete, ist sie da und schiebt ihre Handtasche gerade in ein Fach. Sie sieht blass aus.

»He, Gaby«. Meine Hände fühlen sich komisch an, wie sie so leer an den Armen herabhängen. »Wie geht's?« Vor ein paar Stunden wusste ich noch genau, was ich tun musste. Jetzt weiß ich überhaupt nichts mehr. Soll ich sie auf die Wange küssen? Auf sie zustürmen? Ihr auf die Schulter klopfen? Sie umarmen?

»Nicht so gut.« Sie nimmt sich eine saubere schwarze Schürze von dem Stapel.

Ich versuche sie aufzuheitern. »Ich hätte dir sagen sollen, dass es wahrscheinlich keine gute Idee ist, so viel Kahlua zu trinken. Koffein, Zucker, Alkohol und ein paar Zusatzstoffe können einem ganz schön zusetzen.« Ich ziehe mir die Schürze über den Kopf.

»Tja, also, tut mir leid, dass ich so neben der Spur und so aufdringlich war.«

Sie sieht mir nicht in die Augen.

Ich strecke die Hand aus und berühre sie an der Schulter. »Mir hat es nichts ausgemacht.«

Sie presst die Lippen aufeinander und sagt dann: »Ich hätte mich sonst nie so verhalten.«

Es fühlt sich an wie ein Tritt in die Magengrube. Meine Hand gleitet von ihrer Schulter. Was will sie damit sagen? Dass wir uns nicht geküsst hätten, und zwar so sehr, dass meine Lippen noch immer brennen, wäre sie nicht betrunken gewesen?

Sie schaut mich nur flüchtig an, dann wendet sie sich ab. Sie geht direkt zum Tresen, auch wenn dort niemand steht, der etwas bestellen möchte. Ich schnappe mir einen Bestellzettel von der Drehscheibe, schließe mich Pete und Miguel an und mache Pizzas. Dabei beobachte ich Gaby weiter aus dem Augenwinkel.

Auf einmal ist die ganze Sache total verkorkst. Am liebsten würde ich in ihrem Zimmer sein und ihr beim Schlafen zusehen. Ihre Unterlippe ist so unglaublich voll, sie sieht wie ein Kissen aus. Ihre Wimpern heben sich dunkel von den Wangen ab.

Na schön, vielleicht würde ich auch gerne noch ein paar andere Sachen machen, als ihr nur beim Schlafen zuzusehen.

Aber so ein Gefühl hatte ich noch nie. Weder bei Kayla noch bei einem der Mädchen im Park noch bei irgendjemand anderem. In Gabys Nähe fühle ich mich wie gehäutet. Als würden alle Nerven freiliegen.

Und jetzt tun sie nur noch weh.

Aber egal wie schlecht es mir geht oder wie durcheinander ich bin, ich muss Pete sagen, dass es zu riskant ist, wenn nur zwei Leute arbeiten. Sobald die Pizzas im Ofen sind, frage ich ihn, ob er kurz Zeit hat.

Ich folge ihm ins Büro.

»Worum geht's?« Er fährt sich mit dem Zeigefinger über den Schnauzbart. Er ist so dicht, dass er unecht aussieht.

Ich erinnere mich daran, wie Gaby aufgetreten ist, als sie mit ihm gesprochen hat, und versuche genauso selbstbewusst zu wirken. »Wir müssen abends unbedingt zu dritt sein, damit keiner allein in der Pizzeria ist, während der andere Pizzas ausfährt.«

»Darüber habe ich mir auch schon den Kopf zerbrochen.« Pete seufzt. »Aber ich weiß einfach nicht, wie ich das machen soll. Meine Gewinnspanne ist so schon dünn wie eine Rasierklinge. Allein der Preis für Käse ist im letzten Jahr um dreißig Prozent gestiegen.« Er legt den Finger auf den Taschenrechner, als wollte er die Kosten ausrechnen.

»Vielleicht können Sie die Preise etwas anheben. Das Geschäft läuft gut, oder?«

»Ja, es läuft gut. Aber aus den falschen Gründen.« Er schüttelt den Kopf. »Die Leute kommen her, um über Kayla zu reden, um zu sehen, wo sie gearbeitet hat, um zu rätseln, was mit ihr passiert ist.«

»Dann lassen Sie sie für das Privileg bezahlen. Ich finde nur, es ist zu gefährlich, wenn einer allein in der Pizzeria bleibt, während der andere ausliefert. Als ich letzte Nacht unterwegs gewesen bin, ist irgendein Verrückter zu Gaby an den Tresen gekommen und hat behauptet, man würde versuchen, ihm den Mord an Kayla anzuhängen.«

»Im Ernst?« Pete reißt die Augen auf. »Habt ihr die Polizei gerufen?«

Mir wird klar, dass wir das vielleicht hätten tun sollen. »Wir haben darüber geredet. Als ich zurückkam, war der Typ noch da. Kaum hat er mich gesehen, ist er auch schon abgehauen. Er wirkte eigentlich nur wie ein armer Irrer.«

Pete wühlt in der Schreibtischschublade. »Ob dieser Typ etwas mit der Sache zu tun hat oder nicht, hast meiner Meinung nach nicht du zu entscheiden. Dafür gibt es die Polizei.« Er holt eine Visitenkarte aus der Schublade und reicht sie mir zusammen mit dem Telefonhörer. »Du musst Wachtmeister Thayer anrufen.«

Als Wachtmeister Thayer hört, dass der Typ einen Lieferwagen fuhr, der aussah, als wäre er erst vor Kurzem braun lackiert worden, rastet er aus.

Thayer, Gaby und ich sitzen in Petes Büro. Die Tür ist geschlossen, aber ich bin mir sicher, dass Pete direkt vor der Tür steht und lauscht. Wachtmeister Thayer redet so laut, dass es mich nicht wundern würde, wenn die ganze Belegschaft und Kundschaft alles mitanhören kann.

»Ihr habt das also nicht für wichtig gehalten?« Er beugt sich vor und sieht mich direkt an. »Hallo? Obwohl durch alle Medien ging, dass ein Lieferwagen in der Nähe von der Stelle gesehen wurde, an der Kayla verschwunden ist?«

»Aber er war nicht weiß«, wende ich ein, obwohl ich schon ahne, was jetzt kommt.

»Er war weiß. Erst drei Tage nach Kaylas Verschwinden war er nicht mehr weiß«, sagt er.

»Aber der Mann hat immer wieder beteuert, dass er es nicht gewesen ist«, wendet Gaby ein. »Und es klang, als würde er die Wahrheit sagen.«

»Ach ja? Dann verratet mir mal, wer das hier ist.« Er holt ein unscharfes Foto aus einem unbeschrifteten braunen Briefumschlag. Ein eisernes Band legt sich um meine Brust. Es ist derselbe Typ. Offenbar weiß er nicht, dass er fotografiert wird. Er steigt gerade in irgendeiner Straße aus seinem Lieferwagen.

»Das ist er«, sagt Gaby.

Sie klingt, als würde sie jeden Moment losheulen.

»Sie kennen ihn also?«

Ich nehme das Foto und betrachte es genauer. Ich mustere das weiße Haus im Hintergrund, vor dem der Lieferwagen steht, und versuche ein Straßenschild zu erkennen. Aber das Foto ist zu unscharf und verschwommen.

Würde ich das Haus finden, heute Abend hinfahren, mich umsehen oder den Typen entführen, ihn fesseln und auf ihn einschlagen, bis er um Gnade wimmert, würde ich dann erfahren, was mit Kayla passiert ist? Was er ihr angetan hat? Mit ihr gemacht hat? Oder würde ich gar nichts herausfinden?

»Habt ihr Renfrew vorher schon mal gesehen? Ganz egal wo. Vielleicht stand er schon mal am Tresen in der Pizzeria oder hat sich eine Pizza nach Hause bestellt?« Thayer mustert uns mit Adleraugen. »Er ist nämlich auf dieselbe Highschool gegangen wie ihr, allerdings hat er schon vor drei Jahren den Abschluss gemacht.«

Renfrew. Ich speichere den Namen, nur für alle Fälle. Gaby und ich sagen nichts, denken nach, dann schütteln wir den Kopf.

Ich versuche mir ihn mit Kayla vorzustellen. Wie er sie verletzt. In den Fluss stößt.

Dann fällt mir wieder ein, wie nervös er war, wie er am Daumennagel gekaut hat. Seit meine Mutter auf Meth ist, macht sie kaum noch Pläne. Im Gegenteil. Aber wer auch immer Kayla entführt hat, hat das geplant.

Und die Stimme – ich glaube immer noch nicht, dass es dieselbe war. Etwas beschäftigt mich an der Stimme von dem Mann am Telefon. Er klang … überheblich, das ist es. Wie die Katze, die den Kanarienvogel gefressen hat.

»Ja, das ist derselbe Mann, der gestern Nacht in der Pizzeria war. Aber ich habe ihn noch nie zuvor gesehen.« Ich blicke kurz zu Gaby und sie nickt. »Und seine Stimme klang überhaupt nicht wie die von dem Mann, der an dem Abend angerufen hat, an dem Kayla verschwunden ist. Ich kann mich zwar nicht genau an die Stimme erinnern, aber ich weiß, dass er es nicht war.« Ich halte das Foto hoch. »Dieser Typ hier kam mir wie ein Speed-Junkie vor. Gut möglich, dass er seinen Lieferwagen nur umgesprüht hat, weil er irgendwelche irrwitzigen Befürchtungen hatte. Speed-Junkies denken nicht wie normale Leute.«

»Tja, damit kennst du dich aus, nicht wahr, Drew?« Thayer kneift die Augen zusammen. »Ich habe mich mal über dich schlaugemacht.«

Ein kalter Schauer läuft mir über den Rücken. »Was? Wieso?«

»Wir hatten nur deine Aussage, dass Kayla losgefahren war, um Pizzas auszuliefern. Ihr ward an diesem Abend zu zweit in der Pizzeria. Du hättest etwas mit ihrem Verschwinden zu tun haben können.«

»Niemals!«, sagt Gaby.

Ich bin zu geschockt – und wütend – um etwas zu erwidern.

»Keine Panik, wir haben in einem der Nachbargeschäfte einen Zeugen gefunden, der gesehen hat, wie Kayla die Pizzaschachteln ins Auto gepackt hat und allein losgefahren ist. Aber während wir uns nach dir erkundigten, Drew, haben wir herausgefunden, dass deine Mutter offenbar ein kleines Problem hat. Genau genommen haben wir sie heute abgeholt. Jemand hat einen Einbruch in einer Lagerhalle gemeldet, wo sie einen Schrank gemietet hat, und deine Mutter ist auf einer der Überwachungskameras zu sehen. Weißt du etwas darüber?«

»Das ist meine Mutter«, sage ich. »Das bin nicht ich.« Meine Augen füllen sich mit Tränen. Ich wende mich ab und fahre mir mit den Fingerknöcheln über die Augen. Ich will nicht darüber reden.

Auf keinen Fall.

Der neunte Tag

KAYLA

Schon bevor sich der Schlüssel im Schloss dreht, rieche ich das Essen. Ich sauge den Geruch begierig ein. Nur so kann ich mich davon abhalten, ihn anzuflehen, es mir *sofort* zu geben. Ich stehe auf, presse die Hände aneinander, damit er nicht sieht, wie sie zittern.

»Ich habe sie gesehen«, sagt er. Er hält das Tablett so hoch, dass ich nicht erkennen kann, was darauf steht. Speichel sammelt sich in meinem Mund. In der anderen Hand hält er eine rot-weiße Plastiktüte von Target. »Ich habe deine Freundin Gaby gestern gesehen. Sie sah gut aus.«

»Gaby?«

Zuerst sind es nur zwei Silben, die keinerlei Bedeutung haben. Mein Leben ist zusammengeschrumpft auf diese vier weißen Wände, das marineblaue Funtonbett, den Fernseher und das Tablett mit Essen, das ich ihm am liebsten aus der Hand reißen möchte. Kaum vorstellbar, dass es darüber hinaus noch etwas gibt.

Dann sage ich Gabys Namen noch einmal vor mich hin und sehe sie plötzlich vor mir. Ich bin mir nicht sicher, wie viele Leute Gaby überhaupt bemerken. Sie ist klug, arbeitet viel, aber redet kaum und versteckt sich hinter ihren schrägen Stirnfransen. Doch dann sagt sie auf einmal etwas total Witziges und man kann kaum glauben, dass es aus ihrem Mund kam.

Er hält das Tablett noch immer über meinen Kopf und sagt: »Eigentlich wollte ich Gaby. Nicht dich. Du warst ein Fehler. Du hättest an dem Abend nicht arbeiten sollen.«

»Tut mir leid, Meister«, sage ich.

Ich blicke zu Boden, damit er mich nicht ansieht. Damit er nicht sieht, dass es noch eine echte Kayla in mir drin gibt. Ich bin nur ein paar Zentimeter vom Essen entfernt, aber es hätten genauso gut Kilometer sein können. Als er beim letzten Mal sah, wie ich das Essen in mich hineinstopfte, hat er mir den Rest aus der Hand gerissen und weggenommen. Er sagte, er würde mir nichts mehr zu essen bringen, wenn ich nicht die Etikette wahren würde. So nannte er es. »Die Etikette wahren.« Ich bin mir ziemlich sicher, der Ausdruck stand auf dem Zulassungstest für die Hochschule. *Würdevoll, anständig, schicklich.* In einem verborgenen Raum mit einer Kopfwunde und einem Typen zu hausen, den man Meister nennen soll, ist allerdings alles andere als das. Trotzdem muss ich mitspielen. Er darf nicht mitbekommen, dass es mich noch gibt. Im Inneren des anderen Mädchens. Ich muss den richtigen Moment abwarten. Und dann habe ich nur eine einzige Chance.

Ich stelle mir vor, wie ich den silbernen Stift aus seiner Tasche ziehe und ihm in die Kehle ramme, so wie sie es in Filmen immer machen, wenn jemand in der Wildnis zu ersticken droht und der Arzt nur einen Stift zur Hand hat. Was passiert, wenn man bei jemandem einen Luftröhrenschnitt durchführt, der keinen braucht?

Der Stift schimmert matt im Licht. Da erst sehe ich, dass es ein metallenes Schablonenmesser ist, wie wir es im Kunstunterricht benutzen. So ein Messer, bei dem eine kleine, abgeschrägte Rasierklinge unter der Hülle steckt.

Er mustert mich noch immer von oben bis unten, sagt aber nichts mehr, nachdem ich mich dafür entschuldigt habe, dass ich ein Fehler bin. Schließlich schüttelt er nur den Kopf und verzieht angeekelt den Mund. Ich sollte mich darüber freuen, denn das bedeutet, dass er noch immer kein Interesse daran hat, mich auf das Futonbett zu stoßen.

Aber wenn er das nicht will, wofür braucht er mich dann? Selbst wenn er mich wollen würde, würde er mich niemals gehen lassen. Ich habe sein Gesicht gesehen. Ich weiß genau, wie er aussieht.

Ich wünschte, ich wäre netter zu Brock gewesen. Er war so ruhig, dass ich nie wusste, was er dachte. Bis ich mit ihm Schluss gemacht habe. Dann sprudelte es nur so aus ihm heraus, doch da war es zu spät. Weil ich schon Nathan kennengelernt hatte.

Nathan ist Schiedsrichter. Er ist zwanzig, geht auf die Portland State Universität und will Lehrer werden. Wir sind nach den Spielen miteinander ins Gespräch gekommen und ich dachte, ich mag Brock, es ist nett mit ihm, aber ich werde mit ihm nicht den Rest meines Lebens verbringen. Mir fiel auf, dass Brock im Vergleich zu Nathan noch ein Kind war. Also habe ich mit Brock Schluss gemacht. Nathan hat gefragt, ob wir zusammen ausgehen, und ich war überglücklich. Und dann bat ich Gaby, die Schicht mit mir zu tauschen.

Hätte sie Nein gesagt, wäre Gaby jetzt hier. Und Gott möge mir verzeihen, aber ich würde alles darum geben, nicht hier zu sein. Ich würde sogar mit Gaby tauschen.

So weit hat er mich schon gebracht. Ich schließe kurz die Augen und versuche sein Gesicht zu Gaby zu senden. Damit sie sein Nullachtfünfzehn-Äußeres durchschaut, sollte er es bei ihr versuchen. Damit sie das Grauen hinter dem höflichen Lächeln, den runden Brillengläsern und den hellbraunen Stoffhosen sieht.

»Ich habe dir ein paar saubere Klamotten mitgebracht.« Er hält mir die Plastiktüte hin. »Du kannst dich mit dem Wasser aus den Plastikflaschen waschen. Ich stelle dir dann neue hin.«

»Danke, Meister.« Ich nehme die Tüte und halte dabei den Blick gesenkt. Ich frage mich, was wohl passieren würde, wenn ich ihm beim nächsten Mal eine Tüte voller Wasserflaschen an den Kopf schleudern würde.

»Es ist eine notwendige Maßnahme. Du stinkst.«

Ich blicke kurz auf und sehe, wie er die Nase kräuselt. Ohne ein weiteres Wort stellt er das Tablett ab und geht.

Mir fällt auf, dass er nicht mehr diesen Gesichtsausdruck hat, wenn er mich betrachtet. Diesen Ausdruck, als würde eine Katze einen Vogel beobachten. Wenn er mich jetzt ansieht, ist sein Blick leer und unkonzentriert. Als würde er einfach durch mich durchsehen.

Kaum ist die Tür zu, stürze ich mich auf das Essen. Ich bin mir nicht sicher, habe aber den Eindruck, die Abstände zwischen den Mahlzeiten werden immer größer. Alles auf dem Tablett stammt von einem Schnellrestaurant und ist mittlerweile lauwarm. Drei Burritos mit Bohnen und Käse und zehn Klumpen, die wie Kartoffelbällchen mit Chilipulver aussehen. Es schmeckt salzig, fettig und gut, auch ohne Ketchup und Salsasoße. Kaum zwei Minuten später lecke ich meine Finger ab. Die wahrscheinlich nicht gerade sauber sind. Wie alles an mir.

Ich sehe in die Plastiktüte. Darin sind ein billiges weißes

Handtuch, ein Waschlappen, ein weißes Männer-T-Shirt, Größe M, und eine graue Männerjogginghose. Auch Größe M. Ich frage mich, ob er zu viel Schiss hatte, Frauenklamotten zu kaufen. Ob er fürchtet, der Verkäufer könnte sich wundern, dass Mr Loser Frauenkleidung kauft. Vielleicht sind deshalb keine Unterhose und kein BH dabei.

Ich gehe kein Risiko ein. Um weniger angreifbar zu sein, gehe ich Schritt für Schritt vor. Ich öffne eine Wasserflasche. Zum Trinken hatte ich mir immer kaltes Wasser gewünscht, aber jetzt bin ich froh, dass es Zimmertemperatur hat. Ich wasche mir die Finger mit dem nassen Waschlappen und taste dann meine Wunde ab. Die Haut fühlt sich heiß und geschwollen an. Hat sie sich entzündet? Die Wunde pocht mit jedem Herzschlag. Vorsichtig tupfe ich sie mit dem feuchten Waschlappen ab. Kurz darauf vermischt sich frisches und altes Blut auf dem Waschlappen. Vielleicht habe ich den Schorf aufgerissen und deswegen blutet es jetzt wieder. Ich lasse es bleiben und versuche den Waschlappen über der Toilette auszuspülen.

Als Nächstes wasche ich mir Gesicht und Arme und stoße in jeder Falte auf Schlamm und Sand. Ich greife unter mein T-Shirt auf meinen Rücken, taste nach meinem BH und öffne ihn. Dann streife ich die Träger von meinen Schultern und ziehe ihn aus. Ich kippe eine halbe Flasche Wasser über den BH und wringe ihn über der Toilette aus. Danach wasche ich meinen Oberkörper, lasse dabei aber mein altes T-Shirt an und ziehe den BH wieder drunter, als ich fertig bin. Anziehen ist viel schwieriger als Ausziehen. Außerdem fühlt sich der BH so widerlich klamm und kalt an, dass ich mich schütteln muss. Ich hoffe einfach, meine Körpertemperatur wird ihn irgendwann trocknen. Dann streife ich das neue T-Shirt über. Es riecht neu, hat diesen starken chemischen Geruch, den Klamotten aus den Läden haben, bevor man sie wäscht.

Ich wickle mir das Handtuch um die Hüfte und ziehe meine verdreckten, steifen Jeans und die Unterhose aus. Dann wasche ich meine Beine. Bevor ich meine Unterhose ausspüle, nehme ich die Jogginghose in die Hand. Sie fühlt sich weich an. Fast bin ich versucht, sie ohne etwas darunter anzuziehen.

Erst da sehe ich, dass noch etwas anderes in der Tüte liegt. Es ist eine Unterhose. Eine Mädchenunterhose. Sie hat kein Preisschild. Genau genommen ist sie nicht neu. Sie ist auch nicht uralt und sie ist sauber, aber das Wäscheschild ist schon etwas verblichen, nicht mehr so steif; es ist klar, dass sie mal jemandem gehört hat. Dass sie jemand anderes schon getragen hat.

Oh, verdammt, verdammt, *verdammt*. Wem gehört die? Mir ist klar, dass ich die einzige Frau in seinem Leben bin. Er ist einfach nicht der Typ, der diesen geheimen Raum verlässt und zu seiner Frau oder seiner Freundin zurückkehrt.

Wem hat diese Unterhose also gehört?

Ich fange an zu zittern. Denn ich ahne es. Ich *weiß* es.

Ich bin nicht das erste Mädchen hier.

Nur, wo ist meine Vorgängerin jetzt?

MITSCHNITT DER ROB RAINER RADIOSHOW

Rob Rainer, Radiomoderator: Im Fall der vermissten Kayla Cutler, über die wir so viel hören, hat die Familie jetzt eine Hellseherin namens Elizabeth Lamb hinzugezogen und die Behörden gebeten, mit ihr zusammenzuarbeiten. Unser erster Gast ist Ike Stanley, ehemaliger FBI-Mitarbeiter, der letztes Jahr in den Ruhestand gegangen ist. Glauben Sie an Hellseher, Mr Stanley?

Ike Stanley, pensionierter FBI-Profiler: Eins der ersten Dinge, die ein Hellseher von den Polizeibeamten verlangt, ist deduktive Folgerungen und Logik außer Acht zu lassen. Das fällt jedem Polizeibeamten unsagbar schwer, denn darauf verlässt er sich sein ganzes Berufsleben lang.

Aber als FBI-Agent muss man nach allen Seiten offen bleiben, wissen Sie? Wenn jemand bei der Aufklärung eines Verbrechens helfen kann, dann höre ich ihm zu. Und wenn alle Möglichkeiten der polizeilichen Ermittlungen erschöpft sind, wenn die Anfertigung eines psychologischen Persönlichkeitsprofils nichts gebracht hat und wenn die Angehörigen des Opfers dann sagen »Wir möchten einen Hellseher hinzuziehen«, würde ich sagen: Wenn es der Familie des Opfers hilft, ihren Seelenfrieden zu finden, stehe ich dem nicht im Weg.

Rainer: Aber das ist hier nicht der Fall, oder? Die Polizeibeamten stecken mitten in den Ermittlungen. Soweit wir informiert sind, geht die Polizei einem Hinweis nach, demzufolge ein weißer Lieferwagen in der Nähe der Stelle gesehen wurde, an der Kayla verschwunden ist.

Stanley: Mir liegen keinerlei Informationen über diesen Fall vor, also kann ich mich nicht dazu äußern. Aber wie gesagt, als ich noch im Dienst war, habe ich immer versucht, die Wünsche der Angehörigen zu respektieren, ob sie nun die Mitglieder der Kirchengemeinde bei der Suche hinzuziehen wollten oder einen Hellseher.

Rainer: Konnte ein Hellseher Ihres Wissen jemals bei der Aufklärung eines Verbrechens helfen, Mr Stanley?
Stanley: Ich war ein paarmal dabei, als ein Hellseher hinzugezogen wurde. Wenn sie jemals zur Aufklärung eines Verbrechens beigetragen haben, dann meiner Erfahrung nach meistens durch sehr vage Informationen. Zum Beispiel erinnere ich mich an einen Fall, bei dem das Entführungsopfer später in der Nähe eines Kratersees gefunden wurde und der Hellseher uns sagte: »Sie finden das Opfer in der Nähe eines Gewässers.« Nun ja, ein Kratersee ist ein Gewässer und »in der Nähe« deckt ein großes Gebiet ab.
Während meiner beruflichen Tätigkeit beim FBI habe ich mich immer bemüht, offen zu sein. Ich habe versucht, zuzuhören. Ich weiß, dass es Hellseher gibt, die sagen: »Ich habe für das FBI als Berater gearbeitet.« Aber wenn es darum geht, ob ein Fall jemals allein durch die Information eines Hellsehers gelöst oder ein Entführungsopfer gefunden wurde, ob nun tot oder lebendig, muss ich sagen Nein. Das habe ich noch nicht erlebt.

Der neunte Tag

GABY

Kaum komme ich von der Schule nach Hause, klingelt das Telefon in der Küche. Es dauert eine Sekunde, bis ich das Geräusch zuordnen kann. Unsere Nummer steht nicht im Telefonbuch und die meisten Leute rufen uns einfach auf den Handys an. Die einzige Person, die auf dem Festnetz anruft, ist meine Oma. Ich glaube, Handys sind in ihren Augen keine richtigen Telefone.

Auf dem Display steht Cutler. In meinem Mund breitet sich ein bitterer Geschmack aus. Ich hebe den Hörer ab.

»Hallo?«, sage ich zurückhaltend. Warte auf die Neuigkeit.

»Kann ich bitte mit Gaby sprechen?«

»Ist am Apparat.« *Haben sie Kayla gefunden? Lebt sie noch?*

»Hier ist Mrs Cutler, Kaylas Mutter. Ich wollte fragen, ob du bei uns vorbeikommen könntest, damit die Familie mit dir reden kann.«

Wahrscheinlich gibt es gar keine Neuigkeiten. Wie lange kann das noch so weitergehen? Es ist, als würde man auf eine Strafe warten. »Ähm, jetzt gleich?«

»Ja. Wenn es geht. Es ist wichtig.«

Geht es um den Typen, den Drew für einen Speed-Junkie hält? Oder wollen sie mich ausfragen, warum Kayla die Schicht mit mir tauschen wollte? »Sie müssen mir sagen, wo ich hinkommen soll.«

Statt mir zu antworten, sagt sie: »Weißt du, wie man diesen Drew erreichen kann, der auch in der Pizzeria arbeitet?«

Als ich seinen Namen höre, zieht sich alles in mir zusammen. Ich habe keine Ahnung, was mit seiner Mutter passiert ist, nachdem sie von der Polizei abgeholt wurde, aber es kann nichts Gutes sein. Drew sah aus, als wäre es ihm furchtbar unangenehm, dass ich das alles mitanhören musste. Nachdem Wachtmeister Thayer gegangen war, bat Pete Miguel bis zum Ladenschluss zu arbeiten. Mit Drew allein war die Arbeit nicht nur entspannter, wir konnten nebenbei auch reden. Doch so hing alles zwischen uns noch in der Luft.

»Ja«, sage ich. »Ich habe seine Handynummer.«

»Könntest du ihn bitten, ebenfalls vorbeizukommen? Wir müssen mit euch beiden über ein paar wichtige Dinge sprechen.«

»Ich frage ihn, ob er Zeit hat.« Vielleicht ist es besser, wenn Drew dabei ist. Möglicherweise sind wir in ihren Augen beide schuldig, nur jeweils auf andere Weise.

Zehn Minuten später halte ich an einer Straßenecke, an der Drew auf mich wartet. Er hat ein graues Kapuzenshirt an, das sein Gesicht verdeckt, obwohl es draußen warm ist. Er wollte nicht, dass ich ihn von zu Hause abhole. Ich weiß noch nicht einmal, ob er tatsächlich irgendwo in der Nähe dieser Straßenecke wohnt.

»Hi«, sagt Drew, als er einsteigt.

»Hi.«

»Was meinst du, wollen die von uns?«

»Vielleicht uns anschreien?« Ein bitterer Geschmack steigt in meiner Kehle auf. »Ich habe die Schicht mit ihr getauscht. Du hast die Bestellung aufgenommen und sie allein fahren lassen. Kann sein, dass sie uns sehen und denken ›es hätte einer von euch sein sollen‹.«

Ich hoffe, er sagt, ich soll mich nicht lächerlich machen, aber er zuckt nur mit den Schultern. Dann fällt mir ein, dass Drew ganz andere Sorgen hat. »Was ist mit deiner Mutter?«

»Man hat sie bis zur Verhandlung auf freien Fuß gesetzt. Aber es ist sehr unwahrscheinlich, dass sie freigesprochen wird.« Er fährt sich mit den Handflächen übers Gesicht. »Nicht, wenn sie Fotos haben.«

Auf einmal sind mir mein schönes Auto und unser großes Haus peinlich. Meine Eltern mit ihren guten Jobs. Hasst Drew mich deswegen? Wir hören schweigend *Flea Market Parade*, die »The Criminal in my Head« singen.

Das Haus der Cutlers ist lang und flach und erinnert mich ein wenig an die Schuhschachtel, in der ich Barbie und Ken immer aufbewahrt habe. Mrs Cutler öffnet die Tür so schnell, dass sie dahinter gestanden und auf uns gewartet haben muss. Eine graue Katze zwängt sich an ihr vorbei und verschwindet blitzschnell in einem der Büsche. Mrs Cutler hat die gleichen schwarzen Haare wie Kayla, nur mit silbernen Strähnchen durchzogen. Ich habe sie ein paarmal in der Pizzeria gesehen, wenn sie vorbeigekommen ist, um Kayla etwas zu bringen.

Wir folgen ihr ins Haus. Die Luft riecht abgestanden. Schlimmer. Irgendwie muffig. Teller mit Essensresten stehen auf dem Wohnzimmertisch, dem Fernseher, sogar auf dem Fußboden.

Ein Mann mit Halbglatze, vermutlich Mr Cutler, sitzt auf einer goldenen Veloursledercouch. Er hebt kurz den Kopf, sieht uns desinteressiert an und starrt dann wieder auf seine Hände.

Kyle Cutler sitzt neben ihm. Ich kann mich noch an ihn von damals erinnern, als ich in der Neunten war. Genau wie Kayla sieht er gut aus und ist bei allen beliebt, sodass ich sogar als Neuling an der Schule seinen Namen kannte. Er müsste mittlerweile aufs College gehen.

Im Wohnzimmer befindet sich noch eine vierte Person, eine blonde Frau, die mir irgendwie bekannt vorkommt. Ihre Haare sind etwas zu lang für jemanden, der ungefähr so alt ist wie Kaylas Eltern. Sie ist von allen am besten angezogen, trägt ein schwarzes Kostüm, eine dunkelrote Seidenbluse und hohe Absatzschuhe. Sie nickt uns zu.

»Danke, dass ihr gekommen seid«, sagt Mrs Cutler. »Ihr seid ein weiteres Glied in der Kette, von der wir hoffen, dass sie uns zu Kayla führt.«

»Wir haben der Polizei schon alles gesagt, was wir wissen.« Ich versuche überzeugend zu klingen, doch meine Stimme zittert.

»Ach ja?«, sagt Kyle. Er verzieht den Mund. »Wenn ihr der Polizei alles gesagt habt, wieso habt ihr sie dann nicht sofort angerufen, als Cody Renfrew in der Pizzeria aufgetaucht ist und nach Kayla gefragt hat?«

»Alle möglichen Leute fragen nach Kayla«, sagt Drew. »Etliche Leute kommen in die Pizzeria, die sie nie zuvor betreten haben.«

»Leute, die ihren Lieferwagen umlackiert haben?« Kyles Augen sind eisblau. »Ihren ehemals weißen Lieferwagen?«

»Kyle«, sagt seine Mutter, »wir haben doch beschlossen, dass wir die Sache ruhen lassen.« Sie wendet sich an uns. »Cody Renfrew ist zusammen mit Kyle zur Schule gegangen. Sie nehmen an, dass er Kayla daher kennt. Und so auf die Idee kam, sie …

sie, sie ins Auge zu fassen. Die Polizei hat am Dienstag sein Haus durchsucht.«

»Haben sie etwas gefunden?«

»Nichts Verdächtiges«, sagt Mrs Cutler. »Aber sie haben jede Menge Beweise sichergestellt. Ich nehme an, das geht alles nicht so schnell wie bei *CSI*. Es wird ein paar Tage dauern, bis sie wissen, ob sie passende DNA-Spuren gefunden haben. Ihr könnt uns trotzdem helfen. Auf eine andere Weise als die Polizei.«

Mr Cutlers Stimme klingt belegt. »Die Bullen haben doch keinen Schimmer. Sie haben den Idioten vernommen, sein Haus durchsucht, aber sie sagen, mehr können sie ohne entsprechende Beweise nicht machen.« Auf seinem Kinn glänzen graue Bartstoppeln. »Aber wenn Kayla noch lebt, müssen wir etwas unternehmen. Bevor es zu spät ist. Deswegen haben wir uns an sie gewandt.« Er deutet mit dem Kopf auf die blonde Frau.

»Gaby, Drew, ich möchte euch Elizabeth Lamb vorstellen«, sagt Mrs Cutler. »Sie ist erst heute in der Stadt angekommen. Sie ist professionelle Hellseherin.«

Ich kann mir bestens vorstellen, was meine Eltern dazu sagen würden. *Was ist der Unterschied zwischen einer professionellen und einer Hobby-Hellseherin? Die professionelle kostet mehr.* Sie glauben nicht an Geister, Gespenster oder Hexen. Und auch nicht an Gott. Nur an das, was sie sehen, anfassen und messen können. Sie haben schon menschliche Herzen in ihren Händen gehalten und Stücke aus dem Gehirn geschnitten. Sie glauben nicht daran, dass ein Mensch eine Seele hat. Sie glauben an elektrische Stöße.

Elizabeth Lamb gibt uns die Hand. Ihre Hand ist kühl und glatt und entgleitet mir schon nach einem ganz leichten Drücken.

»Vielleicht habt ihr mich schon mal im Fernsehen gesehen?«, fragt sie.

Wir schütteln beide den Kopf. Allerdings habe ich sie schon mal gesehen. In einer dieser Sendungen über reale Verbrechen. Sie sagte einer Familie, dass ihre sechsjährige Tochter ertrunken war und von einer Art Gitter unter Wasser gehalten wurde. Die Tochter war während eines gewaltigen Regensturms verschwunden. Die Leiche des kleinen Mädchens wurde unter dem Bett eines Nachbarn gefunden. Unter einem Wasserbett. Und der Rahmen – das haben sie im Fernsehen gezeigt – sah wie ein großes Gitter aus. Also hatte Elizabeth Lamb recht, auch wenn die Geister sich etwas undeutlich ausgedrückt hatten.

So hat sie es zumindest damals im Fernsehen erklärt.

»Soweit ich weiß, hast du an dem Abend mit Kayla zusammengearbeitet, Drew? Und du bist die letzte uns bekannte Person, die sie gesehen hat?«

Drew wird steif und nickt.

»Da steckt unheimlich viel Kraft drin, unheimlich viel.« Sie wendet sich an mich. »Und du hast mit ihr die Schicht getauscht, Gaby?«

»Aber ich habe sie an dem Tag nicht gesehen. Und ich weiß auch nicht, warum sie …«

Elizabeth Lamb hebt eine ihrer schlanken Hände und ich verstumme. »Ja, aber hier besteht eine Verbindung mit Kaylas Sehnsüchten, mit ihren innigsten Sehnsüchten. Ich möchte, dass ihr euch beide einen Moment Zeit nehmt und an Kayla denkt. Schließt dazu bitte eure Augen und stellt sie euch so deutlich wie nur möglich vor. Konzentriert euch auf sie, bis ihr das Gefühl habt, wenn ihr jetzt die Augen öffnen würdet, würde sie vor euch stehen.«

»Das haben wir auch schon gemacht«, sagt Mrs Cutler. »Und dabei sind eine Menge Informationen zusammengekommen, die wir der Polizei geben werden, wenn wir sie heute Nachmittag sprechen.«

»Psst.« Elizabeth Lamb legt tatsächlich den Zeigefinger an die Lippen. »Wir müssen uns jetzt auf Kayla konzentrieren.« Drew wirft mir einen verzweifelten Blick zu und mir ist klar, dass wir beide am liebsten irgendwo anders sein würden. Mr Cutler und Kyle stehen auf und Mrs Cutler deutet uns an, dass wir uns auf die Couch setzen sollen. Ich zwänge mich an Mr Cutler vorbei. Er riecht, als hätte er seit Tagen nicht geduscht und jetzt, wo er steht, kann ich sehen, dass er sich am Bauch mit Essen bekleckert hat. Kyle sieht immerhin ordentlich aus, aber er würdigt uns keines Blickes. Wir setzen uns.

Auf dem Wohnzimmertisch liegt ein Stapel Flyer. **HABEN SIE DIESES MÄDCHEN GESEHEN?**, steht darauf in fetter Blockschrift, darunter ist Kaylas Schulfoto, dasselbe wie auf dem Kreuz und im Fernsehen oder den Zeitungen. Auf dem Foto lehnt sie an einem Eichenbaum. Aber er sieht irgendwie unecht aus, als wäre der Baumstamm hohl und aus Plastik und würde kaum über die Ränder des Fotos hinausreichen.

Elizabeth Lamb stellt sich zwischen den Wohnzimmertisch und uns und ist jetzt so nah, dass ich meinen Kopf auf ihre Oberschenkel legen könnte. Gegen ihre High Heels sehen meine Turnschuhe lächerlich aus. Vielleicht ist es aber auch umgekehrt.

»Okay«, sagt sie. »Wir müssen uns jetzt alle an den Händen halten, damit ich eure Schwingungen aufnehmen kann.« Wir tun, was sie sagt. Ihr Griff ist jetzt fester, ihre Finger sind kühl und weich. Drew umfasst meine Hand nur leicht. Mir wird bewusst, dass ich seine Hände auf meinem Körper gespürt habe, wir uns aber nie zuvor an den Händen gehalten haben.

»Gut. Und jetzt schließt eure Augen.« Obwohl ich es nicht möchte, schließen sich meine Augen. Ich frage mich, ob Elizabeth Lamb eine Art Hypnotiseurin ist, ob sie Leute manipulieren kann. »Sagt jetzt dreimal laut hintereinander Kaylas Namen.« Das machen wir, sogar die Cutlers. *Kayla, Kayla, Kayla.* Mrs Cutler klingt, als würde sie jeden Moment zusammenbrechen. »Stellt euch jetzt vor, Kayla würde hier bei uns sitzen.«

Gehorsam rufe ich mir Kaylas Bild in Erinnerung. Ich fange mit ihren hohen Wangenknochen an, dem Anflug von Sommersprossen auf ihrer blassen Haut. Ihre Augen, blau und strahlend wie Saphir. Ihre vollen schwarzen Haare. Aber ich schaffe es nicht, das zu tun, was die Hellseherin von uns verlangt. Ich kann mir nicht vorstellen, wie Kayla neben uns sitzt. Denn sie hat nie auch nur eine Minute in ihrem Leben still gesessen.

Ich zucke zusammen, als Elizabeth Lamb plötzlich zu reden beginnt: »Er … er hat etwas in der Hand.«

Ich öffne die Augen einen kleinen Spalt. Sie hat die Augen geschlossen, den Kopf in den Nacken gelegt. Ihr Kinn ist locker, als wäre sie bewusstlos und ihr Mund würde von fremder Hand bewegt werden. Ich schiele nach rechts zu Drew. Auch er späht durch halb geschlossene Lider. Ich habe Angst, erwischt zu werden, und mache die Augen wieder zu. Nicht unbedingt wegen der Hellseherin. Wegen den Cutlers. Wir sind es ihnen schuldig, bei der Sache hier mitzuspielen, auch wenn das Ganze wahrscheinlich völliger Unfug ist.

»Kayla«, sagt Mrs Cutler mit bebender Stimme. »Kayla, bist du das? Bist du das, Liebling?«

Elizabeth Lamb antwortet ihr nicht. »Ich sehe es. Es kommt auf mich zu. Es ist etwas, das man in der Hand halten und womit man jemandem auf den Kopf schlagen kann.« Sie klingt überhaupt nicht wie Kayla.

»Ist es ein Baseballschläger? Ein Knüppel? Oder sprichst du von diesem Stein, den sie gefunden haben?« Mrs Cutlers Stimme überschlägt sich beinahe.

Statt einer Antwort sagt Elizabeth Lamb: »Es ist spät. Spät in der Nacht, vielleicht schon früher Morgen.«

Ach was. Jeder weiß, wann Kayla verschwunden ist. Das ist kein Geheimnis.

»Ich bin jetzt in einem Auto«, sagt sie. »Ich habe das Gefühl, jemand hat mich gepackt und ins Auto gelegt.«

Mrs Cutler schnappt nach Luft.

Auf einmal kann ich Kayla wirklich sehen. Sie steht hinter Elizabeth Lamb. Ihre Haare sind verdreckt und ihre Augen ganz traurig. Sie sieht mich an. Uns alle.

Ein Schauder läuft mir über den Rücken.

Mein Scheitel kribbelt.

»Jetzt stecke ich irgendwo fest«, sagt Elizabeth Lamb. »Ich kann mich nicht mehr bewegen. Wasser rauscht an mir vorbei.«

Kayla steht noch immer da. Ihre Lippen bewegen sich, aber ich kann sie nicht verstehen.

»Soll das heißen, sie ist tot?«, fragt Mrs Cutler mit schriller Stimme.

Ich höre ein Geräusch, als würde Stoff zerreißen. Ich linse durch die fast verschlossenen Lider. Es ist Mr Cutler, er weint. Mit offenen Augen kann ich Kayla nicht mehr sehen. Und als ich sie wieder schließe, ist sie nicht mehr da. Trotzdem weiß ich, dass ich sie gesehen habe.

Ich entreiße der albernen Hellseherin meine Hand und stehe auf. Wir sind jetzt so nah beieinander, ich könnte sie küssen – oder beißen. Drew reißt die Augen auf.

»Das stimmt nicht«, sage ich. Alle starren mich an. »Kayla lebt noch. Ich weiß es.«

Ich weiß es wirklich. So sicher, wie noch nie etwas zuvor in meinem Leben.

HABEN SIE DIESES MÄDCHEN GESEHEN?

VERMISST

KAYLA CUTLER

Alter: 17

Größe: 1,73 m

Gewicht: 60 kg

Haarfarbe: schwarz

Augenfarbe: blau

Hautfarbe: weiß

Besondere Merkmale: kleine Narbe am rechten Knie,
in jedem Ohrläppchen ein Loch

Belohnung: **12.000 $** für Hinweise,
die zu ihrem derzeitigen Aufenthaltsort führen

Kayla wurde zum letzten Mal gesehen, als sie Pete's Pizzeria verließ, um eine Lieferung auszufahren.
Ihr roter 2005 Ford Taurus wurde am Donnerstag, 8.Mai, in der Nähe vom Willamette River gefunden.

Sollten Sie irgendwelche Informationen haben,
die im Zusammenhang mit ihrem Verschwinden stehen,
kontaktieren Sie bitte die Polizeiwache Multnomah County
unter 503-555-4825.

Der neunte Tag

DREW

Ich sehe zu Gaby. Eigentlich ist vor der Couch nicht genug Platz für sie zum Aufstehen, aber sie steht und ihr Gesicht ist nur wenige Zentimeter von dem geschminkten Gesicht der Hellseherin entfernt. Und sie schreit, dass Kayla lebt, dass sie nicht leblos im Fluss liegt, wie die Hellseherin behauptet hat.

Obwohl die Hellseherin das genau genommen nicht gesagt hat. So wie sie es ausgedrückt hat, könnte man es auch so verstehen, dass Kayla sich in der Nähe von einem Fluss oder Strom befindet. Oder nur einem Wasserrohr. Man muss ihre schwammige Ausdrucksweise schon bewundern. Die Hellseherin hat noch nicht einmal klipp und klar gesagt, dass Kayla tot ist.

Aber man wusste, was sie meinte.

Und jetzt fährt Gaby sie an.

Die Frau will einen Schritt zurückweichen, vergisst aber, dass hinter ihr der Wohnzimmertisch steht. Sie schreit auf und taumelt rückwärts. Ich packe sie gerade noch so am Handgelenk. Nachdem ich sie wieder auf die Beine gezogen habe, schüttelt sie meine Hand ab, als wäre ich ein lästiger Köter an ihrem Bein. Sie tritt zur Seite, um von uns Abstand zu gewinnen, und verschränkt die Arme.

Mrs Cutler blickt zwischen der Hellseherin und Gaby hin

und her. Es scheint, als könnte sie sich nicht entschließen, wem sie glauben soll.

»Ich weiß, dass Kayla noch lebt«, wiederholt Gaby. Doch ihre Stimme bebt.

»Was hast du gesehen, Elizabeth?«, fragt Mrs Cutler. »Lebt Kayla?«

»Hätte mich eine bestimmte Person nicht unterbrochen, könnte ich euch sagen, was ich gesehen habe. Aber jetzt ist die Verbindung gestört. Ich kann gar nichts mehr sehen.«

Alle blicken Gaby finster an. Ich packe sie am Ellbogen und schleife sie zur Tür. Sieht so aus, als wäre es heute mein Job, Leute aus brenzligen Situationen herauszuholen. »Wir gehen jetzt besser.«

Sie wehrt sich einen Moment, dann folgt sie mir. »Tut mir leid«, sagt sie in den Raum hinein.

Vier Leute starren sie an. Und keiner wirkt sonderlich versöhnlich.

»Was sollte das eben?«, frage ich, als wir draußen sind.

»Gar nichts. Ich habe nur gemacht, was sie gesagt hat. Ich habe versucht, mir Kayla vorzustellen, und auf einmal war sie da. Ich habe sie gesehen. Und ich wusste, dass sie noch lebt.« Sie atmet zitternd ein. »Allerdings sah Kayla nicht gerade gut aus. Sie wirkte geschwächt. Aber sie war am Leben.«

»Das hast du neulich am Fluss schon gesagt.«

»Und damals hast du mir recht gegeben.« Sie holt die Schlüssel heraus.

Ich zucke mit den Schultern. »Kann schon sein. Aber vermutlich, weil ich mir einfach nicht vorstellen konnte, dass Kayla tot ist. So was dauert eine Weile, bis man es begreift, verstehst du?«

»Das hat mit dem, was eben bei den Cutlers passiert ist, nichts zu tun. Ich habe sie wirklich gesehen, Drew.«

»He, wer sollte noch mal die Hellseherin da drin sein? Sie bezahlen die Frau dafür, dass sie ihnen sagt, was wirklich passiert ist.«

»Die wollte sich doch nur nach allen Seiten hin absichern.«

Vielleicht glaubt Gaby wirklich, dass sie weiß, wie es um Kayla steht, aber wahrscheinlich wünscht sie sich es nur. Jeder wünscht es sich. Aber ich muss daran denken, was Pete über den blutigen Stein gesagt hat. Ich denke an das aufgewühlte Flussbett. Der Fluss verschlingt vieles und gibt es nie wieder her.

Unter Gabys Augen liegen tiefe Schatten. »Schläfst du eigentlich genug?«, frage ich, als wir ins Auto steigen.

Ich wollte damit das Thema wechseln, aber Gaby folgt mir nicht ganz. »Was? Meinst du, ich habe mir das alles eben nur eingebildet? Dass ich eingeschlafen bin, als wir die Augen schließen sollten, und alles nur geträumt habe, weil ich so müde bin? Vergiss es.«

Vielleicht hat Gaby recht. Vielleicht habe ich das wirklich gedacht.

»Schon möglich, dass diese Elizabeth Lamb wirklich etwas heraufbeschwören kann«, sagt sie. »Und weil ich in ihrer Nähe war, konnte ich Kayla sehen.«

»Wieso habt ihr dann nicht dasselbe gesehen?«, wende ich ein.

»Keine Ahnung. Ich habe einfach nur gesehen, dass Kayla hinter ihr stand. Sie lag nicht in irgendeinem Auto oder sonst wo. Sie stand einfach nur da und sah traurig aus. Und ich hatte das Gefühl, sie wirklich zu sehen. Als wäre sie echt.«

Na sicher doch, kleine Kinder glauben auch, der Weihnachtsmann wäre echt. Es geht doch nur darum, was man glauben will. Aber das sage ich nicht.

Die Sache ist die: Ich glaube, mir wäre lieber, Kayla wäre tot. Denn was wäre die Alternative? Dass sie jemand entführt hat. Entweder dieser Cody oder jemand anderes, jemand Schlimmeres. Jemand hat sie entführt, hat sie unter Kontrolle und kann mit ihr tun und lassen, was er will.

Früher mochte ich immer Filme mit solchen Handlungen. Na ja, ich *mochte* sie nicht, aber ich habe sie mit meiner Mutter auf DVD gesehen, wenn sie sie aus der Videothek neben dem Supermarkt mit nach Hause gebracht hat. Slasher-Filme mit geheimen, unterirdischen Folterkammern. Handschellen, Knebeln und Ketten. Blut spritzt an die Wände, manchmal in Zeitlupe. Der fantasievolle Einsatz eines Bolzenschussgeräts, einer rostigen Säge oder eines glänzenden Skalpells.

Aber wenn es kein Film ist? Wenn es nicht nur gespielt ist? Wenn man nicht auf die Fernbedienung drücken kann und alles aufhört? Wenn es wirklich Kaylas blasse Haut ist, Kaylas Blut?

Dann wäre es vielleicht besser, sie wäre tot und im Fluss.

NOTRUFAUFZEICHNUNG

Notrufzentrale: Notrufstelle. Polizei, Feuerwehr oder Krankenwagen?
Cody Renfrew: Ähm, Selbstmord.
Notrufzentrale: Verzeihung?
Cody Renfrew: Ich möchte einen, einen Selbstmord melden.
Notrufzentrale: Wessen Selbstmord möchten Sie melden?
Cody Renfrew: Ähm, meinen.
Notrufzentrale: Moment ... Moment ... Moment, bleiben Sie am Telefon. Wir schicken jemanden, der Ihnen hilft. Hallo? Hallo?
Notrufzentrale: Mann droht mit Selbstmord. 3707 NW Hazelfern.
Polizeifunk: (unverständlich) ... Verstanden.
Notrufzentrale: Hallo? Ich versuche jemand zu Ihnen zu schicken, der Ihnen hilft. Bitte, bewahren Sie die Ruhe. Jemand wird in ein paar Minuten bei Ihnen sein und Ihnen helfen.
Polizeifunk: (Sirenen)
Cody Renfrew: (Pistolenschuss)
Notrufzentrale: Einsatzzentrale, bitte eine Einheit zum 3707 NW Hazelfern.

TATVERDÄCHTIGER BEGEHT SELBSTMORD
WÄHREND TELEFONATS MIT NOTRUFZENTRALE

PORTLAND. Ein Einzelgänger. Als solcher galt Cody Renfrew.

Ein psychiatrischer Betreuer sprach vertraulich über Renfrews Wandlung von einem hochgradig Drogenabhängigen zu einem Mann, der sich ernsthaft um einen Neuanfang bemühte. Aber es war eine Wandlung, die offenbar mit einer Mordtat endete.

Nach zwei Jahren Drogen- und Alkoholmissbrauch bekam Renfrew, 21, laut Aussage eines Betreuers sein Leben langsam wieder in den Griff, nachdem er vor einem Jahr in einer Klinik Hilfe gesucht hatte. Renfrew bemühte sich sogar um eine Zulassung als Drogenberater.

Doch der Betreuer gab auch zu Protokoll, bei Renfrew wären Anzeichen von Wahnvorstellungen erkennbar gewesen, so dachte er beispielsweise manchmal, andere könnten seine Gedanken lesen.

Als Renfrews Zustand immer stabiler wurde, erkannte er seine inneren Dämonen und lernte mit ihnen umzugehen, so der Klinikangestellte. Allmählich und im Zuge seiner Genesung wandelte sich sein Äußeres von einem einst unordentlichen zu einem ansehnlicheren Erscheinungsbild. Laut Betreuer gelang es Renfrew, seine Wahnvorstellungen unter Kontrolle zu halten und zwischen der Realität und der Fantasiewelt, in die ihn seine Krankheit manchmal stürzte, zu unterscheiden.

Allerdings erlitt Renfrew einen heftigen Rückschlag, als er aufgrund der Wirtschaftskrise seinen Job als Hotelportier verlor, den er erst vor ein paar Monaten angetreten hatte. Laut seiner Familie begann Renfrew vor lauter Frustration wieder Meth zu nehmen und seine inneren Dämonen kehrten zurück. Paranoid und wütend sprach er vom schnellen Geld und davon, eine Bank zu überfallen.

Die Polizei vermutet, dass Renfrew beschlossen hat, klein anzufangen und einen Pizzaservice auszurauben und den Fahrer eventuell zu entführen. Vor zehn Tagen brach die siebzehnjährige Kayla Cutler von Pete's Pizza auf, um Pizzas an eine Adresse zu liefern, die sich später als falsch herausstellte. Sie kam nie zurück. Ihr Auto wurde später mit geöffneter Fahrertür gefunden. Am Ufer des nahe gelegenen Willamette Rivers stieß die Polizei auf Zeichen einer gewaltsamen Auseinandersetzung, darunter ein Stein mit Blutspuren von Kayla. Die Polizei geht davon aus, dass Kayla im Fluss endete, der aufgrund der Schneeschmelze und der starken Regenfälle in der letzten Zeit viel Wasser führt und ihre Leiche bis zum Meer hinausgetragen haben könnte.

Ein Anwohner informierte die Polizei, dass er Renfrews Lieferwagen in der Gegend gesehen hatte und Renfrew gestand, an dem Abend dort gewesen zu sein. Die Familie engagierte eine Hellseherin, die sich mit Renfrew traf und ihn dazu aufforderte, zu sagen, was er weiß. Doch stattdessen schoss sich Renfrew eine Kugel in den Kopf, während er mit der Notrufzentrale telefonierte. In seiner Hosentasche fand man einen Zettel, auf dem er um Verzeihung bat.

Während viele Freunde und Angehörige von Kayla erleichtert sind, dass ihr mutmaßlicher Mörder tot ist, sind andere verärgert darüber, dass Renfrew nicht preisgegeben hat, wo er ihre Leiche in den Fluss geworfen oder sich ihrer entledigt hat.

Der zehnte Tag

GABY

Nachdem der Wecker verklungen ist, träume ich wieder von Kayla. Sie hat im Traum nach mir gerufen, doch ich konnte sie nicht finden. Als ich sie schließlich sah, war sie zu weit weg. Ich wollte zu ihr rennen, doch jemand schien sie in die andere Richtung zu ziehen. Ich flehte sie an, stehen zu bleiben.

Gestern Abend habe ich in den Nachrichten davon gehört, dass dieser Typ sich erschossen hat. Nachdem ich aufgestanden und nach unten gegangen bin, lese ich einen längeren Artikel darüber in der Zeitung. Ich bekomme solche Magenschmerzen, dass ich mein Müsli in den Müll kippe, als meine Mom gerade nicht hinsieht.

In der Schule reden alle nur darüber. Kayla ist tot und auch der Mann, der sie getötet hat. Auf den verwelkten Blumen vor ihrem Schließfach liegen Berge aus frischen Blumen. Jemand hat aus roter Bastelpappe die Buchstaben RIP geschnitten und sie neben das Schließfach geklebt.

Es ist vorbei, sage ich mir immer wieder, während ich den Unterricht absitze und kein Wort von dem mitbekomme, was die Lehrer erzählen.

Kayla ist tot. Dieser traurige, verrückte Typ mit den schlechten Zähnen ist auch tot. Er hat sie umgebracht und dann hat er sich selbst getötet. Ende der Geschichte.

Es sollte sich wie eine Erleichterung anfühlen, tut es aber nicht. Stattdessen habe ich das Gefühl, eine Bleikugel drückt mir auf die Brust und macht mir das Atmen schwer.

Wie konnte ich nur so dumm sein zu glauben, dass Kayla noch lebt?, denke ich, während ich wie ein Häufchen Elend in Mathe sitze. Wie hoch war wohl die Wahrscheinlichkeit? Null. Manch einer würde sagen »kleiner als Null«, allerdings würden meine Eltern dann sofort bemerken, dass das im genannten Beispiel nicht möglich ist.

Kurz bevor ich heute Morgen zur Schule gegangen bin, hat Mom mich umarmt. Dieses Mal habe ich mich nicht dagegen gewehrt und mich in die Arme schließen lassen. Ich habe ihren Mund an meinem Kopf gespürt und ihre leise, ruhige Atmung gehört.

Schließlich löste sie sich, behielt aber die Hände auf meinen Schultern. »Warst du sehr eng mit Kayla befreundet?«

Mich erstaunt, dass sie mich das nicht schon früher gefragt hat. Vielleicht lässt es sich jetzt, wo wir alle wissen, was passiert ist, leichter über sie reden.

»Wir haben nur zusammen gearbeitet.« Ich zwinge mich dazu, ehrlich zu sein. »Jeder in der Pizzeria hat sich gut mit Kayla verstanden.«

Unsere Freundschaft war nichts Besonderes, denke ich, sage es aber nicht laut. Es war dumm, zu glauben, gerade ich hätte die Fähigkeit, mit Kayla Kontakt aufzunehmen. Ich könnte wissen, dass sie noch lebt.

GERICHTSMEDIZIN BEZIRK MULTNOMAH
– PROTOKOLL –

SEKTION DER LEICHE VON Cody Renfrew
FALL # AC-142-09

TODESURSACHE:
Schussverletzung am Kopf

TODESART:
Selbstmord

ANWESENDE:
Unter der Direktion der Gerichtsmedizin des Bezirkes Multnomah wird am 17. Mai, 14:30 Uhr eine Obduktion durchgeführt. Die Obduktion wird von Dr. Thomas Burgess geleitet. Zur Ausführung ihrer regulären Aufgaben sind Autopsieassistent Mike Smith und die Fotografin Jane Scott während der Untersuchung anwesend. Des Weiteren wohnt Wachtmeister R.E. Thayer von der Polizeiwache Portland der Obduktion bei.

KLEIDUNG DER LEICHE:
Ein rotes kariertes Hemd von Target bedeckt Arme, Brust und Rücken.
Levi's Jeans bedecken die Hüften und Genitalien. In den Taschen befinden sich ein 25-Centstück, ein 10-Centstück, ein braunes Gitarrenplektrum sowie ein handgeschriebener Zettel mit den Worten »Bitte vergebt mir«.
Unter der Jeans: eine schwarze Herrenunterhose von Jockey.
An den Füßen: weiße Strümpfe und blau-weiße Nike-Turnschuhe.

ALLGEMEINE ÄUSSERE BESICHTIGUNG:

Eingeliefert wurde eine gut hydrierte, leicht unterernährte Leiche eines hellhäutigen Mannes im Alter von 18 bis 25 Jahren, übereinstimmend mit dem aufgeführten Alter von 21 Jahren. Bei erster Begutachtung fühlt sich die Leiche aufgrund der Lagerung im Kühlfach kalt an; Leichenflecken unveränderlich, an hinterer Rumpfwand und an Druckstellen. Leichenstarre an Hauptgelenken eingetreten. Die Leiche ist 1,82 m groß und hat ein Gewicht von 74 Kilo.

Die Kopfhaut ist von braunen Haaren bedeckt, ungefähr sieben Zentimeter an der längsten Stelle. Die Iriden sind braun, die Pupillen starr und geweitet. Kopf unauffällig, keine Spuren von äußerer Verletzung vor dem Tod, Beschreibung siehe unten.

Es wurden keine Tätowierungen, Missbildungen oder Amputationen gefunden.

Die Leiche wurde vom Gerichtsmediziner wie beschrieben vorgefunden. Identifizierung erfolgte durch Namensschild am Zeh, die Obduktion ist nicht von Belang für die Identifikation. Die Leiche ist nicht einbalsamiert.

ANATOMISCHER ABRISS:

Schusswunde am Kopf, glatter Durchschuss.

A. Eintritt – rechte Schläfe, aus unmittelbarer Nähe
B. Verlauf – Haut, rechter hinterer Augapfel, untere rechte Schädelgrube, Keilbein, linker (hinterer) Augapfel
C. Ausgang – linke Schläfe
D. Geschossbahn – rechts nach links

Der dreizehnte Tag

DREW

Als Gaby und ich den Eingangsbereich der Kirche betreten, steht ein großes Foto von Kayla auf einer Staffelei direkt neben der Tür. Es ist ihr Schulfoto, das sie schon überall gezeigt haben. Wenn ich es jetzt sehe, kann ich Kayla darauf kaum erkennen. Es sind nur noch Farbpunkte auf einem Blatt Papier.

Die Kirche ist proppenvoll, obwohl die Zeremonie erst in zwanzig Minuten anfängt. So viele Menschen auf einem Haufen habe ich bisher nur bei einem Konzert oder Fußballspiel gesehen. Nicht bei einer Beerdigung. Allerdings war ich noch nie zuvor bei einer Beerdigung gewesen.

Pete hat die Pizzeria heute zugemacht und alle Mitarbeiter sind hier. Ich sehe jede Menge Lehrer und Schüler. Und ein paar Leute, die ich nicht kenne. Zuerst denke ich, dass es Verwandte oder Nachbarn von Kayla sind. Doch dann fällt mir auf, dass sie mit niemandem reden. Sie stehen einfach allein da und beobachten alles, ganz in Ruhe, und saugen die Szene in sich auf. Ich frage mich, wie viele von ihnen Fremde sind, Leute, die meinen, ein Stück von Kayla gehört auch ihnen, nur weil sie ihr Foto im Fernsehen gesehen oder ein paarmal etwas über sie gelesen haben. Wahrscheinlich sind sie enttäuscht, dass es hier kein Popcorn zu kaufen gibt.

Gaby hat eine graue Bluse und ein schwarzes Kostüm an. Sie sieht schon jetzt aus, als würde sie aufs College gehen. Vielleicht sogar noch älter. Die meisten Jungen tragen keinen Anzug, nur ein Hemd mit einer Krawatte. Einige der Krawatten sind Clip-krawatten. Ich trage gar keine Krawatte, nur schwarze Cord-Levi's und ein weißes Hemd. Es hat eine Ewigkeit gedauert, bis ich das Bügeleisen zwischen dem ganzen Müll gefunden habe, den meine Mutter in unsere Schränke gestopft hat. Sie behauptet, ab jetzt würde sie nicht noch mehr Krempel anschleppen, sie würde keine Drogen mehr nehmen und sich nicht mehr mit Gary treffen. Die Festnahme hätte sie wachgerüttelt.

Wer's glaubt, wird selig.

»Ich sehe in den Klamotten aus wie ein Kellner«, flüstere ich Gaby zu. »Darf ich Ihnen etwas von unserer Tageskarte empfehlen?« Ich würde alles darum geben, sie lächeln zu sehen, oder nur ein Zucken ihrer Mundwinkel. Seit wir erfahren haben, dass Cody sich umgebracht und um Vergebung gebeten hat, steht Gaby völlig neben sich.

Sie hört mich scheinbar nicht. Es ist laut. Die Leute streifen durch den Raum, reden und gestikulieren. Viele von ihnen weinen. Jade und Courtney sind am Boden zerstört, sie weinen und schluchzen heftig. Selbst Miguel sieht aus, als hätte er geweint.

Eine ältere Frau vor uns sagt zu ihrem Mann: »Sobald das hier vorbei ist, gehen wir nach Hause und stellen den Fernseher an. Bei Opal ist diese Hellseherin im Studio. Die gesagt hat, was mit Kayla passiert ist.«

Gaby erstarrt neben mir. Ich berühre sie am Arm und wir gehen weiter, damit sie nicht noch mehr über Elizabeth Lamb hören muss.

Jemand hat ein Stück braunes Packpapier auf einen langen

Klapptisch geklebt. In der Mitte steht mit dicken schwarzen Buchstaben **AUF WIEDERSEHEN KAYLA**. Leute hinterlassen Nachrichten mit Edding, die auf dem Tisch liegen.

Gaby und ich bahnen uns den Weg dorthin, um ein paar der Nachrichten zu lesen. Einige sind an Kaylas Familie gerichtet, aber die meisten an Kayla selbst. »Ich werde dein Lächeln vermissen.« »Du hast mich immer zum Lachen gebracht.« »Die Welt ist kleiner ohne dich.«

Ich nehme einen Stift, ziehe die Kappe ab, stehe dann aber einfach nur da und halte ihn über das Papier. Was soll ich schreiben? »Es tut mir leid« würde es noch nicht einmal halbwegs auf den Punkt bringen. »Es hätte mich treffen sollen«, schreibe ich, unterzeichne aber nicht.

Gaby hat noch kein Wort von sich gegeben, seit sie das Auto hinter der Kirche auf dem Parkplatz abgestellt hat. Jetzt sieht sie zu mir auf und sagt: »Kayla ist nicht tot, Drew.« Ein paar Leute drehen sich nach uns um.

»Gaby –«, beginne ich, breche dann aber ab.

»Sie ist nicht tot.« Gaby verzieht das Gesicht. »Ich weiß es.«

Plötzlich packt uns jemand am Arm.

Ich fahre herum. Es ist Thayer. Er trägt einen Anzug, keine Uniform, aber er sieht trotzdem von Kopf bis Fuß wie ein Polizist aus.

»Kommt mit mir mit«, sagt er leise. »Sofort.« Er zieht uns vom Tisch weg, stößt eine Tür auf und führt uns einen langen leeren Flur entlang, von dem auf einer Seite Türen abgehen. Er lässt uns los.

»Gabriella, ich gebe dir einen Ratschlag: Hör auf damit.« Er klingt gehetzt. »Hör auf zu behaupten, Kayla wäre noch am Leben. Die Cutlers haben mir schon erzählt, was du für eine Szene gemacht hast, als die Hellseherin bei ihnen war. Weißt du, wie sehr sie das verstört hat? Weißt du das?«

Er starrt sie an, bis sie nickt.

»Du kannst nicht in einer Traumwelt leben. Nicht, wenn du damit Menschen verletzt, die sowieso schon kaum noch einen Fuß vor den anderen setzen können. Sieh dir doch die Beweise an. Nicht alle wissen davon, aber mit fünfzehn wurde Cody Renfrew erwischt, wie er bei einem Nachbarn ins Fenster spähte. Diese Art Verhalten kann sich manchmal hochschrauben und mit Vergewaltigung oder Schlimmerem enden. Er war drogenabhängig und beschaffte sich das Geld für die Drogen durch Diebstahl. Er fuhr einen weißen Lieferwagen, genau so einen, wie er in der Gegend gesehen wurde, in der Kayla verschwand. Und später hat er ihn umlackiert, um es zu vertuschen. Er hat Selbstmord begangen und eine Nachricht hinterlassen, mit der er sich entschuldigt. Angeblich bist du doch so klug, Gabriella – du kannst selbst eins und eins zusammenzählen. Kayla Cutler ist tot.«

»Aber –«, beginnt Gaby, kommt jedoch nicht weiter.

Thayer bellt sie an. »Sie ist tot, und Cody Renfrew hat sie umgebracht. Und auch wenn wir niemals ihre Leiche finden werden, muss die Familie irgendwie damit abschließen. Nur so können sie damit fertig werden. Sie müssen den Tod ihrer Tochter betrauern können und dann wieder nach vorne blicken. Sie können sich nicht an ein Hirngespinst klammern. Ich habe das schon erlebt. Leute, die an die winzige Wahrscheinlichkeit glauben, ihr Kind könnte eines Tages doch noch durch die Tür marschieren. Sie leben in der Vergangenheit und finden nie aus ihr heraus. Bis sie schließlich selbst halbtot sind. Und weißt du, warum? Weil sie an die klitzekleine Chance glauben, dass ihr Kind noch lebt. Weil ein dummes Mädchen behauptet, sie könnte Kayla ›sehen‹«, Thayer deutet Gänsefüßchen an, »und angeblich weiß, dass sie nicht tot ist. Hör einfach auf damit. Ich will kein einziges Wort mehr darüber hören.«

Er sieht Gaby abwartend an, doch sie erwidert gar nichts. Weder stimmt sie zu, noch widerspricht sie.

»Hast du mich verstanden? Wenn du es nicht mir zuliebe tust und auch nicht für die Cutlers, dann wenigstens für deinen Freund hier.« Thayer zeigt auf mich. »Denn wenn ich wollte, könnte ich sein Leben zur Hölle machen. Seine Mutter könnte wieder ins Gefängnis wandern, der Freispruch widerrufen werden. Und Drew würde im Heim enden. Er ist erst siebzehn.«

»Was? Wovon reden Sie da?« Mein Magen zieht sich zusammen.

»Ich sorge mich nur um diese arme Familie, was ihr nicht tut. Ihr zwei habt uns bei den Ermittlungen nicht gerade geholfen. Rein gar nicht. Drew kann sich nicht an den Anrufer erinnern. Ihr redet beide mit Cody Renfrew, haltet es aber nicht für nötig, uns sofort zu verständigen, sondern erst am nächsten Tag. Und jetzt versuchst du, ihre Familie mit deinem Wunschdenken zu verstören.« Er greift nach Gabys Schulter und schüttelt sie leicht. »Kayla Cutler ist tot und ich will von dir nicht noch einmal irgendetwas anderes hören.«

MITSCHNITT DER »OPAL SHOW«

Opal: Heute sprechen wir mit der berühmten Hellseherin Elizabeth Lamb über das vermisste Mädchen aus Oregon, Kayla Cutler. Am Freitag beging ihr mutmaßlicher Entführer Selbstmord, während er mit der Notrufzentrale telefonierte. In seiner Hosentasche fand man einen Zettel mit der Bitte um Vergebung.

Lamb: Mit allem angebrachten Respekt den Eltern gegenüber, und ich hoffe, ich bringe hierfür genügend Feingefühl auf, aber Kaylas rein körperliche Überreste liegen im Fluss. Ihr Geist aber ist jetzt hier bei mir, um ihren Eltern zu versichern, dass alles in Ordnung ist.

Opal: Woher wissen Sie das?

Lamb: Es ist eine gewisse Schwere. Es ist nicht so leicht zu erklären. Ich spüre es einfach. Wissen Sie, in der Nacht, bevor ich Post von den Cutlers bekam, bin ich gegen drei Uhr morgens aufgewacht. Ein hübsches Mädchen stand an meinem Bettende. Mir wurde bewusst, dass es ein Geist war.

Opal: Ein Geist!

Lamb: Da ich schon mein ganzes Leben lang Hellseherin bin, war es für mich nicht sonderlich überraschend. Ich wusste, dass es einen Grund dafür gab. Am nächsten Tag kam mit der Post ein dicker Umschlag mit Informationen, darunter ein Foto. Ich sagte zu meinem Mann: »Das ist das Mädchen, das in unserem Schlafzimmer gewesen ist.«

Opal: Und was dachten Sie, als Sie dieses Foto sahen?

Lamb: Mein erster Eindruck war – dieses Mädchen ist tot. Sie starb überraschend, gewaltsam, mit viel Angst und Schrecken. Durch jemanden, den Kayla vom Sehen her kannte, der aber kein enger Freund war. Sie müssen wissen, dass ich aus Fotos etwas herauslesen kann. Wenn die Polizei zum Beispiel einen Verdächtigen hat oder vielleicht auch nur das Opfer, dann zeigen sie mir ein Foto. Allein durch einen Blick auf das Foto weiß ich, ob der Verdächtige das Verbrechen begangen hat oder nicht. Im Falle eines Opfers kann ich oft sehen, was ihm zugestoßen ist.

Also bin ich nach Oregon geflogen und habe mir von der Polizei die Stelle zeigen lassen, an der Kaylas Auto gefunden worden war und hoffte auf ein Zeichen, wo sie sich jetzt befand. Als ich auf dieser einsamen Straße stand, hatte ich eine Vision. Ich sah, wie Kayla in ihrem Auto fuhr und nach einer Adresse suchte.

Und ich sah, wie ein Mann mit einem Lieferwagen sie heranwinkte. Er wirkte sehr freundlich, lehnte sich aus dem Wagen und sagte, es täte ihm leid, doch er hätte ihr die falsche Adresse genannt. Dann stieg Kayla aus, wollte ihm die Pizzas geben und er packte sie.

Opal: Oh nein.

Lamb: Als Hellseherin kann man die Empfindung von Trauma und Schrecken erspüren. An dieser Stelle auf der Straße spürte ich genau das. Ich bekam tatsächlich eine Gänsehaut. Als wäre ich selbst Kayla und durchlebte ihre Verzweiflung und Angst. Noch vor Ort bat ich dann den Inspektor, mir die Namen von den Besitzern der weißen Lieferwagen vorzulesen, die sie zusammengetragen hatten. Ein solcher Wagen wurde in der Nacht, in der Kayla verschwand, in der Gegend gesehen. Als er Cody Renfrews Namen vorlas, wusste ich es. Ich bat die Polizei, mich zu ihm zu führen. Der Wachtmeister brachte mich zu seiner Wohnung und stellte mich Cody Renfrew vor. Als wir uns die Hände gaben, war seine kalt, klamm und schlaff, und ich wusste, dass ihm klar war, dass ich Bescheid weiß. Wir sprachen nicht besonders lange miteinander. Er sagte kaum etwas. Na ja, musste er ja auch nicht. Denn ich wusste bereits, was er getan hatte.

Opal: Und nur ein paar Stunden später …

Lamb: Hat Cody Renfrew sich umgebracht. Zuerst war ich wütend, weil er uns keinen Hinweis hinterlassen hatte, wo sich Kaylas Leiche befindet. Aber zumindest wissen wir jetzt, was ihr zugestoßen ist. Ich bin nicht Gott, ich kann nicht übers Wasser laufen und ich liege nicht immer richtig. Aber in diesem Fall war ich zum Glück in der Lage, den Täter ausfindig zu machen.

Opal: Wie reagieren Sie auf die Pessimisten, die Ihre Arbeit nur für Trickserei halten?

Lamb: Ich kann ihnen nicht das Gegenteil beweisen. Das ist meine Arbeit. Ich mache sie, so gut ich kann. Ich kann nicht beweisen, dass es kein Trick ist, denn es ist eine persönliche Sache. Das ist, als würde man verlangen: »Beweise, dass es Gott gibt.« Wenn man an etwas glaubt und Vertrauen hat, dann bedarf es nicht viel mehr. Wir können voneinander so viel über Liebe und Vergebung lernen und wie man ein besseres Leben auf Erden führt.

Opal: Danke, dass Sie denjenigen Antworten bringen, die so verzweifelt danach suchen.

Der vierzehnte Tag

„JOHN ROBERTSON“

Es ist offiziell. Jeder denkt, Kayla ist tot. Alle.

Wieso soll ich sie also enttäuschen?

Während ich über meine nächsten Schritte nachdenke, klebe ich mit Harzklebstoff die Figur einer winzigen jungen Frau, die die Hände über den Kopf erhoben hat, in eine Achterbahn. Genau genommen hält sie die Hände unter dem Kopf. Sie ist verkehrt herum, da die Achterbahn gerade ein Looping macht. Die anderen Figuren habe ich problemlos bekommen, aber dieses Mädchen musste ich extra in England bestellen. Es kam erst heute an, am Tag, an dem ich das Modell abgeben muss. Sie gehört zu einem Zirkusset und streckt die Arme eigentlich nach einem Trapez aus, aber meinen Zwecken dient sie auch bestens.

Die Achterbahn ist Teil eines Modells von einem geplanten Erlebnispark an der Küste, für den noch Finanzgeber gesucht werden. Der Maßstab muss groß genug sein, damit die Investoren sich alles vorstellen können. Damit sie in Gedanken die Wege entlangschlendern und an den Fahrgeschäften Schlange stehen können. Aber das Modell muss trotzdem noch durch eine Tür passen.

Während ich darauf warte, dass der Kleber fest wird, denke ich an Cody Renfrew. Ich habe seinen weißen Lieferwagen an dem Abend gesehen. Bin direkt daran vorbeigefahren, mit Kayla Cutler bewusstlos im Kofferraum. Ich hatte so getan, als würde ich ihn nicht sehen, die Hände locker auf dem Lenkrad.

Dieser Renfrew muss wirklich nichts mitbekommen haben, sonst hätte er es der Polizei gesagt.

Ich widerstehe der Versuchung, die Figur loszulassen, um zu sehen, ob sie schon hält. Es wäre noch zu früh und Ungeduld führt immer zu Problemen. Ich arbeite rund um die Uhr, um den Abgabetermin einzuhalten. Weil das Modell immer erst sehr spät im Designprozess gebaut wird, bin ich derjenige, der die vorangegangenen Verzögerungen wettmachen muss. Gestern habe ich meine Arbeit nur einmal unterbrochen, und zwar um zur Beerdigung zu gehen. Es fiel mir schwer, mein Lächeln zu unterdrücken. All diese Menschen, die auf den voll besetzten Kirchenbänken heulten. Meinten, sie wüssten alles. Obwohl sie nicht die geringste Ahnung haben.

Mit meiner freien Hand nehme ich ein Farbmuster, um sicherzugehen, dass es denselben Farbton hat wie die Metalldecke. Ich habe Muster für alle Materialien: Metall, Backstein, Fels, Zierleisten, Holz, Verkleidungen. Für jede Farbe braucht man genau genommen drei, um dem Ganzen Tiefe zu geben: eine als Basis, eine für die helleren Stellen und eine für die Schatten. Während die Anstriche trockneten, habe ich ab und zu ein Nickerchen auf der Couch gehalten. Gestern hat Kayla geschrien, aber heute ist sie ruhig. Immer wenn ich aufwache, bin ich etwas benommen, aber wenn ich erst mal den Pinsel in der Hand halte, konzentriere ich mich wieder ganz aufs Detail.

Geduld, Ausdauer und Präzision. Das ist mein Handwerkszeug. Die Körnung von Sandpapier, das richtige Messer oder der richtige Meißel, der passende Grundanstrich, der richtige

Farbton, egal ob Glasur, seidenmatt oder matt – all diese Dinge sind entscheidend. Es gibt noch andere Architektur-Modellbauer in der Stadt, aber keiner ist so gut wie ich. Ein paar sind Stümper, die Aquariumkies als Steinfassade benutzen. Schon allein bei der Vorstellung wird mir schlecht.

Ich habe Kayla seit mehreren Tagen nichts zu essen gegeben, um sie zu schwächen. Mein Plan ist, sie zu erwürgen, sie im Schlaf zu überraschen und das Ganze hinter mich gebracht zu haben, bevor sie überhaupt dazu kommt, sich zu wehren. Dazu habe ich an einer Schnur zwei Griffe befestigt. Ich werde es nicht wie bei der anderen machen – zu viel Blut. Und es hat ewig gedauert, bis sie endlich gestorben ist.

Mit Kayla wird es einfacher sein. Und dann bringe ich sie zum Fluss und lasse ihn alle Beweise davonspülen.

Der vierzehnte Tag

KAYLA

Ich werde hier drin sterben. In diesem bescheuerten Loch. Ich werde meine Freunde, Kyle oder meine Eltern nie wiedersehen. Ich werde nie aufs College gehen.

Ich werde nie wieder duschen, Wampus streicheln, Limo trinken oder barfuß über unseren weichen grünen Rasen laufen. Ich werde nie nach Hawaii oder Florida fliegen. Ich werde nie wieder jemanden umarmen oder Gitarre spielen.

Oder essen. Er hat mir schon seit Ewigkeiten nichts mehr zu essen gebracht. Ich schätze, schon seit über zwei Tagen nicht.

Als ich hier das erste Mal aufwachte, dachte ich, es wäre die Wunde an meinem Kopf, an der ich sterben würde. Jetzt glaube ich, dass er mich hier drin verhungern lassen will. Aber wie lange wird das dauern? Kann es bei manchen Leuten nicht an die drei Monate dauern, bis sie verhungern?

Ich weiß, dass es schneller geht, wenn man nichts zu trinken hat, aber ich habe noch acht Wasserflaschen. Außerdem ist immer genügend Wasser im Toilettenkasten, wenn er es nicht von außen abdreht.

Vielleicht hätte ich ihm meinen Körper zum Tausch anbieten sollen. Vielleicht hätte ich so überleben können. Rein äußerlich zumindest. Aber etwas in meinem Inneren sagt mir, dass ganz egal, was ich getan hätte, ich trotzdem am Ende sterben müsste.

Seit mir klar ist, dass die Unterhose von einem anderen Mädchen stammt, ein Mädchen, das nicht mehr hier ist, habe ich mich so gut es geht darauf eingestellt. Ich habe den weißen Teller, auf dem er meine letzte Mahlzeit gebracht hat – mir wird jetzt klar, dass es tatsächlich meine allerletzte Mahlzeit gewesen sein könnte – in mehrere handliche Scherben zerbrochen, die ich im Raum versteckt habe. Da sie genauso weiß wie die Wände und der Fußboden sind, fallen sie kaum auf. Um die längste Scherbe habe ich als eine Art Griff die Unterhose des fremden Mädchens gewickelt und damit in der Luft Zustechen und Aufschlitzen geübt.

Und ich habe eine der Latten aus dem Klappbett gerissen und unter dem Futon versteckt, nachdem ich sie ein paarmal zur Probe geschwungen habe. Sobald ich das Schloss klicken höre, stelle ich mich neben die Tür und schwinge die Latte. Ich muss mich konzentrieren. Mit dem falschen Winkel verpasse ich ihn womöglich vollkommen und treffe nur die Wand.

Gestern habe ich geschrien, um zu sehen, ob er irgendwann kommen würde. Ich wollte nicht mehr warten. Es war wie damals, als ich hier zu mir kam, nur dass ich jetzt weiß, dass die Lage wirklich aussichtslos ist. Ich habe erst aufgehört, als meine Kehle rau wurde. Danach musste ich eine der wertvollen Wasserflaschen austrinken.

Jetzt liege ich zusammengekauert auf dem Bett, das selbst gebastelte Messer locker in der einen Hand, während die Finger der anderen die Holzlatte berühren.

Ich bete für meine Familie und meine Freunde und rufe mir ihre Gesichter in Erinnerung. Vielleicht hat der Hunger meine

Sinne geschärft, aber es kommt mir so vor, als könnte ich sie wirklich sehen. Ich sehe Moms blaue Augen so deutlich vor mir, dass ich »Ich liebe dich« flüstere, und beinahe meine ich zu hören, wie sie zurückflüstert. Ich sehe sogar die anderen von der Arbeit. Gaby blickt mich direkt an. Tränen füllen meine Augen, laufen mir übers Gesicht und sammeln sich in meinem Ohr. Ich weiß, dass ich Wasser verschwende, kann aber nichts dagegen tun.

Und ich bete, dass ich bereit bin. Bereit, ihn zu töten.

Oder mich selbst zu töten, wenn es sein muss. Denn lieber schlitze ich mir mit meinem selbst gebastelten Messer die Handgelenke auf, als drei Monate lang erbärmlich zu krepieren.

KAYLAS HOROSKOP

Der heutige Tag wird nicht so leicht für dich, wie er sein sollte, da du noch in einer Art und Weise mit der Vergangenheit verbunden bist, die es dir schwer macht, auf aktuelle Ereignisse zu reagieren. Du weißt zwar, was du willst und wohin du willst, aber noch sind dir die Hände gebunden. Lass dich von Hürden und Verzögerungen nicht frustrieren und zu unüberlegten Handlungen reizen. Sei vorsichtig. Denke gründlich nach, bevor du unnötige Entscheidungen triffst.

Der vierzehnte Tag

DREW

Gestern war die Beerdigung. Heute sollen wir wohl wieder auf Alltag umschalten. Meine Brust fühlt sich leer an, als würde etwas fehlen.

Gaby sieht noch schlimmer aus als ich. Sie hat gesagt, sie konnte letzte Nacht nicht schlafen und gefragt, ob ich mich fit genug fühle, um heute Lieferungen zu fahren. Wahrscheinlich hat Gaby gestern Nacht immer Kayla vor sich gesehen, sobald sie die Augen geschlossen hat. Wie oft sie sich auch sagte, dass es nur ein Traum ist, nur ein Trugbild, Kayla verschwand nicht.

Als ich auf dem Rückweg von meiner dritten Lieferfahrt in der Nähe der Fremont-Brücke bin, bemerke ich dicht hinter mir Autoscheinwerfer. Zu dicht. Ich fahre etwas schneller. Vielleicht ist der Fahrer so ungeduldig, weil ich absichtlich ungefähr 10 km/h unter der Geschwindigkeitsbegrenzung fahre, um nicht von den Bullen angehalten zu werden. Ich habe zwar meinen Führerschein, aber keine Ahnung, wo Gaby die Fahrzeugpapiere aufbewahrt. Außerdem muss ich immer daran denken, dass es ihr Auto ist.

Der Fahrer klebt noch immer an meiner Stoßstange. So dicht, dass ich die Scheinwerfer nur sehen kann, wenn ich den Kopf hebe. So dicht, dass ich noch nicht einmal erkenne, was für ein

Auto es ist. Nur, dass eine einzelne Person drinsitzt. Beide Hände am Lenkrad. Also telefoniert sie vermutlich noch nicht einmal, es sei denn mit Freisprechanlage. Aber sie muss telefonieren, so, wie sie fährt. Als wäre ich gar nicht auf der Straße.

Mittlerweile bin ich ungefähr 10 km/h zu schnell.

Die Spur neben mir ist frei, eigentlich sind wir die einzigen zwei Autos auf der ganzen Straße. In diesem Stadtteil gibt es fast nur Fabriken, leere Parkplätze und gewaltige Lagerhallen, und nachts ist hier nicht viel los. Ich halte mich leicht rechts, hebe den linken Arm und winke dem anderen Fahrer zu, er soll vorbeifahren.

Doch er tut es nicht.

12 km/h über der Geschwindigkeitsbegrenzung. 15.

Jetzt kann ich die Scheinwerfer noch nicht mal mehr sehen, wenn ich den Kopf hebe. Ich erkenne nur die Umrisse des Fahrers. Wahrscheinlich ein Mann.

WUMMS! Plötzlich werde ich nach vorne geschleudert. Im Auto rieselt es abgestandenen Staub. Ich spüre einen Schmerz auf meinem Gesicht. Ein großer weißer Ballon breitet sich auf meinem Schoß aus. Es ist der Airbag. Erst da begreife ich, dass der andere Fahrer ungebremst auf mich draufgefahren ist. Auf Gabys Auto. Verdammte Scheiße! Meine Hände zittern, ich fahre an den Straßenrand und halte an.

Auch wenn ich nicht daran schuld war, es ist Gabys Auto. Wie schlimm ist es? Wie viel Ärger werden wir bekommen? Sie mit ihren Eltern und ich mit der Polizei?

Ich blicke in den Rückspiegel. Ein Mann mit Baseballkappe und schwarzer Jacke steigt aus. Er bückt sich und mustert das Heck vom Mini und die Front von seinem Auto. Ich will es lieber gar nicht erst sehen.

Ich öffne gerade die Tür, als er sagt: »Alles in Ordnung, Miss?«

Plötzlich erstarre ich innerlich.

Ich weiß, wer es ist.

Ich weiß, was er will.

Die Polizei hat mich immer wieder nach der Stimme des Anrufers gefragt, der an dem Abend die Pizzas bestellt hat. Sie hat mich so oft gefragt, dass jegliche Erinnerung daran ausgelöscht wurde.

Bis jetzt.

Ich bin nur drei Meter von dem Mann entfernt, der angerufen und gefragt hat, ob Gaby die Pizzas ausfährt. Der Mann, der Kayla wirklich umgebracht hat, auch wenn die Bullen anderer Meinung sind. Und jetzt denkt er, er hat Gaby.

Doch er hat mich.

Der vierzehnte Tag

„JOHN ROBERTSON“

Ich habe gerade das Modell für den Freizeitpark abgegeben und bin auf dem Rückweg, als ich den schwarzen Mini Cooper vor mir entdecke. Auf dem Dach leuchtet ein rot-weißes Schild. Darauf steht »*Pete's Pizza*«.

Etwas in meiner Brust breitet seine Schwingen aus. Gaby wird mir auf dem Silbertablett angeboten. Wie kann ich dazu Nein sagen?

Ich beschleunige, bis ich an ihrer Stoßstange klebe. Sie hebt die linke Hand und will mich vorbeiwinken. Ich fahre noch dichter auf. So nah, dass sich unsere Stoßstangen küssen könnten. Gabys Augen blitzen im Rückspiegel auf, als ihr klar wird, dass ich sie nicht in Ruhe lassen werde.

Aber wie bringe ich sie dazu, auszusteigen? Ich kann nicht riskieren, dass sie schreit, die Türen verriegelt und zum Handy greift. Und meine Waffe habe ich zu Hause gelassen.

Dann erinnere ich mich an eine Fabel, die mir meine Mutter immer vorgelesen hat. Darin streiten sich die Sonne und der Wind, wer stärker ist. Sie sehen einen Mann mit einem Mantel und sagen, derjenige, der den Mann dazu bringt, den Mantel auszuziehen, ist der Stärkere. Der Wind versucht den Mantel wegzublasen, doch der Mann zurrt den Mantel nur fester um sich. Dann scheint die Sonne immer heißer und der Mann zieht ganz von allein seinen Mantel aus.

Ich muss Gaby dazu bringen, dass sie aus dem Auto aussteigen *will*. Ihr geliebtes Auto, das immer wie frisch poliert aussieht, keinerlei Dellen und Kratzer hat.

Ich beiße mir auf die Unterlippe und drücke das Gaspedal noch ein wenig mehr nach unten. Bis unsere Stoßstangen sich wirklich berühren.

Ich steige aus und spüre, wie mein Herzschlag sich beschleunigt. Ich brauche einen neuen Airbag und werde die Delle aus der Stoßstange machen lassen müssen, aber das ist im Moment egal. Jetzt zählt nur, dass ich sie in die Finger bekomme.

Sie lässt sich Zeit mit dem Aussteigen. Ich habe sie nur ganz leicht gerammt, oder? Ich kann sie nicht verletzt haben. Wir sind die Einzigen weit und breit auf der Straße. Nur Gaby kann mich hören.

Also rufe ich sie.

Doch als die Person mit dem Poloshirt und der Baseballkappe zusammenzuckt, wird mir klar, dass es nicht Gaby ist. Es ist einer der Jungen, die in der Pizzeria arbeiten, der aber Gabys Auto fährt.

Ich muss zusehen, dass ich hier wegkomme. Abstand gewinne zu dem Jungen, bevor er darüber nachdenken kann, was gerade passiert ist. Bevor er sich mein Nummernschild merken kann. Bevor ihm klar wird, dass ich es eigentlich auf Gaby abgesehen hatte.

Bevor er auf die Idee kommen könnte, dass Kayla noch am Leben ist.

Bevor das passiert, muss Kayla endgültig sterben.

Der vierzehnte Tag

GABY

Als das Handy in meiner Tasche klingelt, zucke ich zusammen. Miguel dreht sich zu mir um und starrt mich an. Ich sehe nach, wer es ist. Es ist Drew, also gehe ich nach hinten, um ungestört reden zu können.

»Gaby, es war nicht Cody, der Kayla entführt hat.« Er verhaspelt sich fast, so schnell redet er. »Der Typ, der es wirklich getan hat – ich folge ihm gerade.«

»Was?«

»Ich war auf dem Rückweg drüben im – ähm – Industriegebiet und dieser Typ ist mir – ähm – aufgefahren, ganz dicht. Er wollte nicht überholen.« Die Redepausen lassen vermuten, dass Drew gerade fährt, während er mit mir telefoniert. »Und dann ist er auf mich draufgefahren.«

»Was? Er hat das Auto gerammt? Bist du verletzt? Ist das Auto kaputt?«

»Mir geht's gut und das Auto hat sicher etwas abbekommen, aber das ist gerade nicht so wichtig. Gaby, er dachte, dass du es bist. Ich habe die Baseballkappe von der Pizzeria auf und fahre dein Auto. Er hat mich von hinten gerammt, kam dann auf mich zu und tat, als würde er sich Sorgen machen. Und dann redete er mich mit ›Miss‹ an. In dem Moment wusste ich es.«

Mir wird schlecht. »Oh mein Gott. Was hast du gemacht?«

»Nachdem er seinen Fehler erkannt hat, ist er sofort zurück zum Auto. Und jetzt folge ich ihm.«

»Was? Nein!« Ich halte die Hand hoch, als könnte Drew mich sehen. »Das könnte gefährlich sein. Merk dir einfach sein Kennzeichen und ruf die Polizei an.«

»Und dann? Du hast Thayer doch gehört. Sie wollen kein Wort mehr darüber hören, dass wir denken, es war nicht Cody. Aber er war es nicht! Und wenn das stimmt – dann könnte Kayla noch leben.«

»Weiß er, dass du ihm folgst?«

»Ich glaube nicht. Es hat etwas gedauert, bis ich mich entschieden hatte, was ich tun soll. Ich bin ihm also nicht gleich hinterhergefahren. Zwischen uns ist ein Auto und ich lasse mich weit zurückfallen. Seine Rücklichter sind ungewöhnlich, also sehe ich, wenn er abbiegt.«

Ich gehe schnell in den Pausenraum. In einem der Fächer finde ich Autoschlüssel. »Ich komme zu dir.«

»Was?«

Erst als die Hintertür hinter mir zufällt, erkläre ich Drew den Rest: »Ich nehme Miguels Auto. Warte mal kurz.« Ich sperre das Auto auf, werfe das Handy auf den Beifahrersitz, steige ein und stecke den Schlüssel ins Zündschloss. Ich parke gerade rückwärts aus, als Miguel aus dem Hintereingang gerannt kommt. Schnell schalte ich in den ersten Gang und weiche ihm aus. Er schreit, versucht den Türgriff zu packen, schafft es jedoch nicht.

Miguel ist um einiges größer als ich. Nachdem ich vom Parkplatz gefahren bin, stelle ich den Rückspiegel richtig ein. Aber ich weiß nicht, wie man den Sitz höher macht, daher rutsche ich ganz nach vorne an die Kante. An einer Ampel schnalle ich mich an, dann nehme ich das Handy und frage Drew, wo ich hinfahren muss. Sobald die Ampel auf Grün schaltet, schlängle ich mich um andere Autos herum und fahre so schnell, wie ich mir zutraue. Auch wenn ich angeschnallt bin, würden meine Eltern total ausrasten, würden sie mich jetzt so sehen.

Während ich Drews Wegbeschreibung folge, denke ich darüber nach, was passiert wäre, wenn ich die Pizzas ausgefahren hätte. Mein Auto könnte jetzt irgendwo fahrerlos herumstehen. Noch ein leeres Auto, noch ein vermisstes Mädchen.

»Er wird langsamer«, sagt Drew.

»Pass auf, dass er dich nicht sieht.«

»Ich habe die Scheinwerfer ausgestellt, als wir abgebogen sind.«

»Ist das nicht zu gefährlich?«

»Fragt ein Mädchen, das in einen Fluss gesprungen ist und gerade Miguels Auto gestohlen hat?« Drew schnauft und lacht nervös. Dann ändert sich seine Stimme: »Er hält an. Ich fahre rechts ran.«

Danach entsteht eine Pause. Ich überhole ein langsames Auto und drücke dann weiter aufs Gas. Jetzt bin ich irgendwo mitten im Niemandsland. Hier gibt es keine Straßenbeleuchtung und nur noch vereinzelt Häuser.

Ich kneife die Augen zusammen und suche in der Dunkelheit nach dem Mini. »Eigentlich müsste ich schon irgendwo in der Nähe sein«, sage ich.

»Gut, denn er steigt jetzt aus und geht in ein Haus.«

»Weiß er, dass du da bist?«

»Glaube nicht. Ich parke ungefähr ein Fußballfeld weit entfernt und zwischen uns stehen ein paar Bäume.«

Eine Minute später halte ich hinter dem Mini auf dem Schotterstreifen. Die Beule an der hinteren Stoßstange nehme ich kaum wahr. Drew deutet stumm durch die Bäume auf ein massives, altes Bauernhaus, dessen Putz so blendend weiß ist, dass es fast im Dunkeln leuchtet. Die Vorhänge sind zugezogen. Die nächsten Häuser sind Hunderte Meter entfernt.

Ich steige aus. Drew hält einen Montierhebel in der Hand. Mein Vater hat darauf bestanden, dass ich lerne, wie man einen kaputten Reifen wechselt – daher weiß ich überhaupt, was es ist. Er hält ihn hoch und flüstert: »Ich dachte, wir könnten eine Waffe gebrauchen.«

Auf einmal will ich auch eine. Doch in Miguels Kofferraum finde ich nur eine Tasche mit Sportklamotten. Ich bemühe mich, den Kofferraum so leise wie möglich wieder zuzumachen. Als Nächstes öffne ich die Fahrertür einen Spalt, strecke den Arm ins Auto und schalte die Innenbeleuchtung aus. Dann schlüpfe ich hinein und suche die Sitze und den Boden ab. Papiermüll und Kassenbons liegen herum, aber nichts Nützliches.

Erst da kommt mir der Gedanke, im Handschuhfach nachzusehen. Und dort liegt sie. Eine Waffe.

Ich hole sie heraus und achte darauf, dabei nicht in die Nähe des Abzugs zu fassen. Sie fühlt sich echt an. Tödlich.

Ich steige aus und zeige Drew die Waffe, wobei ich sie auf den Boden gerichtet halte. Er blinzelt in der Dunkelheit.

»Ach du Scheiße – Miguel hat eine Pistole?«

»Sieht so aus.« Ich zucke jetzt schon bei dem Gedanken an das Geräusch, das sie machen kann, zusammen. »Hast du schon mal eine abgefeuert?«

Drew schüttelt den Kopf. »Ein Freund von meiner Mutter hatte mal eine und ich habe sie auf der Kommode gesehen. Aber er hätte mir den Hintern versohlt, wenn ich sie auch nur angefasst hätte.« Er hält mir den Montierhebel hin. »Willst du tauschen?«

Ich versuche, in dieser völlig unlogischen Situation einen logischen Gedanken zu fassen. »Ich glaube, um mit dem Montierhebel wirklich etwas ausrichten zu können, bin ich nicht stark genug. Außerdem werden wir die Waffe nicht benutzen, sondern ihm nur damit drohen, wenn es sein muss.« Ich sehe zum Haus und erkenne einen Schatten, der sich hinter dem Vorhang bewegt. »Gehen wir. Und wenn wir irgendetwas Verdächtiges sehen oder eine Spur von Kayla entdecken, rufen wir die Polizei.«

Drew widerspricht nicht.

Weil der Schotter zu sehr knirscht, rennen wir über die unbeleuchtete Straße. Kurz darauf kauern wir am Rand des Vorgartens. Überall im Haus brennt Licht, aber die Vorhänge sind zugezogen.

»Sieh mal!«, flüstert Drew und zeigt auf ein großes Fenster. Zwischen den beiden Vorhanghälften klafft ein Spalt und ein senkrechter Lichtstrahl dringt nach draußen. Wir nicken einander zu und schleichen dann über den Hof. Ich fühle mich so schutzlos, als könnte mich jeden Moment ein Lichtstrahl oder eine Kugel treffen. Das Blut rauscht in meinen Ohren. Ich atme schwer. Ich schließe den Mund, versuche kein Geräusch zu machen.

Drew späht zuerst durchs Fenster. Er verharrt einen Moment, dann sieht er kurz zu mir und berührt meinen Arm. Er rückt ein Stück zur Seite, damit ich auch etwas sehen kann.

Ein Mann wühlt in einer Schublade. Er ist ungefähr drei Meter von uns entfernt und hat sein Gesicht halb abgewandt. Zuerst denke ich, im Zimmer stehen lauter Puppenhäuser, doch dann erkenne ich, dass es Modellbauten sind.

Schließlich richtet sich der Mann auf und wir können sein Gesicht sehen. Ich halte mich an Drew fest. Ich kenne diesen Typen mit den kurzen schwarzen Haaren und der Drahtgestellbrille. Er kommt ständig in die Pizzeria und macht immer Scherze. Alberne, oberflächliche Scherze, die man gleich wieder vergisst, kaum dass er sich umgedreht hat. Er bestellt immer eine Pizza ohne Fleisch. Er wirkt wie ein völlig harmloser Typ, ungefähr so alt wie mein Dad.

Allerdings holt er jetzt eine Waffe aus der Schublade.

Bevor wir etwas unternehmen können, dreht er sich um und eilt eine Treppe hinunter, die in der linken Ecke vom Zimmer abgeht.

Drew und ich starren uns an. Ich krame mein Handy aus der Tasche, doch bevor ich auch nur eine Taste drücken kann, ertönt ein Schrei aus dem Keller, der mir durch Mark und Bein geht.

Es ist der Schrei eines Mädchens.

Der vierzehnte Tag

DREW

Gaby ruft die Polizei an, aber so lange können wir nicht mehr warten. Ich hätte auf sie hören sollen. Egal was Thayer auch gesagt hat, ich hätte ihn sofort anrufen sollen. Ich versuche es an der Haustür. Abgeschlossen. Ich ramme meine Schulter dagegen. Die Tür wackelt, bleibt aber fest im Rahmen. Ich versuche es noch einmal. Und noch einmal. Es bringt nichts.

Kayla schreit abermals. Zumindest gehe ich davon aus, dass es Kayla ist. Ich hoffe, es ist Kayla. Ich ramme die Schulter wieder gegen die Tür und achte nicht auf den Schmerz.

Oder sollte ich lieber hoffen, dass sie es nicht ist?

Gaby sagt der Polizei, wo wir sind und ihre Worte überschlagen sich fast vor Panik. Ich höre, wie sie etwas von einem Mann mit einer Waffe und Schreien erzählt. Aber Kaylas Namen erwähnt sie dabei nicht. Was vermutlich eine gute Idee ist, wenn sie uns glauben sollen.

Meine Schulter fühlt sich an, als wäre sie gebrochen, die Tür aber hat sich keinen Millimeter gerührt. Dann fällt mir der Montierhebel wieder ein. Ich zerschlage damit die Scheibe oben in der Tür und stoße dann die größten Scherben heraus. Doch das Schloss ist ziemlich weit unten. Ich muss mich auf die Zehenspitzen stellen und meinen Arm ganz nach unten strecken, um am Schloss drehen zu können. Eine Scherbe schneidet mir in den Arm, als ich ihn wieder herausziehe, aber es tut nicht weh. Ich spüre nur kurz, wie sie mir in die Haut schneidet.

Ich öffne die Tür, schwinge den Montierhebel und knurre böse, als würde der Mann genau vor uns stehen. Gaby hält sich dicht hinter mir.

»Sie sind unterwegs«, sagt sie und steckt das Handy wieder in die Tasche. Aber uns ist beiden klar, dass Kayla – oder wer da auch immer schreit – bis dahin tot sein könnte.

»Gib mir Deckung«, sage ich, weil es in der Situation passend klingt. Gaby hebt die Waffe auf Schulterhöhe und ich kann nur hoffen, dass sie mich damit nicht erschießt. Wir eilen auf den ausgetretenen Holzstufen hinab in die Dunkelheit. Direkt um die Ecke schreit wieder jemand und ächzt vor Schmerz. Ist das wirklich Kayla? Ich weiß nur mit Sicherheit, dass es ein Mädchen ist, das da schreit.

»Polizei!«, rufe ich und versuche so tief und autoritär wie möglich zu klingen. Vielleicht kann ich so etwas Zeit gewinnen, bis die Polizei tatsächlich hier ist.

Am Ende der Treppe trete ich um die Ecke. Sechs Meter vor uns dringt Licht aus einem kleinen weißen Raum. Die schattenhaften Umrisse eines niedrigen Kellers mit Betonfußboden werden erkennbar. Rechts von uns meine ich aus dem Augenwinkel eine Werkbank zu erkennen. Aber meine ganze Aufmerksamkeit gilt dem Mann. Er steht mit dem Gesicht zum Licht und hat uns den Rücken zugewandt. Langsam wendet er seinen Kopf.

Im Türrahmen des kleinen fensterlosen Raums steht Kayla, wie eine Silhouette. Oh mein Gott! Ihre Haare sind verfilzt und sie sieht dürr und verdreckt aus, aber es ist Kayla, kein Zweifel.

Sie hält eine kurze Latte wie einen Baseballschläger über der rechten Schulter. Damit muss sie ihn gerade geschlagen haben, denn er blutet auf einer Gesichtshälfte.

Er tastet sein Gesicht mit einer Hand ab und seine Fingerspitzen färben sich dunkelrot vom Blut. Jetzt hebt er die Waffe.

»Waffe runter!«, rufe ich. Aber der Mann reagiert nicht. Er wird Kayla töten.

Gaby stöhnt. Gerade als ich mich zu ihr umdrehe, drückt sie auf den Abzug der Waffe.

Ein ganz leises, nach Plastik klingendes Geräusch ist zu hören.

»Autsch!« Mit der freien Hand greift sich der Mann in den Nacken. Seinen unverletzten Nacken.

Oh verdammt. Die Wirklichkeit holt mich ein. Miguel hat keine echte Waffe im Auto. Er hat eine Luftpistole. Und dieser kleine Unterschied wird wohl darüber entscheiden, wer von uns überlebt und wer stirbt.

Ich muss etwas unternehmen, aber wenn ich mich auf ihn stürze, könnte er Kayla erschießen. Also schreie ich und schleudere den Montierhebel auf seinen Kopf. Mit Schrecken sehe ich, wie er ihn nur um Zentimeter verfehlt und klappernd in der Dunkelheit zu Boden fällt. Beim Werfen spritzt Blut von meinen Fingerspitzen und landet auf dem Mann, auf Kayla und sogar an den Wänden, als wäre ich ein verrückter Jackson Pollock. Meine Hand und mein Arm sehen aus, als hätte ich sie in rote Farbe getunkt.

Der Mann verzieht angewidert das Gesicht und versucht mit dem Handballen das Blut abzuwischen.

Kayla nutzt den Moment, in dem der Mann abgelenkt ist, um abermals die Holzlatte zu schwingen. Dieses Mal zielt sie nicht auf seinen Kopf, sondern auf die Waffe. Sie schlittert über den Betonboden in die Dunkelheit.

Jetzt heißt es drei gegen einen, und keiner ist bewaffnet. Der Spieß hat sich umgedreht.

Plötzlich geht das Licht aus und die Karten werden abermals neu gemischt. Zwar stehen wir alle im Dunkeln – aber nur einer kennt sich im Keller aus. Vom oberen Treppenende dringt ein schwacher Lichtstrahl zu uns, das ist alles. Jeder stolpert orientierungslos herum, alle schreien wild durcheinander.

»Kayla!«, ruft Gaby. »Kay–« Ihr Ruf wird erstickt. Ich drehe mich hektisch um, strecke die Arme aus und versuche sie zu finden.

Ich höre Gescharre und dann bewegen sich zwei dunkle Gestalten auf die Treppe zu. Es ist der Mann. Er hält Gaby im Schwitzkasten. Mit der rechten Hand drückt er etwas Silbernes an ihren Hals. Zuerst denke ich, es ist ein Messer, doch dann erkenne ich, dass es ein Schraubenzieher von der Werkbank ist.

Ich sehe mich nach Kayla um. Sie kniet mit hängendem Kopf auf dem Boden des Raumes, der vermutlich ihr Gefängnis war, stützt sich mit einer Hand ab und hält sich mit der anderen den Bauch. Die Holzlatte ist verschwunden. Hat der Mann sie verletzt? Mit dem Schraubenzieher nach ihr gestoßen, bevor er sich Gaby geschnappt hat?

»Du da. Hol die Taschenlampe.« Er deutet mit dem Kopf zur Werkbank, an die Stelle, wo sie hängt. Ich tue, was er sagt, nehme die schwarze Taschenlampe von der Werkzeugwand. »Und jetzt suchst du die Waffe und gibst sie mir, oder ich ramme Gaby den Schraubenzieher in den Hals, dass er auf der anderen Seite wieder rauskommt.«

Meine Angst könnte kaum größer sein, doch als ich Gabys

Namen aus seinem Mund höre, möchte ich schreien. Er presst den Schraubenzieher tiefer in ihre Haut. Eine winzige dunkle Blutspur rinnt an ihrem weißen Hals hinab.

Er hat Gabys Kopf so weit zurückgerissen, dass ich ihre Augen nicht sehen kann. Aber ich kann ihre Stimme hören. »Tu es nicht«, stößt Gaby hervor. »Hör nicht auf ihn.« Ich weiß, was sie denkt. Wenn er erst einmal die Waffe hat, was hält ihn dann davon ab, uns alle drei zu erschießen?

Dennoch tue ich es. Ich höre auf ihn. Weil sein Blick irre ist, sein Mund entschlossen und ich weiß, dass er Gaby sofort töten wird, wenn ich nicht mache, was er sagt. Und ich kann nicht einfach nur dastehen und dabei zusehen.

An der Werkzeugwand klafft eine leere Stelle, wo der Schraubenzieher hing, den er jetzt gegen ihren Hals drückt. Es hängen noch jede Menge andere Werkzeuge an der Wand: Schraubenschlüssel, Hämmer, Spachtel und Sägen. Zwar sehen sie alle so aus, als könnte man mit ihnen einigen Schaden anrichten, sie sind das Risiko dennoch nicht wert. Ich schalte die Taschenlampe an und gehe in die Ecke, in die die Waffe geflogen ist.

»Mach schon!«, schnauzt er, und um der Sache Nachdruck zu verleihen, wimmert Gaby. Wie weit hat er den Schraubenzieher schon in ihren Hals gedrückt? Ich denke an all das, was durch den Hals verläuft, wie wir es in Bio gelernt haben. Die Luftröhre. Die Halsschlagader. Die Halswirbelsäule.

Im Licht der Taschenlampe leuchtet etwas schwarz auf. Die Waffe. Ich nehme die Taschenlampe in die linke Hand, bücke mich nach der Pistole und richte mich wieder auf. Obwohl ich mich schnell bewege, läuft alles wie in Zeitlupe ab. Meine Gedanken überschlagen sich und ich frage mich, ob ich so mutig oder so dumm bin, auf ihn zu schießen, während er sich hinter

Gaby versteckt. Ich drehe mich um und weiß immer noch nicht, was ich tun soll. In dem Moment stürmt Kayla schreiend an mir vorbei. Sie hält etwas Schmales, Weißes in den Händen, ungefähr fünfzehn Zentimeter lang.

Dann schreien alle drei durcheinander, brüllen, scharren über den Fußboden. Eins der beiden Mädchen kreischt. Polizeisirenen erklingen, werden immer lauter. Aber ich glaube nicht, dass sie noch rechtzeitig hier sein werden.

Ich leuchte mit der Taschenlampe. Der Mann steht gerade auf und fasst sich mit einer Hand an die blutige Hüfte, an der sein Hemd aufgeschlitzt wurde. Kayla und Gaby liegen am Boden. Er tritt Kayla. Brutal. Dann Gaby. Sie rühren sich nicht. Mit zwei Schritten ist er an der Werkzeugwand. Er sucht sie mit der Hand ab und verharrt bei einem riesengroßen Universalschraubenschlüssel. Er reißt ihn vom Haken, dreht sich wieder um und holt mit dem Schraubenschlüssel aus.

In dem Augenblick drücke ich ab.

Der vierzehnte Tag

KAYLA

Der Schuss ist so laut, dass ich danach ein paar Sekunden lang nichts mehr hören kann.

Erst dann nehme ich allmählich die heulenden Sirenen wahr und die Rufe »Polizei! Polizei!«.

»Hier unten!«, schreie ich und versuche aufzustehen. Doch ich rutschte mit der blutigen Hand vom Betonboden ab und falle auf jemanden drauf. Jemand, der warm und feucht ist. Er ist es, ich weiß es. Ich würge vor lauter Ekel und Angst und weiche schnell zurück. Doch als eine Taschenlampe die Treppe herunterleuchtet, sehe ich, dass es Gaby ist. Ihr Hals schimmert blutrot, als wäre er mit roter Farbe bemalt, und auf dem Betonboden hat sich bereits eine rote Lache gebildet.

»Helfen Sie uns!«, rufe ich und presse meine Hand auf ihren Hals. »Sie ist verletzt!« Warmes Blut sickert zwischen meinen Fingern hindurch.

Der erste Polizist, der die Stufen herunterkommt, richtet seine Waffe auf jemand hinter uns.

»Waffe runter!«

Ich drehe mich um. Drew steht wie versteinert da, in der einen Hand baumelt die Taschenlampe, mit der anderen hält er die Waffe noch fest umschlungen, während Blut von seinem

Arm tropft. Er blickt starr auf einen Haufen, der hinter Gaby und mir liegt – die Überreste des Mannes, der mich hier gefangen gehalten hat. Drew hat den Mund zu einer Mischung aus Grimasse und Fauchen verzogen. Er scheint den Polizisten überhaupt nicht wahrzunehmen.

Mir wird klar, dass der Polizist denken könnte, Drew wäre der Verbrecher, wenn er die Waffe nicht bald runternimmt.

»Drew«, sage ich so beruhigend und vernünftig, wie ich kann, »es ist gut. Leg die Waffe hin und hilf mir mit Gaby.«

Er starrt mich an und rührt sich nicht. Die Zeit scheint still zu stehen. Ich glaube, keiner von uns blinzelt auch nur. Schließlich schüttelt Drew leicht den Kopf, dann bückt er sich und legt zuerst die Taschenlampe und dann die Waffe auf den Boden. Während der erste Polizist seine Waffe wegsteckt, kommen weitere die Treppe heruntergeeilt.

Drew streift sich das rote Poloshirt über den Kopf und wirft es mir zu. Ich presse es an Gabys Hals. Sie zeigt keinerlei Regung. Ich rede mir ein, dass sie noch am Leben ist. Sie muss es einfach sein. Ich meine, Tote bluten doch nicht mehr, oder?

Das Licht geht wieder an und wir kneifen geblendet die Augen zusammen. Überall ist so viel Blut, dass es schon unecht aussieht, vor allem in diesem sonst so aufgeräumten Raum, in dem die blutüberströmten Menschen das Einzige sind, was fehl am Platz wirkt. Gaby sieht aus wie eine Wachspuppe. Die Polizisten brüllen Befehle, rufen nach einem Krankenwagen und beugen sich über den Mann, der mich entführt hat. Einer schiebt mich beiseite und kümmert sich um Gaby. Ein anderer wickelt etwas um Drews Arm.

Ich stehe auf und gehe aus dem Weg. Als ein Polizist seine Hand an den Hals des Mannes legt, sich aufrichtet und den Kopf schüttelt, überkommt mich unendliche Erleichterung. Es ist vorbei. Es ist wirklich vorbei. Meine Knie werden weich und beinahe breche ich zusammen.

»Kayla«, sagt Drew und ich reiße meinen Blick von dem toten Mann los. Ich sehe zu Drew, in seine hellen, blauen Augen. »Gaby wusste es die ganze Zeit«, sagt er. »Sie hat versucht, allen klarzumachen, dass du noch lebst.«

Fünf Minuten später wird Gaby von zwei Sanitätern auf eine Krankentrage gebunden. Die Polizisten haben Drew und mich voneinander getrennt. Ich sehe, wie er gestikuliert und mit seinem behelfsmäßig verbundenen Arm auf die Leiche des Mannes in der Ecke zeigt. Auf den Mann, der mich hier festgehalten hat. Der Mann, der mich töten wollte. Sie haben noch nicht einmal sein Gesicht bedeckt.

Ein anderer Polizist berührt mich sanft am Arm und ich drehe mich zu ihm um. Er hält einen Notizblock in der Hand. »Und du bist …?«

»Kayla. Kayla Cutler.«

Er reißt die Augen auf. »Kayla Cutler? Die bei *Pete's Pizza* gearbeitet hat?«

Ich nicke. An seiner Reaktion wird mir klar, dass ich – hätte der Fernseher hier unten nicht grau geflimmert – in den Nachrichten meinen Namen gehört und mitbekommen hätte, wie sie nach mir suchen.

»Und dieser Mann«, er deutet mit dem Kopf auf ihn, »wer war das?«

»Ein Kunde, aber ich weiß nicht, wie er heißt. Ich kenne ihn nur vom Sehen. Er hat mich hier eingesperrt.« Ich schaudere. »Er wollte, dass ich ihn Meister nenne.«

Der Polizist presst die Lippen einen Moment aufeinander. »Und wie ist er gestorben?«

»Drew hat den Mann erschossen, als er Gaby einen Schraubenzieher in den Hals stieß.« Wir drehen uns beide um und sehen zu den Sanitätern, die Gaby gerade die Treppe hochtragen. Ihr Mund ist schlaff, ihre Augen sind geschlossen.

Sie haben auch einen Krankenwagen für Drew und mich gerufen und der Polizist sagt, alle restlichen Fragen können warten, bis wir im Krankenhaus untersucht worden sind. Er stützt mich am Arm, als wir nach oben gehen. Der Vorgarten ist voller Polizeiwagen. Weit und breit ist kein anderes Haus zu sehen. Niemand hätte meine Schreie gehört.

Bei einem der beiden Krankenwagen stehen die hinteren Türen auf. Ich sehe, wie sie Gabys reglosen Körper darin behandeln. Sie bekommt Sauerstoff und einer der Sanitäter hängt gerade einen durchsichtigen Beutel mit einer Flüssigkeit auf, die durch einen Schlauch in ihre Hand läuft.

Dann fasst sich Gaby mit dieser Hand ans Gesicht und etwas in mir löst sich. Sie lebt also. Gaby lebt, kein Zweifel.

Ich atme tief ein. Ich rieche den Rasen, die Erde und tausend andere Gerüche, von denen ich dachte, sie nie mehr wahrnehmen zu können. Die Sterne funkeln wie Diamanten und mir kommen die Tränen.

Kaum eine Stunde später stehen drei Ärzte an meinem Bett und besprechen, wie sie meinen Kopf am besten behandeln werden, als ein Polizist den Vorhang der Notfallkabine beiseiteschiebt. Ich bin noch immer geschwächt, obwohl sie mir drei Packungen Crackers und einen Müsliriegel gegeben und noch mehr Essen versprochen haben. Weil ich unablässig gezittert habe, haben sie mich in weiße Heizdecken eingewickelt. Heizdecken sind eine grandiose Erfindung.

Einen Moment lang starrt der Polizist mich nur an. Er hat eine kräftige Nase und Augen, denen nichts entgeht. Dann lächelt er und sieht nicht mehr einschüchternd aus. Er streckt mir seine Hand entgegen. »Kayla, ich bin Wachtmeister Thayer. Ich habe mich von Anfang an um deinen Fall gekümmert.«

Ich richte mich auf einem Ellbogen auf und schüttle ihm unbeholfen die Hand. »Danke«, sage ich. Es ist komisch, wenn man hört, dass man ein Fall war.

»Ich werde morgen mit dir reden«, sagt er. »Es gibt da noch ein paar Details, die uns fehlen.«

Ich nicke. Mir fällt die Unterhose wieder ein, die einem anderen Mädchen gehört haben muss, aber darüber will ich jetzt nicht nachdenken. Morgen reicht auch noch.

»Es gibt ein paar Leute, die dich gerne sehen würden.« Wachtmeister Thayer dreht sich um, zieht den Vorhang zurück und meine Eltern und mein Bruder drängen sich an mein Bett, während der Wachtmeister geht. Ich richte mich ganz auf. Sie umarmen mich alle drei gleichzeitig. Unsere Gesichter sind warm und feucht vor Tränen. Wir weinen und lachen zugleich.

Schließlich reißt sich meine Mom los und sieht mich an. Erst jetzt bemerkt sie den Verband über meinem Ohr und meinen frisch geschorenen Kopf. Die Krankenschwester wollte erst nur eine Seite abrasieren, doch ich sagte ihr, das würde ja noch bescheuerter aussehen.

»Oh, Kayla«, haucht sie und ihre Finger schweben über dem Verband, »deine Haare!«

»Ich finde, sie sieht cool aus«, sagt Kyle. »Wie eine wilde Kriegerin.« Mein Vater nickt und wischt sich die Tränen ab.

Meine Mom kräuselt die Lippen. »Kayla hat Glück, dass ihr Kopf so schön geformt ist.«

Der Kommentar ist so typisch Mom – immer das Positive an der Sache sehen –, dass wir alle lachen müssen. Ich habe so lange schon nicht mehr gelacht. Hätten Gaby und Drew mich nicht gerettet, hätte ich vielleicht nie wieder gelacht. Gott sei Dank habe ich mir nicht mit dem selbst gebastelten Messer die Pulsadern aufgeschnitten.

Es fühlt sich so großartig an, wieder von meiner Familie umgeben zu sein, dass mir erst nach einer Weile auffällt, wie mitgenommen alle aussehen. Moms Wangen sind eingefallen, Dad ist unrasiert. Kyle hat dunkle Augenringe. Jeden Tag, den ich dort unten im Keller verlebt habe, haben sie in ihrem ganz eigenen Gefängnis verbracht.

Aber jetzt sind wir alle frei.

Der sechzehnte Tag

GABY

Auch wenn deine Eltern in dem Krankenhaus, in dem du eingeliefert wurdest, als Chirurgen arbeiten, behalten sie dich nicht unbedingt länger dort. Da muss man schon richtig krank sein oder halb im Sterben liegen. Und davon sind wir drei weit entfernt. Wir haben nur anderthalb Tage auf der Notfallstation verbracht und werden jetzt entlassen. Meine Eltern haben es so gedreht, dass ich mit Kayla in einem Zimmer lag und Drew gleich nebenan. Nachdem wir der Polizei alles erzählt hatten, haben wir uns gegenseitig alles berichtet.

Im Krankenhaus hat man das Möglichste dafür getan, damit es uns schnell besser geht und wir gesund bleiben. Kayla, Drew und ich wurden gegen Tetanus geimpft, geröntgt und haben ein breites Spektrum an Antibiotika verschrieben bekommen, die wir zehn Tage lang nehmen sollen, nur für alle Fälle. Natürlich konnten sie nichts daran ändern, dass uns alle noch immer Kratzer und Nähte zieren. Zu dritt ergeben wir ein wunderbares Frankensteinmonster.

Kayla hat sich mit ihrem Porzellanmesser in die Handfläche geschnitten. Aber meine Mom sagt, dass die Sehnen und Nerven keine bleibenden Schäden davontragen werden, ihr Softball-Stipendium sollte davon also unbeeinträchtigt bleiben. Ihr

Kopf ist kahl rasiert und voller Nähte und sie scherzt, er würde sogar wie ein Softball aussehen. Sie meint, dass ihr vielleicht genügend Haare für einen Kurzhaarschnitt wachsen, bis im Herbst das College anfängt.

Drews Arm musste mit siebzehn Stichen genäht werden und er brauchte ein paar Blutkonserven, aber auch ihm geht es gut. Meine Eltern haben ihn behandelt, genau wie Kayla. Mich durften sie nicht behandeln, was sie aber nicht davon abhielt, etliche Male nach mir zu sehen, während ein plastischer Chirurg die Stichwunde an meinem Hals nähte. Dank Kaylas Einsatz ist sie nicht sehr tief und es wurde auch nichts Wichtiges verletzt. Meine Eltern versichern mir immer wieder, dass die Narbe kaum größer als eine Bleistiftspitze sein wird. Nach allem, was passiert ist, ist mir das herzlich egal.

Der Mann ist tot. Er hatte sogar einen Namen, doch es war nicht John Robertson, wie er Drew bei der Bestellung sagte. Er hieß Ronald Hewett. Er arbeitete von zu Hause, baute Architekturmodelle. Und er legte einen Raum in Lebensgröße in seinem Keller an, der perfekte Ort, um ein Mädchen zu verstecken. Die Polizei fand auf seinem Computer Notizen zu jeder Frau und jedem Mädchen, das bei Pete arbeitet, ihre Vor- und Nachteile als Opfer und wie er sie am besten entführen könnte. Ein Mädchen hatte er sich ausgesucht – mich – und eine Nacht. Als nicht ich auftauchte, sondern Kayla, zog er seinen Plan trotzdem durch. Ich kann mir vorstellen, dass er der Typ Mensch ist, der nicht gern von Plänen abweicht. Dann schrieb er, dass Kayla eine totale Enttäuschung war. Dass ich viel besser gewesen wäre. Ich versuche, nicht groß darüber nachzudenken.

Hewett war nicht vorbestraft, aber gestern hat die Polizei sein Grundstück mit einem Spürhund abgesucht. Auf seinem Hof vergraben fand man ein Mädchen mit einem Kopfschuss. Sie war vor mehr als sechs Monaten aus Beaverton verschwunden. Alle dachten, sie wäre einfach von zu Hause abgehauen. Auch über sie versuche ich nicht weiter nachzudenken.

Und Cody Renfrew, der junge Mann, der sich erschossen hat, nachdem er mit Elizabeth Lamb, der sogenannten Hellseherin, gesprochen hat? Vermutlich hatte er einfach das Pech, genau in der Nacht, in der Kayla verschwand, in der Nähe zu sein. Das Meth hat ihn paranoid gemacht und der Vermisstenfall war dann einfach zu viel für ihn.

Jemand klopft an die angelehnte Tür. Es ist Drew, dessen rechter Arm vom Ellbogen bis zum Handgelenk bandagiert ist. »Ladys, Ihre Kutschen stehen bereit«, sagt er. Er stößt die Tür auf und ich sehe, dass mein Dad einen leeren Rollstuhl schiebt. Hinter ihm stehen unsere Mütter – ebenfalls mit Rollstühlen. Drew nickt meiner Mom zu und setzt sich dann in den Rollstuhl, den sie schiebt. Er bückt sich und klappt die Fußstützen aus.

»Das ist ein Scherz, oder?«, sage ich zu meinem Dad.

Er zwinkert. »Krankenhausvorschrift, Kleines.« Seit ich ins Krankenhaus eingeliefert wurde, behandeln mich meine Eltern ganz anders, sie scherzen mit mir. Ich habe sie sogar beide weinen sehen, zum ersten Mal.

Die Hälfte der Belegschaft lauert grinsend im Hintergrund. Ich habe den Eindruck, wir sind hier seit Langem die aufregendsten Patienten. Wir haben so viele Blumen bekommen, dass wir die Schwestern gebeten haben, sie den anderen Patienten im Krankenhaus zu geben. Und wir hatten Interviewanfragen von jedem Fernsehsender und jeder Zeitung. Aber wir haben einfach abgelehnt. Kayla, Drew und ich haben am ersten

Abend darüber gesprochen und beschlossen, dass wir der Welt nicht alles mitteilen müssen.

Mein Dad schiebt den Rollstuhl an mein Bett. »Dann wollen wir mal. Kaylas Dad wartet draußen bei der Laderampe und dort steht auch unser Auto. »Lasst uns von hier verschwinden, bevor die Medien etwas davon mitbekommen.«

»Sieht so aus, als würdet ihr heute die Lieferfahrten machen«, sagt Kayla.

Da meine und Kaylas Eltern nie in Petes Pizzeria gearbeitet haben, geht die Anspielung komplett an ihnen vorbei. Aber Drew, Kayla und ich sehen uns an. Wir lächeln nicht – das müssen wir nicht. Wir wissen, wie viel wir einander zu verdanken haben, wie knapp wir dem Tod entkommen sind.

»Dann wird es Zeit für die Bestellung!«, sage ich und setze mich in den Rollstuhl. »Drei Mittelgroße mit allem.«

Kayla lässt sich auf ihrem Rollstuhl nieder und verzieht spielerisch das Gesicht. »Das gilt vielleicht für dich, meine Liebe. Ich bin nur eine Kleine.«

Der achtundzwanzigste Tag

DREW

Hätte mir jemals jemand erzählt, dass ich mal an einem Bühnenrand stehen und gleich vor laufenden Kameras und einem Publikum aus lauter Polizisten mit dem Polizeichef von Portland Hände schütteln würde, hätte ich ihn gefragt, was er geraucht hat.

Doch heute bin ich einer von vier Leuten, die von der Polizeiwache Portland eine Medaille für Zivilcourage erhalten. Ich. Drew Lyle. Der immer nur glatte Dreien bekommt. Wobei ich mir da nicht mehr so sicher bin. Ab nächstem Monat fange ich am Portland Community College eine Ausbildung als Sanitäter an. Gaby geht derweil nach Stanford, aber wahrscheinlich nicht, um Ärztin zu werden. Ihre Eltern scheinen sich langsam an die Vorstellung zu gewöhnen. Und ich hatte den Eindruck, sie mochten meine Fragen über ihre Arbeit, die ich ihnen bei den gemeinsamen Essen gestellt hatte. Ihnen zuzuhören ist spannender als jeder Biounterricht oder Gesundheitserziehung jemals war.

Das Publikum applaudiert gerade, als Clayton Yee, der Polizeichef, den anderen beiden Bürgern die Medaillen überreicht. Die beiden sind hinter einem Sattelschlepper hergefahren, der plötzlich einem Auto mit einer Panne ausweichen musste. Dabei kam er von der Straße ab, überschlug sich und geriet in Brand. Sie zogen den Lkw-Fahrer aus dem brennenden Fahrerhaus. Jetzt stellen sich Yee und die beiden Männer für ein paar Fotos auf.

Ich habe dieselben Klamotten an wie bei Kaylas Beerdigung. Ich entdecke sie im Publikum und lächle ihr zu. Sie lächelt zurück. Ihre Haare wachsen langsam wieder nach und sie ist schon etwas runder im Gesicht. Den Sommer über habe ich sie nur ein paarmal gesehen. Sie kam nur noch einmal in die Pizzeria, um sich zu verabschieden.

Gabys Eltern sind da, sitzen stolz in der ersten Reihe. Meine Mutter ist nicht hier. Sie ist in der Entziehungskur. Man hat ihr die Wahl zwischen Entziehungskur und Gefängnis gelassen und sie hat sich für Ersteres entschieden. Wird sie es schaffen? Ich weiß es nicht. Das Gericht hat mich zum mündigen Minderjährigen erklärt.

»Und jetzt möchte ich Ihnen Andrew Lyle und Gabriella Klug vorstellen«, sagt Clayton Yee. Als ich meinen vollen Vornamen höre, bin ich erst mal total durcheinander. Gaby muss mich anstupsen, damit ich auf die Bühne gehe.

»Dank ihres selbstlosen und couragierten Handelns ohne Rücksicht auf die eigene Sicherheit gelang es diesen beiden jungen Menschen, das Leben ihrer Arbeitskollegin Kayla Cutler zu retten und mit hoher Wahrscheinlichkeit den Tod von vielen anderen jungen Frauen zu verhindern. Wer weiß, wie viele Mädchen im Keller von Ronald Hewett hätten sterben müssen, hätten diese beiden jungen Menschen nicht eingegriffen, um ihre Freundin zu retten.«

Ein Blitzlichtgewitter bricht aus und mehrere Leute richten Mikrofone auf die Bühne.

Wir sind zwar nicht mehr die Riesensensation wie in den ersten Tagen danach, aber auch jetzt tauchen wir hin und wieder noch unter den Top News auf den Internetseiten auf. Und es fühlt sich noch immer sehr seltsam an.

Ich entdecke Wachtmeister Thayer im Publikum. Er hat die Arme verschränkt. Ich habe das Gefühl, wenn es nach ihm ginge, würden wir diese Auszeichnung nicht bekommen.

Hin und wieder habe ich noch Albträume, sehe mich auf den Abzug drücken und Hewett wie einen Sack zu Boden gehen. Wie *Flea Market Parade* singen – manchmal fühlt es sich an, als wäre ein Verbrecher in meinem Kopf. Aber dann denke ich an Gaby und ich weiß, dass ich keine andere Wahl hatte.

Yee beendet seine Rede. Applaus bricht aus, ich sehe zu Gaby und lächle. Wir verbeugen uns beide leicht und lassen den Applaus über uns niedergehen.

© Sharon O'Keefe

April Henry

April Henry schickte ihre erste Kurzgeschichte im Alter von elf Jahren an Roald Dahl, dem der Text so gut gefiel, dass er ihr bei der Veröffentlichung half. Inzwischen hat sie einige Krimis und Thriller verfasst, die in den USA für zahlreiche Preise gelistet wurden und mit denen sie zur New-York-Times-Bestseller-Autorin wurde. Sie studierte an der Oregon University und verbrachte ein Austauschjahr in Stuttgart, bevor sie begann im Gesundheitswesen zu arbeiten. April Henry lebt mit ihrem Mann und ihrer Tochter in Portland, Oregon. Bei Gulliver erschien bereits der Thriller *Breakout*.